A CADERNETA DE
ENDEREÇOS VERMELHA

Sofia Lundberg

A CADERNETA DE ENDEREÇOS VERMELHA

Tradução: Claudio Carina

GLOBOLIVROS

Copyright © 2017 by Sofia Lundberg
Copyright © 2020 by Editora Globo S.A.

Todos os direitos reservados. Nenhuma parte desta edição pode ser utilizada ou reproduzida — em qualquer meio ou forma, seja mecânico ou eletrônico, fotocópia, gravação etc. — nem apropriada ou estocada em sistema de banco de dados sem a expressa autorização da editora.

Texto fixado conforme as regras do Acordo Ortográfico da Língua Portuguesa (Decreto Legislativo nº 54, de 1995).

Título original: *The Red Address Book*

Editora responsável: Amanda Orlando
Assistente editorial: Isis Batista
Preparação de texto: Jane Pessoa
Revisão: Agatha Machado e Raïtsa Leal
Diagramação: Filigrana
Capa: Renata Zucchini

1ª edição, 2020
1ª reimpressão, 2021

CIP-BRASIL. CATALOGAÇÃO NA PUBLICAÇÃO
SINDICATO NACIONAL DOS EDITORES DE LIVROS, RJ

L983c

    Lundberg, Sofia
        A caderneta de endereços vermelha / Sofia Lundberg ; tradução Claudio Carina. - 1. ed. - Rio de Janeiro: Globo Livros, 2020.
        296 p. ; 23 cm.

    Tradução de: Den röda adressboken
    ISBN 9786580634460

    1. Ficção sueca. I. Carina, Claudio. II. Título.

20-62201
                              CDD: 839.73
                              CDU: 82-3(485)

Leandra Felix da Cruz Candido - Bibliotecária - CRB-7/6135
06/01/2020 07/01/2020

Direitos exclusivos de edição em língua portuguesa para o Brasil adquiridos por Editora Globo S.A.
Av. Marquês de Pombal, 25 — 20230-240 — Rio de Janeiro — RJ
www.globolivros.com.br

*Para Doris, o anjo mais lindo do céu.
Você me deu ar para respirar e asas para voar.*

E para Oskar, meu tesouro mais precioso.

1

O saleiro. O estojo de pílulas. O recipiente de pastilhas expectorantes. O monitor de pressão arterial na caixa de plástico oval. A lupa atada a uma fita de lã vermelha tirada de uma cortina de Natal, entremeada com três grandes nós. O telefone com números extragrandes. A velha caderneta de endereços de couro vermelho, as bordas empenadas mostrando as páginas amareladas. Tudo organizado com muito cuidado no centro da mesa da cozinha. Precisam estar alinhados do jeito certo. Nenhuma ruga na toalha de mesa de linho azul-claro muito bem passada.

Um momento de calma quando ela olha para a rua e para o clima terrível. Pessoas passando depressa, com e sem guarda-chuvas. As árvores desfolhadas. Restos de lama empedrada no asfalto, a água escoando pelas ranhuras.

Um esquilo corre por um galho, e um lampejo de felicidade brilha nos olhos dela, que se inclina para a frente, seguindo atentamente os movimentos da pequena criatura felpuda. A cauda peluda balança de um lado para outro enquanto ele saltita entre os galhos. Logo depois o esquilo pula para a estrada e desaparece rapidamente, em busca de novas aventuras.

Deve ser quase hora de comer, pensa, passando a mão na barriga. Pega a lupa e com as mãos trêmulas consulta o relógio de pulso de ouro. Os números ainda são muito pequenos, e ela não tem escolha a não ser desistir. Cruza calmamente as mãos sobre o colo e fecha os olhos por um momento, esperando o som conhecido da porta da frente.

***

— Você cochilou, Doris?

Uma voz excessivamente alta a acorda de maneira brusca. Ela sente a mão de alguém em seu ombro e tenta sorrir, ainda sonolenta, para a jovem cuidadora debruçada sobre ela.

— Acho que sim. — As palavras colam na boca, ela limpa a garganta.

— Aqui, tome um pouco d'água. — A cuidadora estende logo um copo e Doris bebe alguns goles.

— Obrigada... Desculpe, mas esqueci seu nome. — Mais uma vez é uma garota nova. A antiga foi embora; para retomar os estudos.

— Sou eu, Doris. Ulrika. Como está se sentindo hoje? — pergunta, mas não espera para ouvir a resposta.

Doris também não responde.

Observa com atenção os movimentos de Ulrika na cozinha. Vê quando ela tira a pimenta e guarda o saleiro de volta na despensa. No trajeto, deixa dobras na toalha de mesa.

— Você não pode abusar do sal, eu já falei — diz Ulrika, com a bandeja de comida na mão. Lança um olhar severo a Doris, que aquiesce e dá um suspiro enquanto Ulrika abre a embalagem de plástico. O molho, as batatas, o peixe e as ervilhas, tudo misturado, são despejados num prato de cerâmica marrom. Ulrika põe o prato no forno de micro-ondas e ajusta o tempo para dois minutos. A máquina inicia com um zumbido baixo, e o cheiro de peixe começa a pairar pelo apartamento. Enquanto espera, Ulrika começa a mexer nas coisas de Doris: nas pilhas de jornais e na correspondência bagunçada, retira os pratos da máquina de lavar louça.

— Está frio lá fora? — Doris olha para a garoa forte. Não se lembra mais de quando foi a última vez que pôs os pés fora de casa. Era verão. Ou talvez primavera.

— Sim, muito, o inverno vai começar logo. As gotas de chuva já estão parecendo pedaços de gelo. Ainda bem que vim de carro e não vou precisar andar. Encontrei uma vaga bem em frente à sua porta. É muito mais fácil estacionar nos bairros mais afastados, como lá onde eu moro. No centro é quase impossível, mas às vezes a gente dá sorte. — As palavras fluem dos lábios de Ulrika, mas logo sua voz se torna um murmúrio melódico. Uma música pop; Doris a reconhece do rádio. Ulrika se afasta. Espana o quarto. Doris ouve seus movimentos e espera que ela não derrube o vaso, aquele pintado à mão de que tanto gosta.

Quando Ulrika volta, traz um vestido dobrado num braço. É cor de vinho, de lã, aquele com mangas largas e com um fio solto da bainha. Doris tentou cortar o fio da última vez que usou o vestido, mas a dor nas costas não deixou que ela alcançasse os joelhos. Levanta uma das mãos para pegá-lo, mas não encontra nada, pois Ulrika se vira de repente e pendura o vestido numa cadeira. A cuidadora volta e começa a tirar a camisola de Doris. Liberta seus braços com delicadeza e Doris solta um gemido contido quando suas costas transmitem uma onda de dor para os ombros. Sempre presente, dia e noite. Um lembrete de sua idade.

— Agora você precisa se levantar. Vou contar até três, certo? Ulrika coloca um dos braços ao redor dela, ajudando-a se levantar, e puxa a camisola. Doris fica ali de pé, na cozinha, na luz fria do dia, só com as roupas de baixo, que também precisam ser trocadas. Cobre-se com um braço quando o sutiã é aberto. Os seios caem flácidos sobre o estômago.

— Ah, coitadinha, você está gelada! Venha, vamos para o banheiro.

Ulrika a segura pela mão e Doris a segue com passos hesitantes e cautelosos. Sente os seios balançarem, segura um deles com um dos braços. O banheiro está mais quente, graças ao aquecimento sob o piso, e ela tira os chinelos e sente com prazer o calor na sola dos pés.

— Certo, vamos pôr esse vestido em você. Levante os braços.

Ela faz o que é pedido, mas só consegue erguer os braços até a altura do peito. Ulrika luta com o tecido e consegue enfiar o vestido pela cabeça de Doris. Quando Doris olha para ela, Ulrika sorri.

— Veja só! Que cor bonita, cai bem em você. Quer um pouco de batom também? Talvez um pouco de blush nas bochechas?

A maquiagem está sobre uma mesinha perto da pia. Ulrika pega o batom, mas Doris balança a cabeça e se vira para o outro lado.

— Quanto tempo vai demorar a comida? — pergunta no caminho para a cozinha.

— A comida! Ah! Como eu sou idiota, esqueci completamente. Vou ter que esquentar de novo.

Ulrika corre até o micro-ondas, abre a porta e a fecha de novo, ajusta o tempo para um minuto e aperta o botão. Despeja um pouco de suco de amora num copo e coloca o prato na mesa. Doris torce o nariz quando olha para a gororoba, mas a fome a faz erguer o garfo até a boca.

Ulrika senta-se à sua frente, segurando uma xícara. Aquela pintada à mão, com as rosas vermelhas. A que Doris nunca usa, com medo de quebrar.

— Café. É ouro líquido, é mesmo — comenta Ulrika. — Não é?

Doris assente, os olhos fixos na xícara.

Não derrube.

— Está satisfeita? — pergunta Ulrika depois de um período de silêncio entre as duas. Doris concorda com a cabeça e Ulrika se levanta para retirar o prato. Volta com um café bem quente em outra xícara. Uma xícara azul-marinho, da Höganäs.

— Pronto. Agora podemos recuperar o fôlego por um momento, certo?

Ulrika sorri e volta a se sentar.

— Esse tempo só faz chover, chover, chover. Parece que nunca vai parar.

Doris quase esboça uma resposta, mas Ulrika continua:

— Será que eu devia mandar mais um par de meias para a creche? Provavelmente as crianças vão ficar encharcadas hoje. Ah, bem, eles podem pegar algumas emprestadas. Senão vou encontrar um garoto amuado e sem meias. Sempre essa preocupação com os filhos. Mas imagino que você saiba o que é isso. Quantos filhos você tem?

Doris balança a cabeça.

— Ah, não tem filhos? Coitadinha, então você nunca recebe visitas? Já foi casada?

A indiscrição da cuidadora deixa Doris surpresa. Em geral essas meninas não fazem esse tipo de pergunta, ao menos não tão diretamente.

— Mas você deve ter amigos. Alguém que venha aqui de vez em quando? Isto aqui parece bem grosso. — Aponta para a caderneta de endereços em cima da mesa.

Doris não responde. Olha para a foto de Jenny. Fica no corredor, mas a cuidadora nunca reparou nela. Jenny, que está tão longe e ainda assim sempre perto em seus pensamentos.

— Bom — continua Ulrika —, eu preciso ir embora. Podemos conversar da próxima vez.

Ulrika põe as xícaras na máquina de lavar louças, inclusive a pintada à mão. Aperta o botão de ligar, dá uma última limpada na bancada com um pano e, antes que Doris perceba, já está saindo. Pela janela, ela vê Ulrika se afastando e vestindo o casaco, e em seguida entrando num pequeno automóvel vermelho com o logotipo da agência na porta. Arrastando os pés, Doris vai até a máquina e interrompe a lavagem. Retira a xícara pintada à mão, que enxágua com cuidado e esconde no fundo do armário, atrás dos grandes potes de sobremesa. Verifica por todos os ângulos. Não está mais visível. Satisfeita, volta a se sentar à mesa da cozinha e alisa a toalha com as mãos. Organiza tudo com muito cuidado. O estojo de pílulas, as pastilhas, a caixa de plástico, a lupa e o telefone voltam aos seus devidos lugares. Quando vai pegar a caderneta de endereços, sua mão encosta na capa e ela a deixa ali, parada. Faz muito tempo que não abre aquele caderninho, mas agora levanta a capa e vê uma lista de nomes na primeira página. A maioria já foi riscada. A margem tem várias anotações feitas por ela. Uma palavra. *Morto*.

A caderneta de endereços vermelha
A. ALM, ERIC

Tantos nomes passam por nós ao longo da vida. Já pensou nisso, Jenny? Todos os nomes que vêm e voltam. Isso nos corta o coração e nos faz verter lágrimas. Tornam-se amores ou inimigos. Às vezes eu folheio a minha caderneta de endereços. Tornou-se um mapa da minha vida, e gostaria de falar um pouco com você a respeito. Para que você, que vai ser a única a se lembrar de mim, também se lembre da minha vida. Uma espécie de testamento. Vou dar as minhas memórias a você. Elas são a coisa mais bonita que eu tenho.

O ano era 1928. Dia do meu aniversário, eu estava completando dez anos. No momento em que vi o pacote, sabia que continha algo especial. Dava para perceber pelo brilho nos olhos do meu pai. Aqueles olhos escuros, em geral tão preocupados, esperavam ansiosos pela minha reação. O presente estava embrulhado num papel fino e bonito. Acompanhei a textura com a ponta dos dedos. A superfície suave, as fibras se juntando em desenhos desordenados. E também a fita: uma fita grossa de seda vermelha. Era o pacote mais bonito que eu já tinha visto.

— Abre logo, abre! — Agnes, minha irmã de dois anos, ansiosa, apoiada com os dois braços na toalha da mesa de jantar, recebeu uma pequena repreensão da nossa mãe.

— É, abra logo! — Até meu pai parecia impaciente.

Passei o polegar na fita antes de puxar as duas pontas e desatar o nó. Dentro havia uma caderneta de endereços, com uma capa vermelha brilhante, com um cheiro forte de verniz.

— Você pode reunir todos os seus amigos nela. — Papai sorriu. — Todo mundo que você conhecer na sua vida. Em todos os lugares bonitos que vai visitar. Para não se esquecer.

Ele pegou o caderninho da minha mão e o abriu. Embaixo do *A*, ele já tinha escrito o próprio nome. *Eric Alm*. Mais o endereço e o número do telefone da sua oficina. O número que havia sido ativado recentemente, de que ele tanto se orgulhava. Nós ainda não tínhamos telefone em casa.

Ele era um homem grande, meu pai. Não digo fisicamente. De jeito nenhum. Mas nunca havia espaço suficiente para os seus pensamentos em casa. Parecia estar sempre flutuando por um mundo maior, por lugares desconhecidos. Muitas vezes eu tinha a sensação de que na verdade ele não queria estar em casa conosco. Não apreciava as coisas pequenas da vida cotidiana. Era sedento por conhecimento, enchia a casa de livros. Não me lembro de ele falar muito, nem com a minha mãe. Vivia no meio dos seus livros. Às vezes eu subia no colo dele na poltrona. Ele nunca reclamava, mas me afastava para o lado, para me tirar da frente das cartas e das imagens que despertavam o seu interesse. Meu pai tinha um cheiro doce, como de madeira, e o cabelo estava sempre coberto por uma camada fina de serragem, que o fazia parecer cinzento. As mãos eram ásperas e ressecadas. Todas as noites ele passava vaselina nas mãos e dormia com luvas finas de algodão.

Minhas mãos. Eu as enlaçava no pescoço dele num abraço delicado. Ficávamos ali no nosso pequeno mundo. Eu acompanhava sua jornada mental enquanto ele virava as páginas. Ele lia sobre diferentes países e diferentes culturas, espetava alfinetes num grande mapa do mundo que havia pregado na parede. Como se fossem lugares que tivesse visitado. Um dia, falou, um dia ele sairia pelo mundo. Depois acrescentava números aos alfinetes. Um, dois, três. Organizando as várias localidades, priorizando-as. Será que ele tinha vocação para uma vida como explorador?

Talvez, não fosse a oficina do pai dele. Uma herança para cuidar. Um dever a cumprir. Todas as manhãs ele ia à oficina, mesmo depois de Farfar ter morrido, para ficar naquele lugar escuro com um aprendiz e pilhas de tábuas encostadas nas paredes, envolto no cheiro acre de terebintina e óleos minerais. Eu e minha irmã só podíamos olhar da porta. Do lado de fora, as rosas subiam pelas paredes escuras de madeira marrom. Quando caíam no chão, nós e as crianças vizinhas recolhíamos as pétalas e as colocávamos em cuias de água, fazendo o nosso perfume para borrifar no pescoço.

Lembro-me de pilhas de mesas e cadeiras ainda não terminadas, serragem e lascas de madeira por toda parte. De ferramentas em ganchos na parede: talhadeiras, serrotes, facas de carpinteiro, martelos. Cada coisa tinha seu lugar. E de onde ficava, atrás da bancada de carpinteiro, com um lápis atrás da orelha e um avental grosso e surrado de couro marrom, meu pai tinha uma visão de tudo aquilo. Ele sempre trabalhava até escurecer, fosse verão ou inverno. Depois voltava para casa. Para a sua poltrona.

Papai. Sua alma ainda está aqui, dentro de mim, ao meu lado. Embaixo da pilha de jornais na cadeira que ele construiu, com o assento de junco que minha mãe teceu. Tudo que ele queria era se aventurar pelo mundo. E tudo que fez foi deixar sua marca entre as quatro paredes da casa onde morava. As estatuetas bem trabalhadas, a cadeira de balanço que fez para mamãe, com seus elegantes detalhes ornamentais. As decorações de madeira que laboriosamente esculpia à mão. A estante em que ainda estão alguns de seus livros. Meu pai.

2

ATÉ OS MENORES MOVIMENTOS exigem um esforço físico e mental. Doris avança as pernas alguns milímetros adiante e para. Apoia as mãos nos braços da poltrona. Um de cada vez. Pausa. Firma os calcanhares. Segura o braço da poltrona com uma das mãos e põe a outra na mesa de jantar. Balança o corpo para a frente e para trás para conseguir algum impulso. A cadeira tem um encosto alto e macio, com as pernas apoiadas em calços de plástico a alguns centímetros do chão. Mesmo assim, Doris demora muito tempo para ficar de pé. Na terceira tentativa, ela consegue. Depois disso, precisa ficar imóvel por mais um ou dois segundos, com a cabeça baixa e as duas mãos na mesa, esperando a tontura passar.

Seu exercício diário. A caminhada pelo pequeno apartamento. Da cozinha para o corredor, ao redor do sofá da sala de estar, detendo-se para pegar eventuais folhas secas da begônia vermelha na janela. Depois para o quarto, então até o seu canto de escrever. Para o laptop, que se tornou muito importante para ela. Senta-se com cuidado, em outra cadeira com calços de plástico, que a deixam tão alta que ela mal consegue enfiar as pernas embaixo da mesa. Abre a tampa do laptop e ouve o zumbido baixo e familiar do HD despertando. Clica no ícone do Internet Explorer na área de trabalho e é saudada pela versão on-line do seu jornal. A cada dia fica admirada com o fato de o mundo inteiro existir dentro desse minúsculo computador. De uma mulher sozinha em Estocolmo, como ela, poder manter contato com gente do mundo todo, se quiser. A tecnologia preenche seus dias. Torna a espera pela morte um pouco mais suportável. Ela se senta ali todas as tardes, às vezes logo de manhã ou tarde da noite, quando o sono se recusa a cooperar. Foi sua última cuidadora, Maria, quem lhe ensinou como tudo funcionava. Skype. Facebook. E-mail. Maria dizia que ninguém era velho demais para aprender coisas novas. Doris concordou, dizendo que ninguém era velho demais para realizar seus sonhos. Pouco depois disso, Maria deu a notícia de que retomaria os estudos.

Ulrika não parece tão interessada. Nunca falou sobre o computador ou perguntou o que Doris anda fazendo. Apenas tira a poeira dos cômodos de passagem, ticando as tarefas de sua lista de afazeres. Será que ela está no Facebook? Parece que quase todo mundo está. Até Doris tem uma conta, que Maria abriu para ela. Também tem três amigos. Maria é um deles. Os outros são Jenny, sua sobrinha-neta de São Francisco, e o filho mais velho de Jenny, Jack. Doris verifica a vida deles de vez em quando, acompanhando imagens e eventos de um outro mundo. Às vezes até verifica a vida dos amigos deles. Os que têm um perfil público.

Os dedos dela ainda funcionam. Estão mais lentos do que costumavam ser, e às vezes começam a doer, obrigando-a a descansar. Doris escreve para organizar suas lembranças. Para ter uma visão geral da vida que viveu. Espera que seja Jenny a encontrar tudo depois, quando estiver morta. Que seja Jenny a ler e a sorrir das imagens. A herdar todas as suas coisas bonitas: os móveis, os quadros, a xícara pintada à mão. Eles não vão jogar tudo isso fora, vão? Estremece com o pensamento, põe os dedos no teclado e começa a escrever, para ordenar seus pensamentos. *Do lado de fora, as rosas subiam pelas paredes escuras de madeira marrom*, escreve hoje. Uma sentença. Logo em seguida uma sensação de calma a faz navegar por um mar de lembranças.

A caderneta de endereços vermelha
A. ~~ALM, ERIC~~ MORTO

Alguma vez você já ouviu um verdadeiro gemido de desespero, Jenny? Um grito nascido do desespero? Um grito do fundo do coração, que penetra até o último átomo, não deixando nada intocado? Eu já ouvi vários, mas todos me lembraram do primeiro, e o mais terrível.

O grito veio do quintal. Ele estava lá. Papai. O grito ecoou pelas paredes de pedra e o sangue lhe escorria da mão, manchando de vermelho a camada de gelo que cobria a grama. Houve um acidente na oficina, ele estava com um pedaço de metal cravado no pulso. O grito esmaeceu e papai caiu no chão. Descemos os degraus até o quintal, em sua direção; éramos muitos. Mamãe lhe envolveu o pulso com o avental e segurou seu braço no alto. O grito dela foi tão alto quanto o dele ao pedir socorro. O rosto do meu pai estava muito pálido, os lábios adquiriram um tom roxo e azulado. Tudo que aconteceu depois é uma névoa. Os homens que o levaram para a rua. O carro se afastando depois de ele ter entrado. A rosa branca seca e solitária crescendo do arbusto perto do muro, recoberta pelo gelo. Quando todos saíram, eu fiquei onde estava, no quintal, olhando para ela. Aquela rosa era uma sobrevivente. Rezei a Deus para que papai encontrasse a mesma força.

Seguiram-se semanas de uma espera ansiosa. Todos os dias nós víamos mamãe embrulhar as sobras do café da manhã — mingau, leite e pão — e sair para o hospital. Geralmente voltava para casa com o embrulho de comida intocado.

Um dia ela chegou em casa com as roupas do meu pai dobradas num cesto, ainda cheias de sangue. Os olhos inchados e vermelhos de chorar. Tão vermelhos quanto o sangue envenenado de papai.

Tudo parou. A vida chegou a um fim. Não só para meu pai, mas para todos nós. Aquele grito desesperado naquela manhã gelada de novembro foi um fim brutal para minha infância.

A caderneta de endereços vermelha
S. SERAFIN, DOMINIQUE

AS LÁGRIMAS À NOITE NÃO ERAM MINHAS, mas eram tão constantes que às vezes eu acordava e achava que eram. Mamãe passou a ficar sentada na cadeira de balanço na cozinha assim que eu e Agnes íamos dormir, e eu me acostumei a adormecer com o acompanhamento dos seus soluços. Ela costurava e chorava; o som chegava em ondas, pelo quarto, pelo teto, para nós, as crianças. Ela achava que estávamos dormindo. Não estávamos. Eu a ouvia fungando e soluçando, tentando limpar o nariz. Sentia seu desespero por ter sido deixada sozinha, sem poder mais viver em segurança sob a sombra do nosso pai.

Eu também sentia falta dele. Nunca mais ele se sentaria em sua poltrona, profundamente absorto em algum livro. Nunca mais eu subiria em seu colo para segui-lo pelo mundo. Os únicos abraços de que me lembro da minha infância são os que meu pai me dava.

Foram meses difíceis. O mingau que comíamos no café da manhã e no jantar foi ficando cada vez mais aguado. As frutinhas que colhíamos no bosque e deixávamos para secar começaram a minguar. Um dia minha mãe matou um pombo com a espingarda de papai. Foi o suficiente para um ensopado, e a primeira vez desde a morte dele que nos sentimos satisfeitos, a primeira vez que a comida fez nossas bochechas corarem, a primeira vez que demos risada. Mas aquela risada logo pereceria.

— Você é a mais velha, agora vai ter que se cuidar sozinha — disse minha mãe, colocando um pedaço de papel na minha mão. Eu vi as lágrimas escorrendo de seus olhos verdes antes de ela se virar e, com um pano molhado, começar a esfregar freneticamente os pratos em que tínhamos acabado de comer. A cozinha em que costumávamos ficar naquela época, tanto tempo atrás, tornou-se para mim uma espécie de museu de lembranças da infância. Lembro-me de tudo em detalhes. A saia que ela estava costurando, a azul, pendurada num banquinho. O cozido de batatas e a espuma transbordando e secando na parte exterior do caldeirão. A vela solitária que banhava a sala com uma luz mortiça. Os movimentos da minha mãe entre a pia e a mesa. Seu vestido, que entrava no meio das pernas quando ela andava.

— O que quer dizer? — consegui perguntar.
Ela fez uma pausa, mas não se virou para olhar para mim.
Continuei:
— Você está me mandando embora?
Sem resposta.
— Diga alguma coisa! Você está me mandando embora?
Ela baixou o olhar para a pia.
— Você já está crescida, Doris. Precisa entender. Eu encontrei um bom trabalho para você. E, como pode ver, o endereço não fica muito longe. Nós vamos continuar nos vendo.
— Mas e a escola?
Mamãe olhou para cima e depois direto para a frente.
— Papai nunca deixaria você me tirar da escola. Não agora! Eu ainda não estou pronta! — gritei.
Agnes choramingava, ansiosa. Afundei-me na cadeira e irrompi em lágrimas. Mamãe veio se sentar perto de mim e pôs a palma da mão na minha testa. Ainda estava fria e molhada da água dos pratos.
— Não chore, meu amor, por favor — murmurou, encostando a cabeça na minha. O silêncio era tanto que eu quase conseguia ouvir as lágrimas pesadas rolando pelo seu rosto, misturando-se com as minhas.
— Você pode vir para casa todos os domingos, é o seu dia de folga.
Suas palavras de consolo se tornaram um sussurro aos meus ouvidos. Acabei adormecendo em seus braços.
Acordei na manhã seguinte diante da brutal e inegável verdade de estar sendo obrigada a sair da minha casa e da minha segurança rumo a um endereço desconhecido. Sem protestar, peguei a sacola de roupas que mamãe me entregou, mas não consegui olhar nos olhos dela quando nos despedimos. Abracei minha irmãzinha e saí sem dizer uma palavra. Levava a sacola numa das mãos e três livros do papai na outra, amarrados com um cordão grosso. Havia um nome no pedaço de papel no bolso do meu casaco, escrito na enfeitada caligrafia da mamãe: *Dominique Serafin*. Seguido por algumas instruções estritas: *Faça uma reverência. Fale educadamente.* Perambulei devagar pelas ruas de Södermalm em direção ao endereço abaixo do nome: *Bastugatan 5*. Era onde eu encontraria meu novo lar.

Quando cheguei, fiquei parada por algum tempo na porta de uma construção moderna. Molduras vermelhas ao redor de grandes e lindas janelas. A fachada era de pedra, inclusive com um caminho levando ao quintal. Era bem diferente da casa de madeira desgastada que, até aquele momento, havia sido meu lar.

Uma mulher saiu pela porta. Com sapatos de couro envernizado e um vestido branco e brilhante, sem uma cintura definida. Um chapéu bege cobria suas orelhas, uma pequena bolsa de couro do mesmo tom pendia de seu braço. Envergonhada, passei as mãos pela minha saia de lã surrada na altura dos joelhos. Eu não tinha como saber se Dominique era homem ou mulher; nunca tinha ouvido um nome igual àquele.

Andei devagar, meus pés parando a cada passo na escada de mármore encerado. Dois patamares. As portas duplas, de carvalho escuro, eram mais altas que qualquer porta que eu já tinha visto. Dei um passo à frente e levantei a aldrava, uma cabeça de leão. O som ecoou abafado, e olhei fixamente nos olhos do leão. Uma mulher vestida de preto abriu a porta e eu fiz uma reverência. Comecei a desdobrar o bilhete, mas outra mulher apareceu antes de eu terminar. A mulher de preto se afastou de lado e encostou-se à parede com as costas eretas.

A outra tinha cabelos castanho-avermelhados, que ela usava em duas longas tranças presas num grande coque na nuca. Ao redor do pescoço pendiam vários colares de pérolas brancas, variando ligeiramente de tamanho e tonalidade. O vestido até a canela, com uma saia xadrez, era de seda verde-esmeralda brilhante, que farfalhava quando ela se movia. Era rica; percebi imediatamente. Olhou para mim de cima a baixo, deu uma tragada no cigarro que fumava numa longa piteira preta e soprou a fumaça em direção ao teto.

— Bem, o que temos aqui? — Tinha um forte sotaque francês, e sua voz era rouca por causa do cigarro. — Que garota bonita. Você pode ficar. Venha, pode entrar.

Com isso, ela se virou e desapareceu no apartamento. Fiquei onde estava, na soleira da porta, com a sacola aos meus pés. A mulher de preto fez sinal para eu acompanhá-la. Levou-me pela cozinha até o quarto das empregadas anexo, onde a cama estreita que eu ocuparia ficava ao lado de outras duas. Deixei minha sacola na cama. Sem ninguém pedir, peguei o vestido que estava na cama e o enfiei pela cabeça. Eu não sabia na época, mas seria a mais nova das três empregadas, a que faria os trabalhos que as outras não queriam fazer.

Sentei-me na beira da cama e fiquei esperando, com os pés cruzados e as mãos entrelaçadas no colo. Ainda consigo me lembrar do sentimento de solidão que me envolveu naquele quartinho; eu não sabia onde estava, nem o que me esperava. As paredes eram lisas e o papel de parede estava amarelado. Havia uma pequena mesa de cabeceira ao lado de cada cama, com uma vela num castiçal. Duas já meio queimadas e uma nova, ainda com parafina no pavio.

Não demorou muito para eu ouvir o som de passos no piso e o farfalhar do vestido da minha nova patroa. Meu coração acelerou. Ela parou na porta, eu não me atrevi a encarar seu olhar.

— Levante-se quando eu entrar no quarto. Já. Costas retas.

Levantei-me, e ela imediatamente estendeu a mão até o meu cabelo. Seus dedos finos e frios me percorreram inteira; esticou o pescoço e chegou mais perto, examinando cada milímetro da minha pele.

— Bonita e limpa. Isso é bom. Você não tem piolhos, tem, garota?

Fiz que não com a cabeça. Ela continuou me examinando, levantando mechas do meu cabelo. Seus dedos apalparam atrás da minha orelha; senti suas unhas compridas roçando minha pele.

— É aqui que eles costumam ficar, atrás da orelha. Eu odeio insetos rastejantes — resmungou, com um arrepio percorrendo seu corpo.

Um raio de sol entrava pela janela, iluminando as penugens finas do rosto dela, que apareciam abaixo de uma camada de pó de arroz.

O apartamento era grande e cheio de quadros, esculturas e lindos móveis de madeira escura. Cheirava a fumaça e a alguma outra coisa, algo que não consegui identificar. Era sempre tranquilo e pacífico durante o dia. A vida havia sido bondosa com minha empregadora, ela não precisava trabalhar; já era rica o bastante. Não sei de onde vinha o dinheiro, mas às vezes eu criava fantasias sobre seu marido. Que ela o mantinha trancado no sótão em algum lugar.

As visitas costumavam chegar à noite. Mulheres com lindos vestidos e diamantes. Homens de terno e chapéu. Eles entravam na casa de sapato

— uma prática que acho estranha até hoje — e andavam pela sala de visitas como se estivessem num restaurante. O ar se enchia de fumaça e conversas em inglês, francês e sueco.

Minhas noites no apartamento me apresentaram a ideias de que nunca tinha ouvido falar. Salários iguais para mulheres, direito à educação. Filosofia, arte e literatura. E a novas atitudes. Risadas altas, discussões furiosas e casais se beijando ostensivamente pelos cantos e beirais das janelas. Foi uma mudança e tanto.

Eu me encolhia toda quando passava pela sala recolhendo copos e enxugando vinho derramado. Saltos altos se moviam sem firmeza entre os cômodos; lantejoulas e penas de pavão caíam no chão e ficavam presas entre as largas tábuas de madeira dos corredores. Eu precisava ficar abaixada até a madrugada, usando uma faquinha de cozinha para remover os últimos vestígios das festividades. Quando Madame acordava, tudo tinha que estar perfeito de novo. Nós trabalhávamos muito. Ela queria os caminhos de mesa recém-passados toda manhã. Os móveis tinham que estar brilhando, os copos não podiam ter nenhuma mancha. Madame sempre dormia até tarde, mas, quando por fim saía do quarto, andava pelo apartamento inspecionando um cômodo de cada vez. Se encontrasse alguma falha, a culpada era sempre eu, a mais nova. Logo aprendi o que ela poderia encontrar, e fazia uma última vistoria pelo apartamento antes de Madame acordar, arrumando as coisas que as outras empregadas tinham feito de errado.

As poucas horas que eu dormia no duro colchão de crina nunca eram suficientes. As costuras do meu uniforme preto irritavam minha pele, e eu sempre me sentia cansada de tanto trabalho. E da hierarquia e dos tapas. E dos homens que encostavam as mãos no meu corpo.

A caderneta de endereços vermelha
N. NILSSON, GÖSTA

Eu estava acostumada com pessoas que às vezes caíam no sono depois de beber demais. Fazia parte do meu trabalho acordá-las e encaminhá-las à saída. Mas aquele homem não estava dormindo. Estava olhando direto para a frente. As lágrimas corriam lentamente pelo seu rosto, uma a uma, e seus olhos fitavam fixamente uma poltrona onde outro homem dormia — jovem, com um halo de cachos dourados. A camisa branca do jovem estava desabotoada, mostrando uma camiseta amarelada por baixo. No peito de pele bronzeada, dava para ver uma âncora tatuada, os contornos trêmulos em tinta preta.

O homem notou minha presença.

— O senhor está chateado, eu... — Comecei a me afastar depressa.

O homem virou a cabeça, recostando o ombro no braço de couro da poltrona de forma a ficar quase atravessado nela.

— O amor é impossível — disse, enrolando a língua e fazendo sinal em direção à outra poltrona.

Tentei falar com a voz firme.

— O senhor está bêbado. Por favor, senhor, levante-se; precisa sair antes de Madame acordar. — A mão dele agarrou a minha enquanto eu lutava para me erguer.

— Você não percebe, mocinha?

— Não percebo o quê?

— Que estou sofrendo!

— Sim, dá para perceber. Se for para casa e dormir, seu sofrimento vai ficar um pouco mais leve.

— Deixe-me apenas ficar aqui apreciando essa perfeição. Deixe-me desfrutar dessa perigosa eletricidade.

As palavras dele se emaranharam quando tentei captar seu estado de espírito. Balancei a cabeça.

Foi meu primeiro encontro com aquele homem delicado, mas com certeza não seria o último. Com frequência, quando o apartamento esvaziava e o novo dia raiava sobre os telhados de Södermalm, ele continuava lá, perdido em pensamentos. O nome dele era Gösta. Gösta Nilsson. Morava na mesma rua, na Bastugatan 25.

— Pode-se pensar tão claramente à noite, jovem Doris — ele sempre me dizia quando eu pedia que fosse embora, pouco antes de sair cambaleando pela noite, de ombros caídos e cabeça baixa.

Seu chapéu nunca estava direito, e o velho paletó surrado que usava era grande demais; ligeiramente mais curto de um lado que do outro, como se tivesse as costas curvadas. Era bonito. Quase sempre bronzeado, o rosto tinha feições clássicas — nariz reto e lábios finos. Havia muita bondade em seus olhos, que normalmente se mostravam tristes. Sua centelha havia se apagado.

Somente vários meses depois percebi que ele era o pintor que Madame venerava. Seus quadros forravam as paredes do quarto dela, grandes telas com quadrados e triângulos de cores vivas. Nenhum tema identificável, apenas explosões de cores e formas. Quase como as de uma criança deixada à vontade com um pincel. Eu não gostava deles. Não mesmo. Mas Madame comprava um atrás do outro. Porque o príncipe Eugênio da Suécia fazia o mesmo. E porque a modernidade surrealista tinha um poder específico que a maioria das pessoas não conseguia entender. Madame apreciava o fato de que Gösta, como ela, era um forasteiro.

Foi Madame quem me ensinou que as pessoas vêm em diferentes formatos. Que as expectativas dos outros a nosso respeito nem sempre estão certas. Que existem muitas rotas a escolher em uma jornada que todos fazemos em direção à morte. Que podemos nos encontrar em algumas junções difíceis, mas que a rota ainda pode endireitar. E que as curvas não são perigosas.

Gösta sempre fazia muitas perguntas.

— Você prefere vermelho ou azul?

— Para que país você viajaria se pudesse ir a qualquer lugar do mundo?

— Quantas balas de um centavo você pode comprar com uma coroa?

Depois dessa última pergunta, ele sempre me jogava uma coroa. Jogava a moeda no ar com o indicador e eu a pegava com um sorriso.

— Prometa que você vai gastar em alguma coisa doce.

Ele sabia que eu era nova. Quase uma criança ainda. Nunca tentou tocar no meu corpo do jeito que os outros homens faziam. Nunca fez comentários sobre meus lábios ou meus seios incipientes. Às vezes até me ajudava em segredo, recolhendo copos e os levando para o corredor entre a sala de jantar e a cozinha. Quando Madame notava, depois ela me estapeava. O grande anel de ouro dela deixava marcas vermelhas nas minhas bochechas. Eu cobria as manchas com um pouco de farinha.

3

— Oi, tia Doris!

O garotinho sorri e acena, agitado, tão perto da tela do computador que apenas seus olhos e a ponta dos dedos são visíveis.

— Oi, David! — Doris também acena e leva a mão à boca para soprar um beijo para ele. Naquele exato momento, a câmera oscila para o lado e o beijo dela aterrissa na mãe do garoto. Sorri quando ouve a risada de Jenny. É contagiante.

— Doris! Como está você? Como foram as coisas nesta semana? — Jenny inclina a cabeça e chega tão perto da câmera que só os olhos ficam visíveis. Doris dá risada.

— Estou bem, não se preocupe comigo. — Balança a cabeça. — As garotas vêm todos os dias para me ver. Mas chega de falar sobre esta velha dama. O que vocês andam fazendo? Como estão as crianças? Tem encontrado tempo para escrever?

— Ah, não, esta semana não. É difícil, com as crianças. Mas talvez algum dia eu consiga ter mais tempo, quando elas forem um pouco mais velhas.

— Jenny, se você continuar adiando, esse dia pode nunca chegar. Você sempre quis escrever. Não consegue me enganar. Tente arranjar algum tempo.

— É, talvez algum dia. Mas no momento os filhos são mais importantes. Veja, deixa eu mostrar uma coisa. Tyra deu os primeiros passos ontem, veja só que gracinha.

Jenny vira o computador para a filha mais nova, que está no chão, mastigando a borda de uma revista. Choraminga quando Jenny a levanta. Recusa-se a ficar de pé sozinha, desaba assim que os pés tocam o chão.

— Vamos lá, Tyra, ande, por favor. Mostre para a tia Doris. — Jenny tenta de novo, dessa vez falando em sueco. — Fique de pé, mostre para ela o que você pode fazer.

— Deixe para lá. Quando você tem essa idade, revistas são muito mais divertidas que uma velha senhora no outro lado do mundo.

Jenny solta um suspiro. Depois vai até a cozinha, com o computador nos braços.

— Você mudou a decoração?

— Mudei, eu não contei? Ficou bom, não é? — Jenny gira com o computador, fazendo a mobília se transformar num borrão de linhas. Doris segue o aposento com os olhos.

— Muito bonito. Você tem bom gosto para interiores, sempre teve.

— Ah, eu não tenho certeza disso. Willie acha que ficou verde demais.

— E o que você acha...?

— Eu gosto. Eu adoro verde-claro. É a mesma cor da cozinha da minha mãe, lembra? Naquele apartamentinho em Nova York.

— Não era em Nova York, era?

— Era, o prédio de tijolos, lembra? Aquele com a ameixeira e o jardinzinho.

— No Brooklin, você quer dizer? Sim, eu me lembro. Com uma mesa de jantar tão grande que quase não cabia na sala.

— Exatamente! Eu tinha me esquecido completamente disso. Mamãe se recusou a se livrar dela quando se divorciou daquele advogado, por isso teve que dividir em duas para caber na sala. Ficava tão perto da parede que eu tinha que encolher a barriga para me sentar num dos lados.

— Ah, é, a vida nunca era chata naquela casa. — Doris sorri com a lembrança.

— Eu queria que você viesse para o Natal.

— É, eu também. Faz tanto tempo. Mas minhas costas estão muito mal. E o meu coração. Acho que meus dias de viagens acabaram.

— Mesmo assim vou manter a esperança. Eu estou com saudade.

Jenny vira o computador para a bancada e fica de costas para Doris.

— Desculpe, mas preciso fazer um lanchinho para Tyra. — Pega pão e manteiga, levanta a filha choramingando até o quadril.

Doris espera pacientemente enquanto Jenny passa manteiga no pão. Quando ela volta à tela, Doris pergunta:

— Você parece cansada, Jenny. Willie está ajudando em casa? — Tyra esfrega o pão no rosto, agora sentada no colo de Jenny. A manteiga se espalha pelas bochechas, ela põe a língua para fora e lambe. Jenny a segura com um braço, usando o outro para pegar um copo de água e dar um grande gole.

— Ele faz o possível. Tem muito a fazer no trabalho, sabe? Não tem muito tempo.

— E quanto a vocês, têm tempo um para o outro?

Jenny dá de ombros.

— Quase nunca. Mas está melhorando. Nós só precisamos passar por essa fase, os anos do bebê. Ele é bom, trabalha bastante. Não é fácil manter uma família sozinho.

— Peça para ele ajudar. Assim você pode descansar um pouco.

Jenny assente. Dá um beijo na cabeça de Tyra. Muda de assunto.

— Eu realmente não quero que você fique sozinha no Natal. Não tem ninguém que possa comemorar com você? — Jenny abre um sorriso.

— Não se preocupe comigo, eu já passei muitos Natais sozinha. Você já tem muito em que pensar. Eu vou ficar feliz só de as crianças terem um bom Natal. É uma festa de criança, afinal. Deixe-me ver, já disse um alô para David e Tyra, mas onde está Jack?

— Jack! — grita Jenny, sem resposta. Gira o corpo e o pão de Tyra cai no chão. A garotinha começa a chorar.

— Jack! — Jenny está com o rosto corado. Balança a cabeça e pega o pão do chão. Sopra um pouco e o devolve a Tyra.

— Ele é incorrigível. Está lá em cima, mas... Eu simplesmente não entendo esse garoto. Jack!

— Ele está crescendo. Você se lembra de como era quando adolescente?

— Se eu me lembro? Não, de jeito nenhum. — Jenny dá risada e cobre os olhos com as mãos.

— Ah, sim, você era uma criança rebelde, era mesmo. Mas veja só como se saiu bem. Jack também vai ficar bem.

— Espero que tenha razão. Às vezes ser mãe é uma tarefa tão ingrata.

— Faz parte do pacote, Jenny. É assim mesmo.

Jenny ajeita a blusa branca, nota uma mancha de manteiga e tenta limpar.

— Poxa, minha única blusa limpa. O que eu vou vestir agora?

— Quase não dá para ver. Essa blusa fica bem em você. Você sempre está muito bonita!

— Eu nunca tenho tempo de me vestir bem ultimamente. Não sei como as vizinhas conseguem. Elas também têm filhos, mas ainda assim parecem perfeitas. De batom, cabelos penteados, salto alto. Se eu fizesse tudo isso, ia parecer uma prostituta barata no fim do dia.

— Jenny! Você está enganada. Quando olho para você, vejo uma beleza natural. Você herdou isso da sua mãe. E ela herdou da minha irmã.

— Você é que era realmente bonita naquela época.

— Em algum momento da vida, talvez. Mas acho que nós duas deveríamos estar felizes, não é?

— Da próxima vez que eu for aí, você vai ter que me mostrar aquelas fotos de novo. Eu nunca me canso de ver você e a vovó quando eram novas.

— Se eu viver até lá.

— Não, pare com isso! Você não vai morrer. Precisa ficar aqui, minha querida Doris, precisa...

— Você já tem idade para perceber que todos nós vamos morrer algum dia, não é, meu amor? É uma coisa sobre a qual temos certeza absoluta.

— Ah. Por favor, pare com isso. Agora eu preciso desligar, Jack tem treino de futebol americano. Se você esperar, pode falar com ele quando descer. A gente se fala de novo na semana que vem. Se cuide.

Jenny põe o computador num banquinho no corredor e grita de novo chamando Jack. Dessa vez ele aparece. Com seu uniforme de futebol, os ombros da largura de uma porta. Desce a escada dois degraus de cada vez, com os olhos fixos no chão.

— Diga um oi para a tia Doris. — A voz de Jenny é firme. Jack ergue os olhos e faz um sinal com a cabeça na direção da telinha e da expressão curiosa de Doris. Ela retorna com um aceno.

— Oi, Jack, como vai?

— *Ja*, tudo bem — responde ele, numa mistura de sueco e inglês. — Mas preciso sair logo. *Hej då*, Doris!

Doris leva a mão à boca para mandar um beijo, mas Jenny já desligou.

A luminosa tarde de São Francisco, cheia de conversas e risadas e gritos de crianças é substituída por sombras e solidão.

E silêncio.

Doris desliga o computador. Aperta os olhos para olhar o relógio em cima do sofá, o pêndulo balançando de um lado para outro, com seu tique-taque abafado. Sincronizada com o pêndulo, Doris se balança para a frente e para trás na cadeira. Não consegue se levantar, e continua onde está para reunir forças. Apoia as duas mãos na beira da mesa e se prepara para uma nova tentativa. Dessa vez as pernas obedecem e ela dá alguns passos. Naquele momento, ouve a porta da frente se abrir.

— Ah, Doris, está fazendo exercícios? Que bom. Mas está tão escuro aqui dentro!

A cuidadora entra logo no apartamento. Acende todas as luzes, recolhe objetos, faz barulho, fala alto. Doris arrasta os pés até a cozinha e se senta na cadeira mais próxima da janela. Organiza suas coisas devagar. Mexe em tudo de forma que o saleiro acabe ficando atrás do telefone.

A caderneta de endereços vermelha
N. NILSSON, GÖSTA

Gösta era um homem de muitas contradições. À noite, e nas primeiras horas da manhã, era frágil, cheio de dúvidas e lágrimas. Porém, nas tardes que precediam esses momentos ele se sentia desesperado por atenção. Vivia disso. Precisava estar no centro da discussão. Subia na mesa e começava a cantar. Ria mais alto que qualquer um. Gritava quando opiniões políticas discordavam. Ficava feliz ao falar sobre desemprego e o sufrágio feminino. Mas, acima de tudo, falava sobre arte. Sobre o ato divino da criação. O que os falsos artistas jamais entenderiam. Uma vez perguntei como ele podia ter tanta certeza de que era um artista genuíno. Como sabia que não era o contrário? Ele me beliscou forte e me sujeitou a um longo discurso sobre cubismo, futurismo e expressionismo. A expressão de quem não entendia nada em meu rosto foi como um combustível. Acendeu sua risada.

— Um dia você vai entender, minha jovem. Formas, linhas, cores. Tudo é tão fantástico que, com a ajuda delas, você pode captar o princípio divino por trás de toda a vida.

Acho que ele gostava da minha falta de compreensão. Sentia-se aliviado quando eu não o levava tão a sério quanto os outros. Era como compartilhar um segredo. Às vezes nós estávamos andando lado a lado pelo apartamento; ele ficava para trás, mas pulava na minha frente de tempos em tempos para sincronizar nossos passos. "Logo direi que a jovem dama tem os olhos mais verdes e o sorriso mais maravilhoso que já vi", cochichava, e meu rosto sempre corava, no mesmo tom de vermelho. Ele queria me fazer feliz. Naquele ambiente estranho, Gösta se tornou meu consolo. Um substituto para a mãe e o pai de que eu sentia tanta falta. Sempre me procurava quando chegava, como se para conferir se eu estava bem. E fazia perguntas. É estranho: certas pessoas se sentem particularmente atraídas umas pelas outras. Era assim entre mim e Gösta. Depois de apenas alguns encontros, eu via nele um amigo, e sempre ficava esperando suas visitas. Tinha a sensação de que ele conseguia ouvir o que eu estava pensando.

De vez em quando, ele vinha acompanhado de alguém. Quase sempre era algum jovem bronzeado, musculoso, bem diferente da elite cultural que frequentava as festas da Madame, tanto no estilo como na postura. Em geral, esses jovens sentavam-se em silêncio numa cadeira, esperando enquanto Gösta esvaziava um cálice de vinho tinto atrás do outro. Sempre ouviam as conversas com atenção, mas nunca participavam delas.

Uma vez vi mais do que isso. Era tarde da noite e eu tinha entrado no quarto da Madame para afofar os travesseiros antes de ela se deitar. Gösta estava com o braço ao redor do quadril de um jovem. Ele o soltou logo, como se tivesse se queimado. Os dois estavam próximos, face a face, em frente a dois quadros de Gösta, mas ele olhou direto nos meus olhos e pôs um dedo nos lábios. Arrumei os travesseiros com uma só mão e saí do quarto. O amigo de Gösta desapareceu pelo corredor e saiu pela porta. Nunca mais voltou.

Dizem que loucura e criatividade andam de mãos dadas. Que os mais criativos entre nós são os que chegam mais perto da melancolia, da tristeza e das neuroses obsessivas. Naquela época, ninguém pensava desse jeito. Sentir-se infeliz era considerado feio. Não era uma coisa sobre a qual as pessoas falassem a respeito. Todo mundo tinha que ser feliz o tempo todo. A Madame estava sempre com sua maquiagem impecável, o cabelo alisado e as joias cintilantes. Ninguém ouvia seus choros angustiados à noite, quando o apartamento ficava em silêncio e ela, sozinha com seus pensamentos. Provavelmente ela organizava suas festas para afastar esses pensamentos.

Gösta ia às festas pela mesma razão. A solidão o tirava de seu apartamento, onde seus muitos quadros não vendidos empilhavam-se ao longo das paredes, um constante lembrete de sua pobreza. Era quase sempre marcado pela sóbria melancolia que percebi da primeira vez que nos encontramos. Quando nesse estado, ele ficava no apartamento até eu obrigá-lo a sair. Sempre queria voltar para sua Paris. Para a vida boa que tanto amava. Para os amigos, a arte, a inspiração. Mas nunca tinha dinheiro. A Madame provinha a dose de francesice de que ele precisava para sobreviver. Um pouco de cada vez.

— Eu não consigo mais pintar — suspirou uma noite.

— Por que o senhor diz isso? — Eu nunca sabia como reagir à sua melancolia.

— Não resulta em nada. Não vejo mais imagens. Não vejo mais a vida em cores nítidas. Não como antes.

— Eu não entendo nada disso. — Forcei um sorriso.

Não sabia nada do mundo. Nada sobre arte. Para mim, um quadro bonito era um que retratasse a realidade como eu a entendia. Não por meio de quadrados coloridos e distorcidos formando figuras igualmente distorcidas. Eu achava que talvez fosse um golpe de sorte que Gösta não conseguisse mais produzir aquelas terríveis pinturas que a Madame empilhava no guarda-roupa para pôr comida na mesa dele. Mas de repente eu me via parada, espanador na mão, em frente à sua obra. A confusão de cores e pinceladas às vezes capturava minha imaginação, deixando-a correr livremente. Eu via alguma coisa nova. Com o tempo, aprendi a amar aquele sentimento.

A caderneta de endereços vermelha
S. SERAFIN, DOMINIQUE

ELA ANDAVA INQUIETA. Ouvi isso das outras garotas. As festas a mantinham longe da vida cotidiana; a movimentação a mantinha longe do tédio. Suas crises eram súbitas, imprevisíveis, mas sempre havia uma razão para elas. A Madame tinha encontrado um apartamento maior, melhor e em uma área com mais status.

Quase um ano depois do dia de nosso primeiro encontro, ela entrou na cozinha. Encostou o quadril e um ombro na parede de tijolos ao lado do fogão a lenha. Com uma das mãos, ela brincava com a aba do chapéu, com a fita passando pelo queixo, com o colar, os anéis. Nervosa, como se ela fosse a empregada e nós fôssemos as patroas. Como uma criança prestes a pedir permissão a um adulto para pegar uma bolacha. A Madame, sempre tão ereta, de cabeça erguida. Fizemos uma mesura e acho que todas pensamos exatamente a mesma coisa: estávamos prestes a perder nosso emprego. A pobreza nos assustava. Com a Madame não nos faltava comida e, apesar do duro trabalho diário, tínhamos uma boa vida. Ficamos em silêncio, com as mãos cruzadas na frente do avental, lançando olhares furtivos em sua direção.

Ela hesitava. Seus olhos vagueavam por entre nós, como se estivesse diante de uma decisão que não queria tomar.

— Paris! — exclamou ela, por fim, abrindo os braços. Um vasinho da cornija caiu, vítima de sua súbita euforia. Os pequenos fragmentos de porcelana espalharam-se entre nossos pés. Imediatamente eu me abaixei.

A cozinha ficou em silêncio. Senti os olhos dela em mim e olhei para cima.

— Doris. Faça sua mala, nós vamos partir amanhã de manhã. As outras podem ir para casa, não preciso mais de vocês.

Ela ficou esperando alguma reação. Viu as lágrimas vertendo dos olhos das outras. Percebeu a ansiedade nos meus. Ninguém disse uma palavra, por isso ela se virou, parou por um instante e saiu da cozinha. Já no corredor, gritou:

— Nós vamos tomar o trem às sete. Até lá você está de folga!

***

E assim, na manhã seguinte, eu me encontrava num trepidante vagão de terceira classe a caminho da ponta sul da Suécia. Ao meu redor, estranhos se contorciam e se viravam nos duros bancos de madeira; os assentos desgastados espetavam minhas costas. O vagão cheirava a mofo, como lã molhada, suada e densa, com muita gente pigarreando e assoando o nariz. A cada estação, alguém descia e alguém mais embarcava. De vez em quando, aparecia alguém levando uma gaiola de galinhas ou patos de uma paróquia a outra. Os dejetos das aves tinham um cheiro pungente, os pios estridentes enchiam o vagão.

Poucas vezes na minha vida me senti tão sozinha quanto naquele trem. Eu estava a caminho do sonho do meu pai, que ele me mostrava nos livros, quando minha infância ainda era segura. Mas, durante aquela viagem, aquele sonho parecia mais um pesadelo. Poucas horas antes, eu estava correndo pelas ruas de Södermalm o mais rápido que minhas pernas permitiam, desesperada para chegar ao apartamento da minha mãe em tempo de abraçá-la e me despedir. Ela sorriu, do jeito que as mães fazem, engoliu a tristeza e me deu um abraço apertado. Senti o coração dela batendo forte e acelerado. As mãos e a testa molhadas de suor. Devia ter chorado um pouco antes, pois estava com o nariz entupido, e eu não reconheci sua voz.

— Eu desejo tudo de bom para você — murmurou no meu ouvido. — Muito sol para iluminar os seus dias, com chuva suficiente para poder apreciar o sol. Muita alegria para expandir a sua alma, dores suficientes para conseguir apreciar os pequenos momentos de felicidade da vida. E muitos amigos para dizer adeus de tempos em tempos.

Lutou para dizer aquelas palavras, que tanto queria dizer, mas depois não conseguiu mais conter as lágrimas. Finalmente me soltou e voltou para dentro. Eu a ouvi murmurando, mas não sei se as palavras foram dirigidas a mim ou a ela mesma.

— Seja forte, seja forte, seja forte — repetiu.

— Também desejo tudo de bom para você, mamãe! — gritei.

Agnes ficou no quintal. Agarrou-se em mim quando tentei sair. Pedi que me soltasse, mas ela se recusava. Por fim, tive que afastar seus dedinhos gorduchos dos meus braços e corri o mais rápido que podia para ela não me alcançar. Lembro-me da sujeira embaixo das suas unhas e do gorro de lã cinza estampado de flores vermelhas bordadas. Ela chorou alto quando parti, mas logo ficou em silêncio. Provavelmente por minha mãe ter saído para pegá--la. Até agora lamento não ter olhado para trás. Lamento não ter aproveitado a oportunidade para acenar para as duas.

As palavras da minha mãe se tornaram um farol na minha vida, e pensar nelas sempre me deu força. Força suficiente para superar as dificuldades que viriam à frente.

A caderneta de endereços vermelha
S. SERAFIN, DOMINIQUE

Eu me lembro da lua, uma lasca fina contra um fundo azul-claro, e dos telhados abaixo, das roupas penduradas nas sacadas. Do cheiro de carvão da fumaça de centenas de chaminés. A batida rítmica do trem se tornou parte do meu corpo durante a longa viagem. O dia começava a nascer quando finalmente nos aproximamos da Gare du Nord, depois de muitas horas e várias baldeações. Levantei-me e me debrucei na janela da terceira classe. Respirei o aroma da primavera e acenei para as crianças na rua, que corriam descalças pelos trilhos com as mãos estendidas. Alguém jogou uma moeda, que as deteve abruptamente. Elas correram para o pequeno tesouro e começaram a lutar para ver quem ficava com ele.

Meu dinheiro estava seguro comigo. Guardado numa bolsinha de couro achatada, amarrada com uma fita branca no cós da minha saia. Verificava se ainda estava lá em intervalos regulares. Passava a mão pelas bordas macias que sentia embaixo do tecido. Minha mãe tinha posto a bolsa na minha mão pouco antes de eu me afastar, com todo o dinheiro que conseguira economizar, dinheiro que ela só usava em circunstâncias especiais. Talvez ela me amasse, afinal de contas? Eu estava tão zangada com ela, quase sempre achando que não queria mais me ver. Mas ao mesmo tempo sentia muito a sua falta. Não passava um dia sem pensar nela ou em Agnes.

Aquela bolsa era minha única fonte de consolo ao entrar na minha nova vida. Seu peso na minha saia me mantinha calma. Então os freios foram acionados e as rodas guincharam alto. Tapei os ouvidos com as mãos, fazendo o homem à minha frente sorrir. Não retribuí o sorriso, só saí correndo para descer do trem.

Um carregador empilhava a bagagem de Madame em um carrinho de ferro preto. Fiquei esperando perto daquela montanha crescente, com minha única mala entre os pés. O jovem carregador ia e voltava. Seu rosto brilhava de suor, a manga de sua camisa ia ficando marrom de sujeira de tanto enxugar a testa com ela. Malas, baús, caixas redondas de chapéus, cadeiras e quadros eram empilhados uns em cima dos outros no carrinho, que logo ficou sobrecarregado.

Pessoas passavam por nós. As saias compridas e sujas das passageiras mais pobres roçavam nos sapatos de verniz e calças bem passadas dos homens de classe alta. Mas as damas elegantes esperavam a bordo, no vagão da primeira classe. Somente quando a plataforma se esvaziou, e os passageiros da segunda e terceira classes desapareceram, elas desceram os três degraus de ferro devagar, com seus sapatos de salto alto.

A Madame abriu um sorriso quando me viu à sua espera. Mas as primeiras palavras a saírem de sua boca não foram uma saudação. Reclamou da longa viagem e de seus companheiros chatos. Das costas que doíam e do calor desconfortável. Misturava francês com sueco, e eu logo me perdi, embora ela não parecesse se importar com minha falta de respostas. Ela deu meia-volta e começou a andar em direção ao prédio da estação. Eu e o carregador a seguimos. Ele empurrava o carrinho para a frente, usando o quadril para equilibrar o peso. Segurei a barra de metal na dianteira e a puxei, para ajudá-lo. Com a outra mão, carregava minha pequena mala. Meu vestido estava úmido de suor e eu sentia seu penetrante odor de mofo a cada passo que dava.

No saguão de desembarque, com seus elegantes pilares de ferro batido esverdeado, havia gente andando para todos os lados pelo piso de pedra. O som dos passos ecoava pelo recinto. Um garotinho de camisa azul-clara e calção preto começou a nos seguir, acenando com uma rosa vermelha na mão. Sua franja lisa caía sobre dois olhos azuis brilhantes, que olhavam para mim, suplicantes. Fiz que não com a cabeça, mas ele era teimoso, continuou mostrando a flor e fazendo sinais. A mão dele pedia dinheiro. Atrás dele seguia uma garota de tranças grossas e castanhas. Ela vendia pão, e seu vestido marrom, grande demais para ela, estava salpicado de farinha. Mostrou um pedaço para mim e estendeu o braço, para eu sentir o aroma do pão saído do forno. Fiz que não com a cabeça mais uma vez e acelerei o passo, mas as duas crianças fizeram o mesmo. Um homem de terno baforou uma grande nuvem de fumaça no ar à minha frente. Tossi forte, o que fez a Madame rir.

— Está chocada, minha querida?

Ela parou de andar.

— Não se parece em nada com Estocolmo. Ah, Paris, como eu estava com saudade! — continuou, abrindo um grande sorriso e fazendo um longo discurso em francês. Virou-se para as crianças e disse alguma coisa com firmeza na voz. Os dois olharam para ela, a garota fez uma reverência, o garoto concordou com a cabeça e os dois se afastaram correndo, o som dos passos ecoando alto.

Na frente da estação, um chofer esperava por nós, com a porta de um carro grande e preto aberta para o banco traseiro. Era a primeira vez na vida que eu andava de automóvel. Os bancos eram de couro muito macio, e quando me sentei o aroma subiu e respirei fundo. Fez-me lembrar do meu pai.

O assoalho do carro era forrado com pequenos tapetes persas, vermelhos, pretos e brancos. Fiz questão de não pisar em nenhum, para não sujá-los.

Gösta havia me falado sobre as ruas, sobre a música e os aromas. Sobre os periclitantes prédios de Montmartre. Fiquei olhando pela janela, vendo passar as fachadas brancas lindamente enfeitadas. Ali, naqueles bairros exclusivos, a Madame estaria bem localizada, como todas as outras damas elegantes. Com vestidos lindos e joias caras. Mas não foi lá que paramos. Ela não queria se integrar. Queria contrastar no ambiente. Ser alguém que provocasse reações nos outros. Para ela, o incomum era o normal. Por isso reunia pintores, escritores e filósofos.

E foi exatamente para Montmartre que ela me levou. Subimos lentamente as ladeiras íngremes e, por fim, paramos em frente a um pequeno prédio com o reboco descascado e uma porta de madeira vermelha. A Madame parecia encantada, sua risada enchia o carro. Irradiava energia enquanto me conduzia por cômodos antigos e cheios de mofo. As poucas mobílias estavam cobertas por panos, e a Madame andava de um aposento a outro removendo-os e revelando tecidos coloridos e madeira escura. O estilo da casa me lembrou muito o apartamento dela em Södermalm. Ali também havia quadros, muitos quadros, pendurados em filas duplas pelas paredes. Uma confusão de temas, uma variedade de estilos. Uma gloriosa mistura de clássico e moderno. E havia livros por toda parte. Apenas na sala de estar ela tinha três estantes altas embutidas na parede, com fileiras e mais fileiras de lindos livros com capas de couro. Ao lado de uma das estantes havia uma escada sobre trilhos, para alcançar os volumes nas prateleiras mais altas.

Assim que a Madame saiu da sala, eu me aproximei das estantes, examinando os nomes de autores famosos. Jonathan Swift, Rousseau, Goethe,

Voltaire, Dostoiévski, Arthur Conan Doyle. Eu só tinha ouvido falar desses nomes; agora os livros estavam todos ali, cheios de ideias que eu tinha ouvido, mas não entendido. Peguei um volume da prateleira, só para descobrir que era em francês. Todos eram em francês. Exausta, desabei numa poltrona e murmurei as poucas palavras que sabia. *Bonjour, au revoir, pardon, oui.* Estava cansada da viagem e de tudo que tinha visto. Não conseguia manter os olhos abertos.

Quando acordei, percebi que a Madame havia me coberto com uma manta de crochê. Eu me enrolei nela. O vento entrava por uma das janelas, e levantei-me para fechá-la. Depois, sentei-me para escrever uma carta para Gösta, uma coisa que havia prometido a mim mesma fazer assim que chegasse. Reuni todas as minhas primeiras impressões e as escrevi o melhor que pude, com o escasso vocabulário de uma garota de treze anos. O som da plataforma dos trens sob meus pés quando eu andava, os aromas ao redor, as duas crianças com o pão e a flor, os músicos de rua que ouvi do carro, Montmartre. Tudo.

Sabia que ele iria querer saber de tudo.

4

— Na semana que vem virá outra garota. Uma temporária. — Ulrika articula cada palavra, um pouco alto demais. — Eu vou viajar para as Ilhas Canárias.

Doris tenta se encolher, mas Ulrika se aproxima e fala mais alto ainda.

— Vai ser muito bom tirar uma folga, ficar fora por um tempo. Tem um clube com atividades para crianças, então vamos poder relaxar nas cadeiras de praia. Sol e calor. Imagine só, Doris. Nas Ilhas Canárias. Você nunca esteve lá, esteve?

Doris a observa. Ulrika está dobrando a roupa lavada de forma desleixada e apressada, amarrotando as mangas das blusas de Doris. Amontoa tudo numa pilha. As palavras continuam fluindo enquanto a pilha aumenta.

— Maspalomas, esse é o nome do lugar. Pode ser um pouco turístico, mas o hotel é muito bom. E nem ficou tão caro. Apenas mil coroas a mais do que um muito pior. As crianças vão poder brincar na piscina o dia inteiro. E na praia. É uma praia grande, com dunas imensas. A areia vem até da África, trazidas pelo vento.

Doris vira a cabeça e olha pela janela. Pega a lupa e procura o esquilo.

— Vocês mais velhos acham que somos loucos, sempre viajando por todos esses lugares. Minha avó fica curiosa para saber por que saio viajando tendo tantas coisas boas em casa. Mas é divertido. E é bom as crianças conhecerem um pouco do mundo. Enfim, tudo certo, Doris. A roupa já está dobrada. Hora de ir para o chuveiro. Está pronta?

Doris lança um olhar cansado para Ulrika, afasta a lupa e a põe sobre a mesa. No lugar exato; vira a lupa um pouco para deixá-la no ângulo certo. O esquilo não apareceu. Onde estará? E se tiver sido atropelado por um automóvel? Vive correndo e atravessando a rua. Doris tem um sobressalto quando sente os dedos de Ulrika em suas axilas.

— Um, dois, trêêês!

Ulrika põe Doris de pé rapidamente e segura nas mãos dela por um momento, até passar o pior da tontura.

— Por favor, me avise quando estiver pronta, e vamos bem devagar até o seu spa particular.

Doris concorda com a cabeça.

— Imagine se você tivesse um verdadeiro spa em casa. Com uma jacuzzi, massagem e tratamento facial. Seria demais, hein? — Ulrika dá uma risadinha da própria fantasia. — Vou comprar uma máscara facial para você quando estiver de férias, e quando voltar nós vamos fazer um tratamento especial. Vai ser divertido.

Doris aquiesce e sorri da conversa de Ulrika, refreando qualquer comentário.

Quando chegam ao banheiro, Doris estende os braços e deixa Ulrika tirar sua camiseta e sua calça, expondo o corpo nu. Anda com todo o cuidado até o chuveiro. Senta-se na beira do banco branco alto com o assento vazado que a agência de cuidadoras forneceu. Segura o chuveirinho perto do corpo e deixa a água morna escorrer pela pele. Fecha os olhos e curte a sensação. Ulrika a deixa sozinha e vai até a cozinha. Doris aumenta a temperatura e relaxa os ombros. O som de água corrente sempre teve um efeito calmante sobre ela.

A caderneta de endereços vermelha
S. ~~SERAFIN, DOMINIQUE~~ MORTA

ENCONTREI UM LUGAR ESPECIAL. Uma praça aberta a certa distância da casa. La place Émile-Goudeau tinha um banco e uma bela fonte: quatro mulheres segurando uma abóboda no alto. A fonte irradiava força, e eu adorava o som da água gotejando pelos vestidos até os tornozelos das figuras. Evocava lembranças de Estocolmo, de Södermalm e da proximidade da água. Paris só tinha o Sena, mas ficava a certa distância de Montmartre, e as muitas horas de trabalho na casa de Madame tornavam difícil chegar até lá. Foi por isso que a fonte na praça se tornou meu refúgio.

Às vezes eu ia até lá durante a tarde, enquanto Madame dormia, e escrevia minhas cartas a Gösta. Nós nos correspondíamos com frequência. Eu mandava fotos, vislumbres de tudo aquilo de que ele sentia falta. Das pessoas, da comida, da cultura, dos lugares, das paisagens. Dos amigos artistas. Em troca, ele me mandava fotos de Estocolmo. Das coisas de que eu sentia falta.

Querida Doris,

As histórias que você me manda se tornaram o elixir da vida para mim. Elas me dão coragem e força para criar. Estou pintando agora como nunca antes. O fluxo de imagens que assimilo com suas palavras também me possibilitou ver a beleza ao meu redor. A água. Os edifícios. Os marinheiros no cais. Tanta coisa que perdi até agora.

Você escreve tão bem, minha amiga. Talvez um dia se torne uma escritora. Continue escrevendo. Se você sentir um mínimo de vocação, nunca desista desse sentimento. Nós nascemos na arte. É um alto poder que tivemos a honra de receber. Acredito em você, Doris. Acredito que o poder de criar está dentro de você.

Hoje está chovendo bastante, as gotas batem tão forte nos paralelepípedos que posso ouvir o barulho aqui de cima no terceiro andar. O céu está tão opaco que quase sinto que vai envolver minha cabeça se eu sair. Por isso prefiro ficar no apartamento. Pintando. Pensando.

Lendo. Às vezes encontro um amigo. Mas isso porque ele vem aqui. Não quero me aventurar na depressão sem fundo que acompanha o fim do outono na Suécia. A escuridão nunca me afetou tanto quanto neste momento. Posso até imaginar o lindo outono de Paris. Os dias amenos. As cores brilhantes.

Use seu tempo com sabedoria. Sei que sente saudade de casa. Apesar de nunca ter mencionado, posso sentir sua tristeza. Desfrute do momento que está vivendo. Sua mãe e sua irmã estão bem, por isso não há razão para se preocupar aí. Vou visitá-las em breve para ter certeza disso.

Obrigado pela força que suas cartas me proporcionam. Obrigado, querida Doris. Escreva logo.

Eu ainda as tenho, todas as cartas que recebi. Guardadas numa caixinha de metal embaixo da minha cama, elas têm me seguido a vida toda. Às vezes eu as releio. Penso em como ele me salvou durante aqueles primeiros meses em Paris. Como me deu coragem para ver os lados positivos da nova cidade, tão diferente da minha casa. Como me fez registrar tudo o que acontecia ao meu redor.

Não sei o que ele fez com as minhas cartas; talvez as tenha queimado na lareira diante da qual costumava ficar, mas eu me lembro do que escrevi. Ainda me recordo das detalhadas cenas que captei para ele. As folhas amareladas caindo nas ruas de Paris. O ar frio penetrando pelas frestas em volta das janelas, acordando-me à noite. Madame e suas festas, frequentadas por pintores como Léger, Archipenko e Rosenberg. O prédio em Montparnasse, na rue Notre Dame des Champs, 86, onde o próprio Gösta já tinha morado. Uma vez, sem ser percebida, vi como era o vão da escadaria e descrevi cada detalhe para ele. Escrevi qual nome estava em cada porta. Ele adorou. Ainda conhecia muitas das pessoas que moravam no prédio e sentia saudade delas. Escrevi sobre Madame, como não dava mais tantas festas como em Estocolmo, preferindo vagar por Paris à noite, procurando novos artistas e escritores para seduzir. Sobre como dormia até cada vez mais tarde, o que me dava tempo para ler.

Aprendi francês graças a um dicionário e aos livros da estante dela. Comecei pelos mais finos e segui adiante, um romance atrás do outro. Livros fantásticos que me ensinaram muito sobre a vida e o mundo. Estava tudo lá, reunido naquelas prateleiras de madeira. Europa, África, Ásia, América. Os países, os aromas, os ambientes, as culturas. E os povos. Vivendo em mundos tão diferentes, e ainda assim tão parecidos. Cheios de ansiedade, dúvidas, ódio e amor. Como todos nós. Como Gösta. Como eu.

Eu poderia ter ficado lá para sempre. Meu lugar era entre os livros; era onde me sentia segura. Mas infelizmente isso não durou muito tempo.

Um dia, a caminho de casa voltando do açougue com um cesto de frios recém-fatiados, fui parada na rua. Por uma razão. Agora, hoje, quando meu corpo encarquilhado e meu rosto enrugado escondem até os últimos traços de beleza, é bom admitir: houve um tempo em que eu era muito bonita.

Um homem de terno preto saiu correndo de um carro parado no trânsito pesado. Segurou minha cabeça entre as mãos e olhou direto nos meus olhos. Meu francês ainda estava longe de ser perfeito, e ele falava muito depressa para eu entender suas palavras. Alguma coisa sobre como me desejava. Fiquei com medo e me desvencilhei de suas mãos. Corri o mais depressa que pude, mas ele voltou para o carro e me seguiu. Dirigindo devagar, logo atrás de mim. Quando cheguei à casa de Madame, entrei e bati a porta. Tranquei todas as fechaduras.

O homem bateu na porta. Bateu e bateu até que Madame foi atender, me xingando em francês.

No exato momento em que abriu a porta, o tom dela mudou, e imediatamente ela convidou o homem a entrar. Olhou para mim e fez um sinal para eu desaparecer. Postou-se ereta e pomposa ao lado dele, como se ele pertencesse à realeza. Eu não entendi aquilo. Os dois desapareceram na sala de estar, mas depois de alguns minutos ela veio correndo falar comigo na cozinha.

— Vá se lavar, arrume-se! Tire esse avental. *Mon Dieu, monsieur* quer ver você.

Agarrou minhas bochechas entre o polegar e o indicador. Beliscou forte diversas vezes para fazer a pele corar.

— Pronto. Sorria, minha garota. Sorria! — cochichou, empurrando-me na frente dela. Forcei um sorriso para o homem na poltrona e ele se levantou de imediato. Examinou-me dos pés à cabeça. Olhou nos meus olhos. Passou o dedo na minha pele. Beliscou a minha cintura fina. Suspirou nos lóbulos de minhas orelhas e passou os dedos neles. Ficou me examinando em silêncio. Depois recuou e voltou a se sentar. Eu não sabia o que devia fazer, por isso fiquei ali parada, com os olhos fixos no chão.

— *Oui!* — ele disse, por fim, levando as duas mãos ao rosto. Levantou-se de novo e girou o meu corpo.

— *Oui!* — repetiu, quando parei de pé à sua frente.

Madame dava risinhos de felicidade. Em seguida aconteceu uma coisa muito estranha. Ela me convidou para sentar. No sofá. Na sala de visitas. Junto com eles. Sorriu dos meus olhos arregalados e fez um sinal enérgico, como que para mostrar que estava falando sério. Eu me sentei bem na beiradinha do assento, com os joelhos bem juntos e as costas retas. Alisei o tecido preto do meu uniforme de empregada, amassado pelo avental, e fiquei ouvindo atentamente o francês trocado em ritmo rápido entre o homem e Madame. As poucas palavras que consegui entender não revelaram nenhum contexto. Continuei sem saber quem estava sentado na poltrona à minha frente e por que ele era tão importante.

— Este é Jean Ponsard, minha garota — disse de repente Madame, em seu francês tingido de sueco. Como se eu devesse saber quem era. — Ele é um famoso designer de moda, muito famoso. E quer que você seja uma manequim viva para as roupas dele.

Ergui as sobrancelhas. Manequim? Eu? Mal sabia o que aquilo significava.

Madame me encarou, seus olhos verdes ardiam de expectativa. Os lábios se abriram ligeiramente, como se quisesse falar, se eu não falasse.

— Você não entende? Você vai ser famosa. É o sonho de qualquer garota. Sorria! — A irritação dela com meu silêncio era tão palpável que me fez estremecer. Balançou a cabeça e suspirou. Depois disse para eu embalar minhas coisas.

Meia hora depois eu estava no banco traseiro do carro de *monsieur* Ponsard. A bagagem no porta-malas só tinha roupas. Nenhum livro. Eu tinha deixado os livros com Madame.

Foi a última vez que a vi. Muito mais tarde, soube que ela tinha morrido durante uma bebedeira. Foi encontrada na banheira. Afogada.

5

— Pois ela é uma boa companheira, ninguém pode negar... — Doris para no meio da música e fica em silêncio por um momento. — Ou melhor: eu não posso negar! Feliz aniversário, querida Jenny! — Continua cantando, os olhos fixos na mulher sorrindo à sua frente na tela. Quando termina, Jenny bate palmas.

— Maravilha, Doris! Muito obrigada! Não acredito que você sempre se lembra.

— Como poderia me esquecer?

— É mesmo, como poderia? Pense só... Nada mais foi o mesmo depois que eu entrei na sua vida, certo?

— Não, minha querida, foi quando minha vida ficou mais rica. Como você era meiga! E bem-comportada, sempre dando risada em seu cercadinho.

— Acho que suas lembranças estão equivocadas, Doris. Eu não era bem-comportada. Todas as crianças são difíceis. Até eu fui.

— Você não. Você foi um anjinho. Estava escrito *bem-comportada* na sua testa. Eu me lembro disso com certeza. — Leva as mãos aos lábios e sopra um beijo, que Jenny finge pegar, sorrindo.

— Talvez eu tenha sido boa demais quando você chegou. Eu precisava de você.

— É, suponho que sim. E eu também precisava de você. Estou convencida de que precisávamos uma da outra.

— Eu ainda preciso, saiba disso. Você não pode mesmo pegar um avião e vir até aqui?

— Ah, sua bobinha, claro que não. Já comeu o seu bolo?

— Não, ainda não. Assim que as crianças voltarem das atividades. Meia hora antes de irem para cama. É quando vou comer o bolo. — Jenny dá uma piscada.

— Você está precisando. Está muito magra. Você tem comido bem?

— Doris, acho que seus olhos devem estar com algum problema. Não está vendo esse meu pneu?

Jenny bate na barriga e belisca um pouco de gordura.

— Eu só vejo uma linda e esbelta mãe de três filhos. Não pense em fazer dieta agora, além de tudo o mais. Você está perfeita. Um pedaço de bolo de vez em quando não vai fazer mal nenhum.

— Você sempre mentiu muito bem. Lembra quando fui a um baile na escola com um vestido pequeno demais? Tão apertado que a costura estourou? Mas você logo encontrou uma solução, com um belo lenço que enrolou na minha cintura.

Os olhos de Doris cintilaram.

— Sim, lembro muito bem. Mas naquela época você era mesmo um pouco gorducha. Foi quando aquele garoto moreno e bonito… Qual era o nome dele? Mark? Magnus?

— Marcus. Marcus, meu primeiro grande amor.

— Isso, você ficou tão triste quando ele desmanchou. Comia biscoitos de chocolate no café da manhã.

— No café da manhã? Eu comia o tempo todo. O dia inteiro! Meu quarto era cheio de biscoito. Como uma alcoólatra. *Chocólatra.* Eu era tão triste. E fiquei tão gorda!

— Sorte ter conhecido Willie. Ele colocou sua vida em ordem.

— Não entendo muito de ordem. — Faz sinal em direção à mesa da cozinha e às pilhas de jornais, brinquedos e copos sujos.

— Bom, pelo menos você não é gorda — observa Doris.

— Não, tudo bem, eu sei onde você está querendo chegar. — Dá risada. — Eu não sou gorda. Não daquele jeito.

— Não, exatamente. Isso soa melhor. Onde está Tyra? Dormindo?

— Dormindo? Não, essa menina não dorme. Ela está aqui. — Jenny muda o ângulo da câmera para Doris ver a garotinha. O pote de cores vivas com que está brincando a absorve por inteiro.

— Olá, Tyra — diz Doris. — O que está fazendo? Brincando? Que belo pote você tem aí!

A garota sorri e balança o pote no ar, fazendo o conteúdo chacoalhar ruidosamente.

— Então ela entende um pouco de sueco?

— Sim, é claro. Eu só falo em sueco com ela. Quase sempre, enfim. E ela assiste a programas suecos on-line.

— Isso é bom. E os outros?

— Mais ou menos. Eu falo com eles em sueco e eles respondem em inglês. Não sei bem o quanto eles entendem de sueco. Eu mesma já comecei a esquecer algumas palavras. Não é fácil.

— Você está fazendo o melhor que pode, meu amor. Recebeu minha carta?

— Recebi, obrigada! Chegou a tempo. E o dinheiro também. Vou comprar alguma coisa bacana com ele.

— Alguma coisa só para você.

— Sim, ou pelo menos para nós.

— Não, você conhece as regras. Tem que ser uma coisa que só você deseje. Não as crianças ou Willie. Você merece um pouco de luxo de vez em quando. Uma bela blusa. Alguma maquiagem. Ou uma visita a um desses spas para onde as pessoas vão hoje em dia. Ou, há, sei lá, sair para jantar com uma amiga e passar a noite dando risada.

— Sim, sim, vamos ver. Gostaria de levar você para jantar e dar risada das antigas lembranças. Nós vamos visitá-la no próximo verão, juro. A família inteira. Você só precisa...

Doris franze o cenho.

— Preciso do quê? Viver até lá?

— Não, não foi isso que eu quis dizer. Ou sim, é claro, você precisa viver. Precisa viver para sempre!

— Meu Deus, eu sou uma velha, Jenny. Em breve não vou nem conseguir me levantar sozinha. Acho que é melhor simplesmente morrer, não? — Doris observa Jenny com um olhar sério, depois se anima e fala:

— Mas não pretendo morrer antes de apertar aquelas bochechas lindas! Não é, Tyra? Nós precisamos nos encontrar. Não precisamos?

Tyra ergue a mão e faz um aceno enquanto Jenny manda beijos com as duas mãos, faz um gesto de despedida e desliga a câmera. A tela, até recentemente tão cheia de vida e amor, fica escura. Como o silêncio pode ser tão avassalador?

A caderneta de endereços vermelha
P. PONSARD, JEAN

A sensação foi um pouco como a de estar sendo vendida. Como se eu não tivesse escolha a não ser me sentar no banco traseiro daquele carro e partir rumo ao desconhecido. Dar adeus à vida segura atrás da porta pintada de vermelho de Madame. Ela falava minha língua. Tinha andado pelas mesmas ruas que eu.

Apesar de estarmos sentados lado a lado no banco de trás do carro, *monsieur* Ponsard não falava nada. Durante todo o trajeto, só ficou olhando pela janela. Os pneus do carro estremeciam sobre os paralelepípedos quando descíamos as ladeiras, e eu agarrava a borda do assento para me segurar.

Ele era muito bonito. Observei o seu cabelo, as mechas prateadas lindamente mescladas com preto. Penteado liso para trás. O tecido do terno cintilava contra a luz. As luvas eram feitas de couro branco e fino; perfeitas, sem nenhuma mancha de sujeira. Os sapatos eram pretos, engraxados e brilhantes. Olhei para o vestido que eu usava. O tecido escuro parecia imundo sob a luz do sol que entrava pelas janelas do carro. Passei a mão no vestido. Peguei alguns grãos de poeira, tirei uma crosta de massa seca com o indicador. Provavelmente a massa ainda estava crescendo na casa de Madame.

Ele nunca me perguntou nada sobre mim. Acho que nem sabia em que país eu tinha nascido. Não estava interessado no que se passava pela minha cabeça. Essa pode ser uma das coisas mais degradantes a que se pode submeter alguém, não se importar com o que a pessoa pensa. Só se interessava pela superfície. E logo começou a apontar meus defeitos. Meu cabelo era muito seco e arrepiado. Minha pele era bronzeada demais. Minhas orelhas se destacavam quando meu cabelo era preso na nuca. Meus pés eram grandes demais para alguns tipos de sapatos. Meus quadris eram estreitos ou largos demais, dependendo do vestido que eu experimentava.

Minha mala se tornou meu guarda-roupa. Eu a guardava embaixo da cama no apartamento que dividia com outras quatro manequins vivas. Todas éramos igualmente jovens, todas igualmente perdidas. Nunca pensei que ficaria lá tanto tempo.

Quem cuidava de nós era uma governanta com olhos severos e lábios enrugados. O constante olhar desaprovador era reforçado pelas rugas de seu rosto. Elas corriam para baixo, dos cantos dos lábios em direção ao queixo. As rugas marcantes e profundas do lábio superior a faziam parecer zangada até quando adormecia em sua poltrona na sala de estar. O óbvio ressentimento pelas garotas bonitas com quem era obrigada a viver se manifestava de muitas formas, como no controle maníaco do quanto comíamos. Não se podia comer depois das seis horas da tarde. Qualquer uma que chegasse em casa mais tarde tinha que ir para a cama com fome. Também não nos deixava sair depois das sete. Seu trabalho era garantir que tivéssemos o nosso sono embelezador.

Nunca falava conosco durante o dia. Sempre que tinha um momento de folga, ela se sentava numa cadeira na cozinha e tricotava casaquinhos para uma criança. Sempre me perguntei quem os usava, afinal. E se ela passava algum tempo com a criança. Se era seu filho.

Trabalhávamos muito durante o dia. Muitas horas. Vestíamos roupas lindas, que expúnhamos em lojas de departamentos e ocasionalmente em vitrines de magazines, sempre mantendo as costas eretas. Senhoras de idade nos beliscavam aqui e ali, sentindo o tecido, examinando as costuras, reclamando de pequenos detalhes para baixar o preço. Às vezes tínhamos que ficar horas imóveis em frente a uma câmera, posando. Virando a cabeça, as mãos e os pés com muito cuidado, para encontrar a melhor posição. Permanecendo perfeitamente imóveis enquanto o fotógrafo apertava o botão. Era disso que se tratava ser uma manequim viva.

Com o tempo, aprendi sobre o aspecto do meu rosto em todos os ângulos possíveis da câmera. Sabia que, se fechasse só um pouquinho os olhos — para não enrugar a pele embaixo —, meu olhar ficava mais intenso, até ligeiramente místico. Podia mudar a forma do meu corpo com uma simples inclinação do quadril.

Monsieur Ponsard supervisionava tudo muito de perto. Se parecêssemos muito pálidas, ele mesmo vinha beliscar nossas bochechas. Sempre mantendo os olhos fixos em alguma coisa que não nós mesmas. Seus dedos finos e bem cuidados beliscavam forte, e ele fazia uma expressão satisfeita de aprovação quando via nossas bochechas corarem. Nós piscávamos para evitar as lágrimas.

6

— Você está chorando?

A garota temporária chega até onde Doris está sentada, com os cotovelos na mesa e a cabeça entre as mãos. Doris enxuga logo as faces.

— Não, não — responde, mas o tremor em sua voz a denuncia. Empurra algumas fotos em preto e branco para o lado, virando-as para baixo.

— Posso dar uma olhada?

Sara é o nome dela. Já esteve no apartamento algumas vezes. Doris balança a cabeça.

— Não é nada especial. Apenas fotografias antigas. Velhos amigos que já não estão entre nós. Todo mundo morre. As pessoas tentam viver o máximo possível, mas sabe de uma coisa? Ser a mais velha não tem graça nenhuma. Não faz sentido viver. Não quando todos os outros já morreram.

— Você não quer me mostrar? Mostrar algumas das pessoas que foram importantes para você?

Doris passa os dedos na pilha de imagens, mas interrompe o gesto, a mão imóvel.

Sara tenta de novo.

— Talvez você tenha uma fotografia da sua mãe...

Doris tira uma foto da pilha. Observa-a por um momento.

— Eu não conheci muito bem minha mãe. Só nos meus primeiros treze anos.

— O que aconteceu? Ela morreu?

— Não, mas é uma longa história. Longa demais para ser interessante.

— Não precisa me contar se não quiser. Escolha alguma outra pessoa.

Doris vira a fotografia de um homem jovem. Encostado num tronco de árvore, com os pés cruzados e uma das mãos no bolso. Está sorrindo e os dentes brancos iluminam toda a sua expressão. Vira a foto depressa.

— Bonito. Quem é? Seu marido?

— Não. Só um amigo.

— Ainda está vivo?

— Na verdade eu não sei. Acho que não. Faz muito tempo desde que nos vimos pela última vez. Mas seria maravilhoso se estivesse. — Doris abre um sorriso sagaz e afaga a fotografia com a ponta do indicador.

Sara enlaça os ombros de Doris com o braço, sem dizer nada. Ela é tão diferente de Ulrika. Mais cordial e muito mais bondosa.

— Você vai ter que deixar de vir quando Ulrika voltar? Não pode ficar por mais tempo?

— Infelizmente, não. Assim que Ulrika voltar, nós retornamos ao cronograma habitual. Mas até lá vamos passar um bom tempo juntas, eu e você. Está com fome?

Doris assente. Sara pega o recipiente de alumínio e põe a comida num prato. Separa cuidadosamente os legumes, a carne e o purê de batata, que alisa com uma colher. Quando a comida está quente, fatia um tomate e distribui os pedaços numa bela meia-lua.

— Pronto. Parece bom, não? — diz com um sorriso, pondo o prato na mesa.

— Obrigada, muita gentileza sua preparar o prato desse jeito.

Sara para e olha para Doris com um olhar de interrogação.

— Como assim, *desse jeito*?

— Você sabe, assim tão bonito. Não com tudo misturado.

— Normalmente a sua comida é toda misturada? Isso não parece nada bom. — Torce o nariz. — Vamos ter que mudar isso.

Doris abre um sorriso contido e dá uma garfada. A comida realmente está mais gostosa hoje.

— Imagens são muito úteis. — Sara aponta com a cabeça para a pilha de fotografias na mesa, perto de duas caixas de metal vazias. — Elas nos ajudam a lembrar tudo que poderíamos esquecer sem elas.

— E tudo que deveríamos ter esquecido muito tempo atrás.

— Era essa a razão de você estar triste quando eu cheguei?

Doris concorda com a cabeça. As mãos pousadas na mesa da cozinha. Junta as palmas e entrelaça os dedos. Estão ressecadas e enrugadas, as veias azul-marinho parecem estar quase saindo da pele. Mostra a foto de uma mulher e de uma criancinha para Sara.

— Minha mãe e minha irmã — diz com um suspiro, enxugando mais uma lágrima.

Sara pega a foto, observa as duas figuras por um momento.

— Você é parecida com sua mãe; tem o mesmo brilho no olhar. A coisa mais bonita é poder ver a vida nos olhos de uma pessoa.

Doris concorda.

— Mas elas já morreram. Tão distantes. Dói.

— Talvez você devesse separar as fotos em duas pilhas. Uma de fotos que proporcionam sentimentos positivos, outra para os negativos.

Sara se levanta e começa a remexer nas gavetas da cozinha.

— Aqui! — exclama quando encontra o que está procurando: um rolo de fita adesiva grossa. — Vamos pôr todas as fotografias negativas em uma caixa. E fechamos com a fita quando não sobrar nenhuma.

— Você é cheia de ideias, não? — Os olhos de Doris se iluminam.

— Vamos fazer exatamente isso! — Sara dá risada.

Assim que Doris acaba de comer, Sara assume o comando da pilha de fotos. Mostra uma após outra e deixa Doris apontar para a caixa que cada uma deve ocupar. Sara não faz perguntas, embora sua expressão demonstre alguma curiosidade sobre as pessoas e os lugares do passado que se alternam. Calmamente põe as fotos nas caixas, viradas para baixo, para que Doris não precise olhar para elas. Muitas das fotos em preto e branco acabam na pilha negativa. As fotografias em cores, mais modernas, mostrando crianças meigas e sorridentes, ficam na positiva. Sara observa o rosto de Doris enquanto ela toma as decisões, afagando suas costas com delicadeza.

Logo as pilhas estão separadas. Sara passa a fita transparente várias vezes ao redor da caixa de metal. Depois remexe na gaveta mais uma vez, e encontra mais rolos de fita. Continua com a fita bege, concluindo com algumas camadas de fita prateada. Dá um risinho satisfeito quando põe as caixas na frente de Doris.

— Tente abrir esta agora! — Sara está sorrindo, roçando a caixa com as juntas dos dedos.

A caderneta de endereços vermelha
N. NILSSON, GÖSTA

A FOLHA DE PAPEL ESTAVA EM BRANCO. Eu me sentia cansada. Não tinha palavras. Não tinha alegria. Estava sentada no meu colchão, encolhida na parede, com as costas apoiadas numa almofada. O quarto era verde, a cor me deixava nauseada. Queria fugir das folhas e flores simétricas do papel de parede. As flores eram grandes e abundantes, ligeiramente mais claras que o fundo verde-escuro, com caules e folhas serpeando por elas. Desde então, sempre que via papéis de parede semelhantes, eu me lembrava das noites naquele quarto. A inatividade, o cansaço, a delicadeza forçada entre as garotas. As dores no corpo e o fastio na minha alma.

Queria escrever para Gösta. Queria contar tudo o que ele estava ansioso para ouvir. Mas não passei. Nem mesmo umas poucas palavras agradáveis sobre a cidade que passei a detestar. Os últimos raios de luz dourada entravam pela janela, tornando o papel de parede ainda mais odioso. Girei lentamente a caneta de forma que o tubo de aço polido projetasse um brilho na parede oposta. Um estreito facho de luz dançava enquanto eu repassava tudo o que havia acontecido recentemente. Desesperada, tentava transformar minha experiência em algo positivo.

Meu couro cabeludo coçava, e arrumei meu cabelo, uma mecha caindo no rosto, para diminuir a dor o melhor que podia. Os bobes cheios de arestas usados nos meus cabelos toda manhã deixavam marcas, às vezes até cortavam a pele. Os penteados podiam ser dolorosos; eles puxavam e repuxavam até chegar ao estilo perfeito. Tudo girava em torno de parecer o mais perfeito possível para quaisquer que fossem as fotos tiradas ou as imagens que devêssemos passar. Mas se esperava que parecêssemos igualmente bonitas no outro dia, e no seguinte. Não podia deixar que os furos no meu couro cabeludo ou problemas de pele atrapalhassem, arruinando a impressão causada por uma mulher jovem e de rosto limpo. O tipo da mulher que qualquer uma gostaria de ser.

Minha aparência era tudo que eu tinha, e eu sacrificava tudo por ela. Fazia dietas. Apertava o corpo com espartilhos e cintos. Aplicava máscaras faciais à noite, feitas em casa, com leite e mel. Passava linimento de cavalo nas pernas, para melhorar a circulação. Nunca feliz, sempre à caça de mais beleza.

Eu *era* bonita. Tinha olhos grandes; minhas pálpebras não eram caídas. A cor da pele do meu rosto era bonita e sem manchas; isso antes de os raios de sol arruinarem a minha pigmentação. A pele do meu pescoço era bem firme. Mas nenhuma cura do mundo podia melhorar minha visão de mim mesma. Nunca sabemos o que temos até perder tudo. É quando sentimos falta do que tínhamos.

Imagino que estava muito envolvida na minha infelicidade para escrever para Gösta. O ambiente em que vivia era bem distante da Paris idealizada por ele. O que eu iria escrever? Que eu só queria voltar para casa, que chorava à noite até adormecer? Que detestava o barulho do trânsito, os cheiros, as pessoas, a língua, o corre-corre? Tudo que Gösta adorava. Paris era uma cidade onde ele se sentia livre, mas eu era uma prisioneira. Encostei a caneta no papel e consegui rabiscar algumas palavras. Sobre o clima. Pelo menos eu podia falar sobre isso. O sol insistente que continuava brilhando dia após dia. O calor pegajoso na minha pele. Mas por que ele se interessaria por isso? Rasguei a folha de papel e joguei fora. Os pedaços caíram no cesto de lixo e se juntaram às cartas que eu nunca havia mandado.

Os prédios na região da loja de departamentos eram lindos, muito bem decorados, mas eu só via o chão. Não conseguia apreciar minha vizinhança por causa dos longos e duros dias de trabalho. Acima de tudo, me lembro dos cheiros enquanto voltava para casa. Sempre que sinto cheiro de lixo, eu me lembro de Paris. As ruas eram tão sujas, os bueiros cheios de lixo. Não era incomum ver pilhas de vísceras de peixe, carne e vegetais podres perto das portas das cozinhas dos restaurantes.

Ao redor da loja de departamentos tudo era limpo e agradável, os garotos de recado e seus bonés de tweed, camisas brancas e coletes esmeradamente escovados. Automóveis reluzentes, dirigidos por choferes de terno preto, estacionados em forma de leque em torno da loja, de frente para a calçada. Eu ficava fascinada com as damas elegantes que andavam graciosamente pela rua antes de passar pelas portas largas. Elas se tornaram a nossa plateia. Nunca falavam com as manequins vivas. Nenhuma palavra. Simplesmente nos observavam. De alto a baixo, de baixo para cima.

À noite eu costumava deixar os pés de molho numa bacia de água gelada. Isso impedia que inchassem depois de um longo dia de salto alto. Em geral, os sapatos que eu usava eram muito pequenos. Garotas escandinavas tendem a ter pés grandes, mas ninguém nunca atentou para isso. Os sapatos tinham que caber em todas. Eram número 37 ou 38, se eu tivesse sorte. Mas meu número era 39.

As semanas se passaram. Sempre com a mesma rotina se repetindo. Longos dias de trabalho, penteados exigentes; pés esfolados e inchados; maquiagem que derretia nos poros e queimava a nossa pele. Eu limpava o rosto usando óleo e um pedaço de papel. O óleo entrava nos meus olhos, turvando minha visão, e era sempre com areia nos olhos que eu lia as cartas que chegavam de Gösta em estranhos intervalos.

Querida Doris,

O que aconteceu? Estou muito preocupado. Todo dia que passa sem o carteiro me trazer uma carta sua é uma decepção.
Por favor, me diga que está vivendo e passando bem. Dê-me um sinal.

Seu Gösta

A ansiedade dele se tornou minha segurança. Eu me apoiava nela. Fazia de conta que éramos dois amantes confusos e sem esperança de um futuro. Até pus um retrato dele na minha mesa de cabeceira — um recorte de jornal que tinha guardado em meu diário. Enquadrei numa moldura dourada que encontrei no mercado de pulgas. A área oval era tão pequena que mal cabia o queixo de Gösta, e também tive que cortar parte do cabelo dele. Parecia que a cabeça era totalmente achatada. Seu rosto me fazia sorrir à noite antes de adormecer. Parecia bobo. Mas os olhos olhavam direto para mim. É estranho. Eu sentia mais falta dele do que da minha mãe e da minha irmã.

Acho que eu estava ligeiramente apaixonada por ele, apesar de saber que ele não me via dessa forma, que não se interessava por mulheres. Mas nós tínhamos algo de diferente, algo muito especial. Um vínculo entre nossos corações, um arco-íris cintilante que brilhava e bruxuleava ao longo dos anos, mas que estava sempre presente.

7

Doris repousa a mão numa pilha de folhas impressas, alisando lentamente a superfície. Mede-a com o dedo. A pilha vai da ponta do dedo à segunda junta do indicador. O que deveria ser apenas uma simples carta para Jenny se tornou muito mais do que isso.

São tantas as lembranças.

Começa a organizar as folhas em pilhas, por nomes. Pessoas que não mais existem. Abre a caderneta de endereços. Os nomes são os únicos traços físicos dos que outrora podiam rir e chorar. Os mortos ficam diferentes na memória. Ela tenta imaginar seus rostos, tenta se lembrar de como eram.

Uma lágrima pesada cai no canto direito superior da página da caderneta de endereços em que, anos atrás, ela riscou o nome de Gösta e escreveu a palavra MORTO. O papel absorve a lágrima e a tinta começa a se espalhar. Pequenos córregos sinuosos de tristeza.

Uma casa solitária é tão silenciosa que até o menor som torna-se alto. *Tique. Tique. Tique.* Ouve o despertador branco com números do tamanho de moedas. Acompanha o ponteiro dos segundos ao longo do trajeto de um minuto. Pega o relógio para ver melhor os números. São duas horas da tarde, não são? Ou uma? Leva o relógio para perto do ouvido e fica escutando; continua a tiquetaquear. Não há como duvidar da ânsia do ponteiro dos segundos. Sente o estômago roncar; já passou bem da hora do almoço. Fora da janela da cozinha os flocos de neve caem pesadamente. Não consegue ver ninguém lá fora, somente um carro solitário lutando para subir a ladeira. Quando desaparece, o apartamento volta a ficar em silêncio.

O relógio bate duas e meia. Três. Três e meia. Quatro. Quando o ponteiro das horas chega ao cinco, Doris começa a balançar devagar na cadeira, para a frente e para trás. Não comeu nada desde o insosso sanduíche de queijo embrulhado em plástico no café da manhã. O que Sara deixou na geladeira na última visita do dia anterior. Apoia-se com firmeza na mesa da cozinha e consegue se levantar. Precisa chegar à despensa. A caixa de chocolates que Maria lhe deu antes de partir ainda está lá, uma caixa grande e bonita, com um retrato da princesa coroada ao lado do marido. Doris a guardou assim que a recebeu; era bonita demais para abrir. Mas agora está com muita fome para se importar com isso. Um leve caso de diabetes tipo 2 também a torna mais sensível a uma baixa taxa de glicose no sangue.

Seus olhos estão fixos na porta. Dá alguns passos hesitantes, mas tem que parar quando começa a ver clarões de luz. Pequenas estrelas brancas invadindo seu campo de visão, fazendo o aposento girar. Estende o braço, tenta encontrar a bancada, mas só agarra o ar e cai. Sua nuca bate no assoalho de madeira, assim como o ombro, e o quadril se choca fortemente no canto de um armário da cozinha. A dor logo se alastra pelo seu corpo quando ela deita de costas, no piso duro, ofegante. O teto e as paredes viram um borrão, logo esmaecendo numa escuridão total.

Quando recobra a consciência, Sara está agachada ao seu lado, com uma das mãos em seu rosto e um telefone no ouvido.

— Agora ela acordou. O que devo fazer?

Doris luta para manter os olhos abertos, mas as pálpebras fecham-se. O corpo pesa no chão. O assoalho irregular faz pressão na base da sua coluna.

Uma das coxas aponta para o lado, a perna parece estar retorcida num ângulo não natural. Doris bate na perna de leve com uma das mãos e solta um gemido alto de dor.

— Coitadinha, deve ter quebrado a perna. Já chamei uma ambulância, vai chegar logo.

Sara tenta esconder sua preocupação e passa os dedos no rosto de Doris para acalmá-la.

— O que aconteceu? Você ficou tonta? É tudo culpa minha. O caminhão que traz a comida bateu e toda a entrega foi atrasada. Eu não sabia o que fazer, por isso fiquei esperando. E tinha tantas outras pessoas para ver. Eu devia ter vindo direto para cá, por causa do seu diabetes e tudo o mais... Eu sou tão idiota! Doris, mil desculpas!

Doris tenta sorrir, mas mal consegue mover os lábios, muito menos a mão para afagar o rosto de Sara.

— Chocolate — fala em voz baixa.

Sara olha para a despensa.

— Chocolate, você quer chocolate?

Sara sai correndo e procura entre as latas e os sacos de farinha. Encontra a caixa de chocolate no fundo da despensa, rasga o invólucro de plástico e abre a tampa. Escolhe cuidadosamente um pedaço macio e põe na boca de Doris, que vira o rosto.

— Você não quer?

Doris suspira, mas não consegue dizer nada.

— Você estava tentando pegar o chocolate? Era isso que ia fazer?

Doris tenta anuir, mas uma onda de dor percorre sua coluna e ela fecha os olhos. Sara continua com o chocolate na mão. Está velho; a superfície tem um tom branco-acinzentado. Parte um pedacinho e mostra para Doris.

— Toma, coma um pedacinho de qualquer forma, para ter um pouco de energia. Você deve estar faminta.

Doris deixa o chocolate derreter devagar na boca. Quando os paramédicos chegam, o chocolate ainda está lá. Fecha os olhos e se concentra no gosto doce se espalhando pela boca enquanto os paramédicos tocam seu corpo com as mãos frias. Desabotoam sua blusa e prendem eletrodos em seu peito. Ligam-na às máquinas que medem a pulsação do coração e a pressão arterial. As vozes deles parecem falar com ela, mas Doris não consegue entender o que dizem. Não tem energia para responder. Não tem energia para escutar. Mantém os olhos fechados e sonha que está em algum lugar seguro. Estremece quando eles lhe aplicam uma injeção para a dor. Geme baixinho e cerra os punhos quando tentam esticar sua perna. Quando, por fim, eles a acomodam na maca, Doris não consegue mais suportar a dor; grita e bate nos paramédicos. As lágrimas escorrem lentamente pela sua têmpora, formando uma poça fria no ouvido.

8

O QUARTO É BRANCO. Os lençóis, as paredes, a cortina ao redor da cama, o teto. Não branco como casca de ovo, um branco ofuscante. Doris olha para a luz do teto, tentando ficar acordada, mas seu corpo está letárgico e ela só quer dormir. Pisca. O assoalho é a única coisa que não é branca. Sua cor amarelo-terrosa a faz perceber que não está morta. Ainda não. A luz que vê acima não é o céu.

 O travesseiro embaixo dos ombros é empedrado, os caroços do enchimento sintético pressionam suas costas. Vira-se devagar, mas o movimento aciona uma onda de dor pela pélvis e ela fecha os olhos. Está deitada numa posição retorcida, sente a pressão do esforço na lateral do corpo, mas não se atreve a se mover, com medo de sentir mais dor. Os olhos e os dedos são tudo que pode mexer com segurança. Tamborila uma melodia lenta com o polegar e os dedos médios, entoando em voz baixa a melodia de uma música conhecida: "As folhas que caem... voam através da janela...".*

 — Ela está aqui. Sem visitas, não tem família na Suécia. Está sentindo muita dor.

 Doris lança um olhar para a porta. Consegue ver uma enfermeira ao lado de um homem de terno preto. Os dois estão cochichando, mas ela ouve cada palavra como se estivessem bem ao seu lado. Falando a seu respeito

---

* "The falling leaves/ drift by my window." Trecho da canção "Autumn Leaves", de Joseph Kosma.

como se ela estivesse prestes a morrer. O homem aquiesce se vira para ela. O colarinho branco de padre brilha no fundo do tecido preto do terno. Doris fecha os olhos. Gostaria de não estar tão sozinha, gostaria que Jenny estivesse ali, que pudesse segurar sua mão.

Deus, se você existe, faça o padre ir embora, pensa.

— Olá, Doris, como está se sentindo? — O homem puxa uma cadeira e se senta ao lado do leito. Fala alto e articula as palavras com clareza. Quando Doris solta um suspiro, ele põe a mão em cima da dela. Quente e pesada na sua pele fria. Olha para a mão dele. As veias percorrem sua pele enrugada como minhocas. Como as dela. Mas a mão dele é bronzeada e sardenta. E mais jovem. Pondera sobre onde ele esteve e se tira o colarinho na praia. Olha para ele para ver se distingue uma marca de bronzeado no pescoço. Não.

— A enfermeira disse que você está sentindo muita dor. Que terrível ter caído desse jeito.

— É. — Foi um sussurro, mas a voz sai entrecortada com o esforço. Tenta pigarrear, mas sente a vibração na pélvis e dá um gemido.

— Você vai ficar boa, vai ver. Tenho certeza de que vai estar de pé e andando muito em breve.

— Eu já não conseguia andar tão bem antes...

— Bem, nós vamos fazer você voltar a ficar de pé. Não é? Precisa de ajuda com alguma coisa? A enfermeira disse que você não teve nenhuma visita.

— Meu computador. Preciso do meu computador, está no meu apartamento. Você pode me ajudar com isso?

— Seu computador? Sim, eu posso cuidar disso. Se você me der sua chave. Disseram que você não tem família nenhuma na Suécia. Há alguém mais? Alguém que eu possa chamar?

Doris dá um riso forçado e fixa os olhos nele.

— Você não consegue ver o quanto sou velha? Todos os meus amigos já morreram há muito tempo. Você vai ver, quando tiver a minha idade. Um por um, todos eles morrem.

— Sinto muito saber disso. — O padre anui com compaixão e olha direto nos olhos dela.

— Há anos as únicas cerimônias a que compareço são os funerais. Mas agora nem isso eu faço mais. Provavelmente devo começar a pensar no meu funeral.

— Todos morremos algum dia. Ninguém pode escapar disso.

Doris fica em silêncio.

— Quais são seus pensamentos sobre o seu funeral?

— Meus pensamentos? Sobre a música, talvez. E quem vai estar lá. Se alguém vai estar lá.

— O que você quer que seja tocado?

— Jazz. Eu adoro jazz. Adoraria se tocassem um jazz animado. Assim eles perceberiam que a velha está se divertindo lá no céu com os antigos amigos.

A risada dela se transforma numa tosse. E causa ainda mais dor.

O padre lança um olhar de ansiedade e pega na mão dela de novo.

— Não se preocupe — Doris consegue dizer entre as tosses. — Eu não tenho medo. Se o céu de que vocês padres sempre falam realmente existir, vai ser ótimo chegar lá e encontrar todo mundo.

— Todos de que sente saudade?

— E os outros…

— Quem você mais gostaria de encontrar?

— Por que preciso escolher?

— Não, claro, você não precisa escolher. Todos têm sua importância, seu próprio lugar nos nossos corações. Foi uma pergunta boba. — Doris percebe que o padre está examinando seu corpo frágil.

Luta para ficar acordada, mas a imagem do padre fica cada vez mais embaçada. Suas palavras se misturam. Acaba desistindo. A cabeça pende devagar para o lado.

9

Nunca escurece em um hospital, nem à noite. A luz vinda das portas, das janelas, das luminárias e dos corredores sempre consegue penetrar entre as pálpebras, justamente quando você mais precisa da escuridão. Não importa o quanto ela feche os olhos, não adianta — não que conseguisse dormir, com todo o esforço exigido. O botão de alarme descansa perto de sua mão direita. Passa o polegar por ele, mas não o aperta. A cadeira onde o padre estava sentado antes agora está vazia. Volta a fechar os olhos. Tenta dormir, mas não são as luzes, é o barulho. Os bipes quando os pacientes tocam o alarme. Alguém roncando no quarto. Uma porta se abrindo e se fechando à distância. Pés vagando para a frente e para trás no corredor. Alguns sons são interessantes, despertam sua curiosidade. Como o tinir de metais e o som de alguém recebendo uma mensagem de texto. Outros fazem seu estômago revirar. Velhos gritando, cuspindo, peidando, vomitando. Não vê a hora de chegar a manhã, quando a luz e o movimento do lugar parecem absorver os piores ruídos. Todos os dias ela se esquece de pedir tampões para o ouvido, mas não quer incomodar os que trabalham no turno da noite.

A insônia torna a dor mais tangível, apesar dos remédios. Irradiando até os pés. Uma cirurgia está programada para os próximos dias. Ela precisa de uma nova junta no quadril; a dela fraturou na queda. Doris estremeceu quando a enfermeira mostrou o tamanho do parafuso, o que vai ser fixado em seu osso, para ela poder recuperar o movimento. Até lá ela precisa ficar quieta e deitada, embora o fisioterapeuta do hospital venha visitá-la todos os dias, torturando-a com pequenos movimentos que parecem impossíveis de realizar. Seria bom se o padre voltasse logo com o computador. Mas Doris não se atreve a ter esperança; provavelmente ele já se esqueceu de tudo a respeito dela. Os pensamentos esmaecem e ela afinal adormece.

Quando acorda, há um mundo de luz na janela. Um passarinho pousado no beiral. Cor cinza, com um pouco de amarelo. Um grande chapim, talvez? Ou talvez seja um pardal comum. Não consegue lembrar qual deles é amarelo. O passarinho afofa as penas e bica o estômago com grande concentração, à caça de algum inseto irritante. Seus olhos seguem os movimentos. Pensa no esquilo de sua casa.

A caderneta de endereços vermelha
P. PESTOVA, ELEONORA

NORA. TANTO TEMPO QUE NÃO PENSO NELA. Saída diretamente de um conto de fadas, a criatura mais linda que conheci. Aquela que todos admiravam, queriam ser como ela. Até eu. Ela era forte.

Eu ainda sofria com uma terrível saudade de casa. Não que estivesse sozinha nisso, é claro. À noite, ouviam-se soluços vindos das camas do apartamento na rue Poussin; mas, quando chegava a manhã, nós nos levantávamos resignadas, íamos até a geladeira e pegávamos jarras geladas para colocar debaixo dos olhos a fim de reduzir o inchaço. Depois nos aprontávamos e passávamos o dia abrindo sorrisos falsos para as damas ricas na loja de departamentos. Sorríamos tanto que, quando chegávamos em casa, os músculos da face por vezes doíam.

Às vezes acontece com gente que vivencia anseios intensos. Os olhos vão ficando turvos, perdem a capacidade de ver a beleza do ambiente ao redor, da vida cotidiana. Eu só conseguia olhar para trás. Embelezava todas as coisas do meu passado, todas as coisas das quais não mais fazia parte.

Mesmo assim, resistíamos; éramos pobres, e as oportunidades nos levavam para a frente. Mantínhamos a boca fechada. Aguentávamos alfinetes espetando nossas costas e penteados que torturavam o nosso couro cabeludo.

Mas não Nora. Ela estava sempre sorrindo. Talvez não seja tão estranho — ela era muito requisitada. Todos queriam trabalhar com ela. Enquanto posávamos e sorríamos nas lojas de departamentos, ela era fotografada por Chanel e pela *Vogue*.

Eleonora Pestova — até o nome era bonito — era da Tchecoslováquia. Tinha o cabelo curto e castanho, com olhos azuis brilhantes. Quando usava batom vermelho, parecia a Branca de Neve. Com o espartilho rígido apertado no tórax e nas nádegas, incorporava a aparência de menino que todas desejávamos nos anos 1930. Naquela época, os vestidos eram retos e as saias, curtas, ainda que as formas mais femininas aos poucos estivessem se tornando mais populares. Os jornais de hoje se referem às jovens como escravas da moda, mas você devia ver como era naquele tempo!

Enquanto andávamos a pé para cumprir nossos compromissos, sempre mantendo o penteado e a maquiagem em ordem, automóveis chegavam para levar Nora pela cidade. Ela comprava belas bolsas e roupas, mas não parecia se impressionar com o luxo. Passava as noites aninhada na cama lendo um livro. Na mesa de cabeceira que dividia com ela, meu retrato de Gösta vivia ao lado de sua crescente pilha de livros. Assim como eu fazia quando morava com Madame, ela usava os livros para fugir da realidade. Quando descobriu que tínhamos os mesmos interesses, me emprestou alguns deles. Eu os lia e depois sentávamos juntas na sacada envidraçada, noite após noite, fumando e conversando sobre os livros. Pelo menos dez cigarros por noite; faziam parte da dieta prescrita para nós. Garotas gordas não arranjam trabalho, e os cigarros — ou, como eram conhecidos naquele tempo, cigarros de dieta — eram a cura milagrosa da época. A nicotina nos deixava meio zonzas, por isso ríamos de coisas que não eram engraçadas. Quando os cigarros deixaram de fazer efeito, começamos a tomar vinho. Camuflado em grandes canecas, para que a governanta não descobrisse o que estávamos aprontando.

Graças a Nora e àquelas noites divertidas, finalmente Paris começou a ganhar alguma cor na minha mente. Comecei a escrever para Gösta de novo. Não precisava mais mentir; só descrever o que via ao meu redor. Também me inspirei em muitos dos autores que estava lendo, enchendo minhas cartas com a visão que tinham da cidade. Nos nossos dias de folga, eu e Nora visitávamos os lugares sobre os quais eles escreviam. Fantasiávamos sobre o século xix, sobre as saias compridas e armadas das mulheres, a vida nas ruas, a música, o amor, o romance. Sobre a vida antes da Depressão que agora pairava sobre o mundo.

Foi Nora quem conseguiu minha primeira fotografia para a *Vogue*. Alegou estar doente e me mandou em seu lugar. Quando o carro estacionou na frente da nossa porta, ela me empurrou para dentro com um sorriso.

— Mantenha as costas retas. Sorria. Eles nem vão notar a diferença. Estão esperando uma mulher bonita, e é o que vão ter.

O carro me levou a um grande prédio industrial na periferia da cidade. Havia uma pequena placa de metal na porta. Até agora consigo me lembrar das letras comuns e angulosas compondo o nome do fotógrafo: *Claude Levi*.

Foi exatamente como Nora disse. Ele me cumprimentou e apontou uma cadeira, onde me sentei para esperar.

Fiquei vendo os assistentes trazendo roupas, que penduravam em manequins de madeira. Claude examinou as roupas muitas vezes com a editora da *Vogue*. Selecionaram quatro vestidos, todos em tons cor-de-rosa. Os assistentes trouxeram vários colares: compridos, vermelhos, outros feitos de contas de vidro. Olharam para mim. Examinaram-me dos pés à cabeça.

— Ela parece diferente.

— Não era morena?

— Ela é bonita; vai ser melhor com uma loira — disse a editora, com um gesto de aprovação.

Depois se afastaram de novo de mim. Como se eu, uma pessoa viva e respirando, não estivesse lá no recinto. Como se eu fosse apenas um dos manequins de madeira.

Fiquei ali sentada até aparecer alguém para me levar a outra cadeira. Lá, minhas unhas foram pintadas de vermelho e eles me maquiaram; fizeram ondas em meus cabelos e os borrifaram com uma solução de açúcar. Isso deixou o penteado duro e pesado, por isso mantive o pescoço esticado e a cabeça imóvel. Não podia arruinar as mechas posicionadas com tanta precisão.

A câmera estava no meio do recinto, sobre um tripé de madeira. Era uma caixinha preta com um fole retrátil feito de couro plissado. Claude circulava em torno dela, movendo-a alguns centímetros para trás, para a frente, para um lado. Procurando o melhor ângulo. Eu estava atravessada numa poltrona, com um dos braços apoiado no encosto. Mãos percorriam todo o meu corpo. Alisando o tecido, ajustando os colares, aplicando pó de arroz no meu nariz.

Claude berrava instruções.

— Não mexa a cabeça! Vire a mão um milímetro para a direita! O vestido está amassado!

Quando afinal estava pronto para tirar as fotos, eu tive de ficar absolutamente imóvel até o obturador fechar.

Poderia ter terminado ali. Com uma bela capa mostrando uma mulher loura com um vestido cor-de-rosa.

Mas não terminou.

***

Quando concluímos as fotos para a revista, Claude Levi veio falar comigo. Pediu para eu posar para outra fotografia. Um retrato artístico, explicou. Continuei com o vestido enquanto os maquiadores embalavam seus produtos, os cabeleireiros organizavam suas escovas e frascos e o estilista e a editora levavam as roupas e outras coisas. O recinto estava vazio quando, finalmente, ele me pediu para deitar no chão. Espalhou meu cabelo como um leque e prendeu com alfinetes folhas de vidoeiro nos fios. Senti-me orgulhosa de estar ali deitada, orgulhosa por ele ter me convidado. Ter me notado. Ele se inclinou, direcionou o tripé e segurou a câmera com as duas mãos. Pediu para eu abrir os lábios. Fiz o que ele pediu. Disse para olhar para as lentes com desejo nos olhos. Fiz o que ele pediu. Disse para encostar a ponta da língua no lábio superior. Hesitei.

Nisso, ele trouxe a câmera até o meu lado, pegou meus pulsos e os segurou acima da minha cabeça. Com muita força. O rosto dele se aproximou do meu e ele me beijou. Empurrou a língua entre meus dentes. Travei a mandíbula e esperneei para me soltar. Mas meu cabelo estava preso no chão; os alfinetes me seguravam. Fechei os olhos, me preparei para a dor e ergui a cabeça. Nossas cabeças se chocaram e ele levou a mão à testa, praguejando. Aproveitei a oportunidade, passei por ele à força e saí correndo. Direto para a porta. Descalça, sem minhas coisas e até sem minhas roupas. Usando o vestido com que tinha sido fotografada. Ele gritou *"Putain!"* atrás de mim, e a palavra ecoou entre os prédios. Puta!

Não parei mais de correr. Passei pela área industrial entre os prédios. Cortei-me em cacos de vidro, em pedras. As solas dos meus pés sangravam, mas eu não parei. A adrenalina me fez continuar até me sentir em segurança.

Mas eu estava completamente perdida. Sentei numa escada de pedra. O vestido rosa estava encharcado de suor, sentia o tecido frio na minha pele. Parisienses bem-vestidos passavam pela rua e eu escondia meus pés ensanguentados, encostando-os na parede. Ninguém parava. Ninguém perguntava se eu precisava de ajuda.

O dia se transformou em tarde e eu continuei onde estava.

A tarde se transformou em noite e eu continuei onde estava.

As solas esfoladas dos meus pés tinham parado de sangrar quando finalmente me levantei, devagar, andei mancando até um quintal e roubei uma bicicleta. Uma bicicleta de homem, sem cadeado e enferrujada. Eu não andava de bicicleta desde minha infância em Estocolmo, e mesmo então eu não andava com muita frequência — só quando o carteiro terminava as entregas e deixava as crianças darem uma volta. Segui oscilando pelas ruas. Vi o sol vermelho nascer e as pessoas acordarem. Senti o cheiro de pão nos fornos e de fogões sendo acesos. Senti o gosto de sal do meu catarro e das minhas lágrimas. As ruas foram ficando mais familiares, e por fim vi Nora saltar de um banco perto da estação do metrô da rue d'Auteuil e correr na minha direção. Gritou quando me viu. Eu estava trêmula de cansaço.

Sentamos na calçada, próximas como sempre. Ela tirou um cigarro do bolso e ouviu pacientemente quando contei, entre profundas tragadas, o que tinha acontecido.

— Nós não vamos mais trabalhar com Claude, prometo — falou, encostando a cabeça na minha.

— Nós não vamos mais trabalhar com ele — repeti, soluçando.

— Não importa que ele seja da *Vogue*.

— Não, não importa que ele seja da *Vogue*.

Mas não fez diferença. Não foi a última vez que Nora trabalhou para Claude. E tampouco minha última vez. Assim era a vida de uma manequim viva. Não questionávamos nada. Um bom emprego era uma espécie de porto seguro, não havia a opção de dizer não. Porém, fiz questão de nunca mais ficar sozinha com ele.

A caderneta de endereços vermelha
N. NILSSON, GÖSTA

Fiquei de cama durante semanas, com grossas ataduras nos pés. O quarto foi invadido pelo cheiro rançoso de pus e doença. *Monsieur* Ponsard ficou furioso por não ter uma substituta para mim na loja de departamentos. Vinha me ver todos os dias, resmungando consigo mesmo quando percebia que eu não estava melhorando. Nunca me atrevi a contar o que tinha acontecido. Não se contava esse tipo de coisa naquela época.

Um dia, recebi uma carta de Gösta. Só tinha uma linha, escrita em grandes letras maiúsculas no meio da página.

Estou chegando logo!

Logo, quando era logo? Pensar na possibilidade de voltar a ver Gösta me enchia de expectativa, eu esperava finalmente andar com ele pela cidade que acabei considerando como minha casa. Ver a Paris dele, mostrar a minha. Ficava esperando por ele todos os dias, mas Gösta nunca chegou. Nem recebi nenhuma outra carta dando alguma explicação ou informando a data da chegada.

Algum tempo depois, meus pés cicatrizaram e eu voltei a andar. Mas Gösta continuava em silêncio. Todos os dias, quando eu voltava para casa, perguntava ansiosamente para a governanta se alguém tinha aparecido, se eu havia recebido algum telefonema ou alguma carta. Mas a resposta era sempre não. Ainda me lembro do sorriso torto e sarcástico que ela abria a cada vez que me dava a má notícia. Sua falta de compaixão era total e exasperante.

Eu e Nora detestávamos a governanta, tanto quanto ela nos detestava. Quando penso naqueles dias, nem consigo me lembrar do nome dela. Nem sei se cheguei a saber. Para nós, ela era só a *gouvernante*. Ou, quando não estava ouvindo, *vinaigre*.

Meses se passaram até chegar outra carta de Gösta.

Querida Doris,

Os tempos estão difíceis em Estocolmo. Talvez o mesmo seja verdade na minha adorada Paris. O desemprego está alto, as pessoas preferem economizar seu dinheiro a comprar arte. O pagamento de três telas que vendi não se materializou. Não tenho dinheiro nem para comprar leite. Não tenho escolha a não ser trocar meus quadros por comida. Como resultado, uma passagem para Paris atualmente é um sonho inatingível. Minha querida pequena Doris, mais uma vez não vou conseguir ir até você. Vou ficar por aqui. Na Bastugatan 25. Nem sei se um dia vou conseguir sair deste endereço. Continuo sonhando com o dia em que possa voltar a vê-la. Viva! Deixe o mundo abismado! Tenho orgulho de você.

*Seu amigo,
Gösta*

Agora mesmo estou com essa carta na mão; eu ainda a tenho. Por favor, Jenny, não jogue minhas cartas fora. Se não quiser a caixa de metal, enterre-a comigo.

Minha saudade de Gösta foi se tornando cada vez mais intensa. Eu via o rosto dele quando fechava os olhos, podia ouvir sua voz. A que falava comigo enquanto eu limpava o apartamento de Madame à noite. A que me fazia tantas perguntas, que se interessou pelo que eu pensava.

Aquele homem notável, com seus quadros estranhos e os namorados que tentava esconder do mundo, se tornou uma figura de fantasia. Um vínculo com minha antiga vida. Uma sensação de que, apesar de tudo, havia alguém que gostava de mim.

Mas as suas cartas se tornaram cada vez mais esporádicas. E eu escrevia cada vez menos para ele. Eu e Nora tínhamos deixado para trás aquelas noites solitárias com o nariz nos livros, substituindo-as por festas chiques em endereços luxuosos. Com homens jovens e ricos que fariam qualquer coisa para nos ter.

A caderneta de endereços vermelha
P. PESTOVA, ELEONORA

Todos os dias éramos testemunhas da transformação quando nossos rostos eram maquiados e os nossos cabelos, ondulados. Quando os lindos vestidos eram assentados em nossos corpos. A maquiagem daquela época era completamente diferente da de hoje. Grossas camadas de pó e cremes eram aplicadas na pele; os olhos eram delineados com traços pretos e pesados. O formato do nosso rosto mudava quando as linhas e os ângulos naturais eram suavizados. Os olhos ficavam grandes e cintilantes.

A beleza é a força mais manipuladora de todas, e logo aprendemos a explorá-la. Maquiadas e em estonteantes vestidos, erguíamos a cabeça e desfrutávamos do poder. Uma pessoa bonita é ouvida, admirada. Isso ficou muito claro para mim mais tarde na vida, quando minha pele de repente perdeu a elasticidade e meus cabelos começaram a embranquecer. Quando as pessoas deixaram de olhar para mim quando eu entrava numa sala. Esse dia vai chegar. Para todo mundo.

Mas, em Paris, era minha aparência que me conduzia pela vida. Quando nós, manequins, ficamos mais velhas e passamos a conseguir trabalhos melhores, que pagavam mais, nossa autoconfiança aumentou. Éramos mulheres independentes; podíamos nos sustentar e até desfrutar de pequenos luxos. A governanta havia sumido fazia tempo. Gostávamos de sair do apartamento para vagar pela noite de Paris, onde os intelectuais e os ricos se divertiam ao som do jazz. Nós também nos divertíamos.

Éramos bem recebidas em qualquer lugar, mas não eram as festas em si que atraíam Nora; ela era muito mais interessada em champanhe. Nunca estávamos sozinhas, nunca sem uma taça borbulhante na mão. Chegávamos juntas, mas em geral nos separávamos logo depois. Nora ficava perto do bar, enquanto eu dançava. Ela preferia conversas intelectuais com homens que ofereciam uma bebida. Era realmente bem preparada, podia falar sobre arte e livros, sobre política. Se os homens parassem de pedir bebida, ela parava de falar. Aí ela me encontrava, puxava discretamente o meu vestido e saíamos de cabeça erguida, antes que o barman tivesse tempo de perceber que ninguém tinha intenção de pagar nada.

Àquela altura, éramos mulheres-feitas e podíamos cuidar de nós mesmas. Deveríamos conseguir cuidar de nós mesmas. Os vizinhos lançavam olhares desdenhosos quando chegávamos em casa tarde da noite, às vezes em companhia de um ou dois admiradores. Éramos jovens e livres, mas estávamos à procura de homens de verdade. Era o que se fazia naquele tempo. Alguém que fosse bondoso, bonito e rico, como Nora costumava dizer. Alguém que pudesse nos tirar da superficialidade bem cultivada que nos cercava. Que pudesse nos proporcionar segurança. E encontramos um bocado de candidatos. Homens vinham nos visitar no nosso apartamento de chapéu na mão, com buquês de rosas escondidos atrás das costas. Convidavam-nos para tomar café em algum dos muitos cafés de Paris. Alguns até se ajoelhavam e nos pediam em casamento. Mas nós sempre dissemos não. Sempre havia alguma coisa que não parecia certa. Podia ser a maneira como falavam, suas roupas, o sorriso ou o perfume. Nora buscava a perfeição, não o amor. Era convicta nesse ponto. Não queria voltar à pobreza em que tinha crescido na Tchecoslováquia. No entanto, eu percebi que houvera um namorado de infância. Via a tristeza em seus olhos quando ela guardava uma carta recém-chegada na pilha de envelopes fechados no fundo do guarda-roupa. Da forma como aconteceu, a razão se mostrou indefesa contra o amor, até para ela.

Nora sempre pedia para alguém atender quando a campainha tocava, de maneira que, se fosse para ela, poderia decidir à distância se queria receber quem estivesse lá. Se alguém estivesse à sua procura e ela não aparecesse, devíamos dizer que Nora não estava em casa. Uma noite, fui eu quem atendeu a porta. O homem à minha frente tinha olhos cor de nozes, bondosos, uma barba preta curta e usava um terno largo. Tirou o chapéu e passou os dedos pelo cabelo curto e mal cortado, fazendo um pequeno aceno com a cabeça. Parecia um fazendeiro que havia chegado à cidade por acaso. Em uma das mãos segurava uma peônia branca. Disse o nome dela. Neguei com a cabeça.

— Sinto muito, mas ela não está em casa.

Mas o homem não reagiu. Seus olhos estavam fixos em algum ponto atrás de mim. Virei a cabeça. Lá estava Eleonora. Era como se a energia entre os dois formasse uma ponte física. Começaram a conversar numa língua que eu não conseguia entender. No fim, ela se jogou nos braços dele, chorando.

No dia seguinte, os dois foram embora juntos.

A caderneta de endereços vermelha
P. ~~PESTOVA, ELEONORA~~ MORTA

A VIDA FICOU VAZIA SEM NORA. Não tinha mais ninguém para me fazer rir, ninguém para me arrastar para a noite de Paris. Os livros se tornaram minha companhia de novo, só que agora eu podia comprar os que quisesse. Ia com eles para o parque nos meus dias de folga e ficava lendo ao sol. Li autores modernos: Gertrude Stein, Ernest Hemingway, Ezra Pound e F. Scott Fitzgerald. Eles me mantinham bem longe da vida glamorosa que eu vivia com Nora. Eu me sentia mais feliz entre as árvores e os passarinhos; as coisas eram mais tranquilas ali. Às vezes levava um saquinho de migalhas de pão e espalhava pelo banco onde me sentava. Os passarinhos vinham me fazer companhia. Alguns tão mansos que comiam na palma da minha mão.

Nora deixou um endereço quando partiu. No começo, eu lhe escrevia longas cartas; sentia sua falta. Nunca recebi uma resposta. Fantasiava sobre o que ela estaria fazendo, como eram seus dias agora, sobre o homem de olhos cor de nozes e a vida dos dois juntos. Conjecturava se o amor por ele era forte o bastante para compensar a perda de uma vida com dinheiro, luxo e admiradores.

Certa noite, bateram à porta. Quando abri, mal a reconheci. O rosto de Nora estava bronzeado, o cabelo, liso. Ao ver minha surpresa, ela simplesmente balançou a cabeça e passou por mim. Respondendo à pergunta que eu ainda não tinha feito, ela murmurou:

— Eu não quero falar a respeito.

Eu a abracei. Havia tanta coisa que eu queria saber. As bochechas inchadas de Nora escondiam suas belas feições. O xale pesado não conseguia esconder sua barriga. Senti a protuberância pressionar o meu corpo.

— Você vai ter um filho! — Dei um passo para trás e pus as duas mãos em seu estômago.

Ela estremeceu e empurrou minhas mãos. Balançou a cabeça e ajustou o xale.

— Eu preciso começar a trabalhar de novo; nós precisamos de dinheiro. A colheita deste ano foi um fracasso, e eu usei o resto das nossas economias na passagem de trem.

— Mas você não pode trabalhar desse jeito. *Monsieur* Ponsard vai ficar zangado quando vir o seu estado — comentei, atônita.

— Por favor, não conte para ele — pediu Nora, em voz baixa.

— Eu nem precisaria falar nada, meu amor. É tão óbvio; não há mais como esconder.

— Eu nunca deveria ter voltado para casa com ele! — Começou a chorar.

— Você o ama?

Ela fez uma pausa, depois concordou.

— Eu vou ajudar você, prometo. Pode ficar aqui alguns dias, depois dou um jeito de você voltar para casa — falei. — Volte para ele.

— A vida é tão mais difícil lá — disse, chorando.

— Você pode voltar para cá depois de ter o bebê. Tudo isso ainda vai estar aqui! E você ainda tem a sua beleza, vai conseguir voltar a trabalhar.

— Eu preciso conseguir trabalhar de novo — murmurou.

Naquela noite ela adormeceu na minha cama. Dormimos bem próximas uma da outra, e pude sentir um vago cheiro de álcool em seu hálito. Em silêncio, saí da cama e revirei descaradamente a sua bagagem. Encontrei um frasco de bolso no fundo, tirei a tampa e cheirei. Nora tinha trocado champanhe por destilados baratos. Continuava a beber, mesmo depois de as festas acabarem.

Nora evitava se encontrar com *monsieur* Ponsard. Passávamos o tempo juntas, conversando sobre intimidades e fazendo longas caminhadas por Paris. Uma semana depois ela voltou para casa. Acariciei sua barriga redonda antes de me despedir na plataforma. A bela e forte Nora — em poucos meses, uma sombra do que era. Pouco antes de o trem partir, ela se apoiou na janela e colocou na minha mão um anjinho de porcelana dourado. Sem dizer nada, só balançou um pouco minha mão. Corri ao lado do trem, que ganhou velocidade e me deixou para trás. Gritei, pedi para ela escrever e me contar tudo sobre o bebê. Ela ouviu, e de tempos em tempos surgia uma carta na minha caixa de correio. Ela me contou sobre a filhinha, Marguerite, e sobre o trabalho duro na fazenda, como sentia saudade de Paris e da vida que deixara para trás. Mas, com o passar dos anos, as cartas se tornaram cada vez mais raras, até que recebi uma de outro remetente. Com uma mensagem curta num francês mal escrito: *Eleonora et maintnant mort.* Eleonora morreu recentemente.

Nunca tive uma explicação. Talvez o álcool a tenha matado. Ou ter um segundo filho. Talvez ela simplesmente não tenha conseguido aguentar mais.

Mas desde o dia em que ela partiu, penso em Nora sempre que vejo um anjo. Todos os anjos me fazem lembrar do anjo dourado que ela pôs na minha mão.

Quando soube da notícia, abri minha caderneta de endereços, risquei o nome dela devagar e escrevi a palavra MORTA em tinta dourada. Dourada como o sol.

A caderneta de endereços vermelha
S. SMITH, ALLAN

Lembra-se do homem no meu medalhão, Jenny? Aquele que você achou numa gaveta da última vez que me visitou?

Ele apareceu no parque um dia. Eu estava sentada num banco embaixo de uma tília. A luz do sol passava por entre as folhas e os galhos, difundindo-se pelas páginas brancas do meu livro. De repente, uma sombra pairou sobre mim e, quando ergui a cabeça, me vi olhando diretamente para um par de olhos. Os olhos brilhavam, como se o homem estivesse rindo. Até agora consigo me lembrar exatamente de como estava vestido: camisa branca; suéter vermelho de lã de carneiro; calça bege. Sem paletó, sem colarinho engomado, sem nenhum cinto com fivela dourada. Nenhum sinal exterior de riqueza. Mas tinha a pele macia e sedosa, e uma boca sensual com um belo formato. Imediatamente quis me levantar e beijá-lo. Foi um sentimento estranho. Ele olhou para o lugar vago ao meu lado como se fizesse uma pergunta; concordei com a cabeça e ele se sentou. Lutei para continuar lendo, mas só conseguia me concentrar na energia que pulsava entre nós. E o cheiro dele — era um cheiro delicioso. Penetrou minha alma.

— Eu estava pensando em dar um passeio. — Levantou os dois pés e me mostrou seus surrados sapatos de lona, como que se explicando. Sorri para o meu livro. Ouvimos o farfalhar das copas das árvores na brisa, os passarinhos cantando uns para os outros. Ele olhou para mim; pude sentir.

— Por acaso a dama não gostaria de me acompanhar por um tempo?

Depois de um momento de hesitação, eu disse que sim, e naquela tarde ficamos andando até o sol desaparecer atrás das árvores. O mundo parou; todas as coisas perderam a importância. Éramos só ele e eu, e isso ficou muito claro a partir do momento em que demos nossos primeiros passos. Ele me deu um beijo de despedida na porta da minha casa. Segurou minha cabeça entre as mãos e chegou tão perto que quase parecia que tínhamos nos fundido. Os lábios dele era macios, quentes. Suspirou de uma forma maravilhosa, uma respiração profunda, com o nariz encostado ao meu rosto. Abraçou-me apertado. Por um longo tempo. Sussurrou no meu ouvido:

— Vamos nos encontrar amanhã, mesma hora, mesmo lugar.

Depois recuou rapidamente, me olhou de cima a baixo, me soprou um beijo e desapareceu na noite amena.

O nome dele era Allan Smith e era americano, mas tinha parentes próximos em Paris e estava lá de visita. Era cheio de entusiasmo e de grandes planos, estudava arquitetura e sonhava em mudar o mundo, em redesenhar a silhueta da cidade.

— Paris está se transformando num grande museu. Precisamos injetar certa modernidade, alguma coisa menor e mais funcional.

Eu o ouvia com admiração, sentindo-me atraída por um mundo de que nunca tivera consciência. Allan falava sobre edifícios, sobre novos materiais espetaculares e de como poderiam ser usados, mas também sobre como os humanos viviam e como poderiam viver no futuro. Um mundo em que homens e mulheres trabalhassem, onde as casas poderiam ser administradas sem empregadas. Era apaixonado por tudo de que falava, pulava nos bancos do parque e gesticulava animado quando queria ilustrar alguma questão específica. Eu pensava comigo mesma que ele devia ser louco, mas admirava sua vitalidade. Depois, ele segurava meu rosto com as mãos e encostava os lábios nos meus. Allan tinha gosto de luz do sol. O calor dos lábios dele se espalhava pelos meus e continuava pelo resto do meu corpo. Ele me passava uma sensação de paz maravilhosa; eu respirava mais calmamente, meu corpo assumia um peso diferente quando estava com ele. Eu queria ficar ali para sempre. Em seus braços.

Dinheiro, status e o futuro não significavam nada para mim naquele lugar, naquele momento, naquele parque francês num dia cálido de primavera, enquanto eu andava ao lado do homem com aqueles sapatos de lona surrados.

10

— É TERRÍVEL VER VOCÊ ACAMADA desse jeito! Ainda está sentindo dores? Quer que eu vá ficar com você?

— Não, Jenny, de que iria adiantar? Você aqui, com uma velha. Você é jovem, seu lugar é aí se divertindo, não cuidando de uma aleijada.

Doris vira o computador, que afinal o padre realmente trouxe para ela, e acena para uma enfermeira que está arrumando a cama do outro lado do quarto.

— Alice, venha dar um alô para minha Jenny.

A enfermeira se aproxima, olhando com curiosidade para a única visita de Doris na tela.

— Você usa Skype? Você não tem medo mesmo da tecnologia.

— Não, não Doris. Ela sempre foi a primeira nas coisas mais novas. Seria difícil encontrar uma velha garota mais durona que ela. — Jenny dá risada. — Mas vocês estão cuidando dela, não é? A perna dela vai ficar boa?

— Claro que sim, estamos prestando todos os cuidados possíveis, mas não sei dizer como ela está. Você gostaria de falar com o médico? Se quiser, posso programar uma ligação.

— Claro. Tudo bem por você, Doris?

— Tudo bem. Você nunca acredita mesmo em nada que eu digo. Mas se ele disser que vou morrer logo, diga que eu já sei.

— Pare de falar desse jeito! Você não vai morrer. Nós já decidimos isso.

— Você sempre foi ingênua, Jenny querida. Mas está vendo o jeito como estou, não está? A sentença de morte está em cada ruguinha, agarrada ao meu corpo. Logo vai me abater. As coisas são como são. E quer saber? Na verdade vai ser muito legal.

Jenny e a enfermeira se entreolham; uma ergue uma sobrancelha e a outra infla as bochechas, como que dando um lento suspiro. A enfermeira, pelo menos, tem para onde ir; ajeita o travesseiro de Doris e sai pela porta.

— Você precisa parar de falar sobre morte, Doris. É muito triste, eu não quero mais ouvir. — De repente, Jenny começa a falar em inglês. — Jack! Venha aqui dizer um alô para a titia, ela está muito mal no hospital!

O adolescente magricela aparece na tela. Faz um aceno e sorri. O breve sorriso revela um aparelho ortodôntico prateado, antes de ele se conscientizar e fechar a boca.

— Olha — o garoto diz a Doris em sueco, antes de voltar ao inglês —, olha só isso. — Vira o computador para o chão do corredor. Então pisa num skate, mantendo as pernas abertas. Depois o empurra com um pé e o chuta, fazendo-o girar. Doris aplaude e grita "Bravo!".

— Nada de skate em casa, eu já disse! — adverte Jenny. Depois, vira-se para Doris.

— Ele está totalmente obcecado por essa coisa. O que há com esse garoto? Um pedaço de madeira com rodas ocupa o dia inteiro dele. Não é que as rodas precisem de ajustes ou mudanças, são as manobras que precisa praticar. Você devia ver os joelhos dele, as cicatrizes com que vai ter que viver para sempre.

— Deixe ele, Jenny. Não é mais fácil comprar umas joelheiras?

— Joelheiras? Num adolescente? Não, eu tentei, mas ele se recusa. E não posso colar as joelheiras na pele dele. Não é descolado se proteger, entende? — Ela revira os olhos e dá um suspiro.

— Ele é jovem, deixe que seja jovem. Ele não vai morrer por causa de algumas cicatrizes. Melhor ter cicatrizes na superfície do que na alma. De qualquer forma, ele parece feliz.

— É, ele sempre foi feliz. Eu tive sorte, acho. São boas crianças.

— Você tem filhos maravilhosos. Gostaria de poder ir até aí e dar um abraço na turma toda. É ótimo ver vocês desse jeito. Sempre foi difícil manter contato. Eu já contei como era nova quando vi minha mãe pela última vez?

— Sim, já contou. Sei que deve ter sido difícil. Mas pelo menos, no fim, você conseguiu voltar para a Suécia, como sempre quis.

— É, voltei. Às vezes me pergunto se não teria sido melhor ter ficado com você, com você e com sua mãe.

— Não, poxa, não diga isso. Não comece a se arrepender das coisas agora; você já teve muito tempo para pensar sobre isso. Se sentir que está sendo nostálgica, pense nas coisas boas. — Jenny abre um sorriso. — Você quer vir morar aqui? Posso procurar uma casa de repouso para você aqui em São Francisco.

— Você é realmente uma doçura. Sou tão feliz em ter você, Jenny. Mas não, obrigada. Vou ficar aqui mesmo, como planejado. Não tenho energia para mais nada... E falando de energia, agora preciso descansar um pouco. Muitos abraços, meu amor. Diga a Willie que mandei um alô e nos falamos em breve, certo?

— Abraços para você, Dossi! Sim, na mesma hora daqui uma semana? Até lá você já vai ter sido operada...

— Sim — diz Doris com um suspiro —, já estarei operada.

— Não se preocupe com isso, vai dar tudo certo. Você vai estar de pé em pouco tempo, vai ver. — Jenny faz um sinal afirmativo com a cabeça, com um olhar encorajador.

— Na mesma hora na semana que vem — murmura Doris, soprando os beijos habituais.

Desliga-se de Jenny e de seu entusiasmo, mas o silêncio cai como uma manta úmida e pesada. Fica olhando para a tela escura. Sem energia para mexer as mãos e escrever alguma coisa, como tinha programado. Sua respiração é de cansaço, ela sente um gosto acre de bile na boca. O remédio para dor que injetam nela lhe perturbou o estômago, que está inchado e doendo. Doris empurra o computador ainda quente até a barriga, fecha os olhos e deixa o calor fazer sua magia.

***

Uma enfermeira entra no quarto. Guarda o computador na prateleira da mesa de cabeceira. Ajeita o cobertor sobre o corpo adormecido de Doris e apaga a luz.

A caderneta de endereços vermelha
S. SMITH, ALLAN

Era como gás carbônico nas minhas veias. Mal consegui dormir aquela noite e no dia seguinte, no trabalho, eu me sentia numa nuvem. Quando enfim terminei, saí correndo do estabelecimento, descendo a escada de três em três degraus. Ao chegar ao estacionamento, ele já estava me esperando no banco. Bloco de esboços na mão. Concentrado em desenhar com um lápis. Uma mulher com cabelos compridos caindo nos ombros. Muito parecida comigo. Afastou o bloco quando me viu olhando. Sorriu timidamente.

— Eu estava tentando captar a sua beleza — falou em voz baixa.

Folheou o bloco comigo ao seu lado, mostrando outras imagens, a maioria de prédios e jardins. Allan era bom desenhista, capturava detalhes e ângulos com linhas sinuosas. Numa das páginas tinha desenhado uma magnólia, os galhos grossos carregados de flores delicadas e elegantes.

— Qual é a sua flor favorita? — perguntou, enquanto continuava a desenhar, distraído.

Pensei na pergunta, lembrei-me das flores da minha casa na Suécia, de que sentia tanta saudade. Por fim, respondi:

— Rosas. — E falei sobre as rosas brancas que floriam do lado de fora da oficina do meu pai. Falei de quanto sentia a falta dele, sobre sua morte e sobre como aconteceu. Allan passou os braços em torno de mim e me puxou para mais perto, até a minha cabeça encostar no seu peito. Ele acariciou os meus cabelos devagar. Ali, naquele momento, não me senti mais sozinha.

A escuridão envolveu o parque e o banco onde estávamos. Lembro-me de um perfume doce de jasmim no ar, os passarinhos ficando em silêncio e as luzes da rua se acendendo, projetando sua iluminação mortiça no caminho de cascalho.

— Está sentindo? — perguntou ele, de repente, desabotoando os dois primeiros botões da minha blusa. — Está sentindo o calor?

Aquiesci e ele pegou minha mão e a encostou na própria testa. Gotículas brilhavam perto de seu cabelo; ele estava suado.

— Sua mão está tão fria, meu amor. — Segurou-a entre as dele e a beijou. — Como pode estar tão fria com esse calor tão imenso?

O rosto dele se iluminou. Como acontecia sempre que tinha uma ideia. Como que se divertindo com a própria imaginação. Puxou-me do banco, girou comigo abraçada com ele.

— Venha, eu quero mostrar um lugar secreto para você — cochichou, encostando o rosto no meu.

Ficamos vagando pela noite, andando devagar, como se tivéssemos todo o tempo do mundo. Era tão fácil conversar com Allan. Eu compartilhava meus pensamentos com ele. Falava sobre meus anseios. Minha tristeza. Ele ouvia. Entendia.

Por fim, avistamos a grande Pont Viaduc d'Auteuil. A ponte de dois níveis por onde os trilhos atravessavam o largo rio. Allan me conduziu por vários patamares da escadaria, em direção à praia onde os barcos descansavam à noite.

Hesitei, parei no meio do caminho.

— Para onde você está me levando? Que lugar secreto é esse?

Allan voltou para me pegar, ansioso.

— Vamos, você só vai ser uma parisiense quando der um mergulho no Sena.

Olhei para ele. Um mergulho? Como ele podia sugerir uma coisa dessas?

— Você está louco? Eu não vou me despir na sua frente. Não está pensando que vou fazer isso, está?

Afastei-me, mas ele me segurou pela mão; ele era tão irresistível. Não demorou até eu estar nos seus braços de novo.

— Eu vou fechar os olhos — disse em voz baixa. — Não vou olhar, prometo.

Subimos nos barcos. Estavam atracados em fila. O mais distante tinha uma escadinha na popa. Allan tirou a camisa e a calça e cortou a superfície da água num mergulho perfeito. Fiquei em silêncio, as ondulações da água escura pararam. Gritei seu nome. De repente, ele apareceu perto do barco, agarrou-se à beirada e ficou segurando. A água escorria de seus cabelos pretos. Os dentes brancos, visíveis graças ao grande sorriso, cintilavam na noite.

— Vou ficar longe para que a dama possa mergulhar sem ser vista. Vamos lá, depressa. — Deu risada e desapareceu de novo.

Eu sabia nadar; tinha aprendido em Estocolmo. Mas estava tão escuro que me lembro de ter hesitado, de meu coração se acelerar de medo. Por fim, chutei os sapatos e deixei o vestido cair no barco. Eu estava de corpete; eram comuns naquela época. De uma seda grossa, cor da pele, com sutiã estofado. Eu o mantive. Quando pus o pé perto da superfície da água, Allan o agarrou. Dei um grito e caí em seus braços, espirrando água. A risada dele ecoou embaixo dos arcos da ponte.

A caderneta de endereços vermelha
S. SMITH, ALLAN

ALLAN ME FAZIA RIR. Virou minha visão de mundo de cabeça para baixo, embora eu ainda o achasse um pouco maluco. Só agora, em retrospecto, percebo que suas opiniões eram baseadas num genuíno conhecimento das pessoas e na direção que estava seguindo. Quando olho hoje para jovens famílias, vejo as pessoas das quais ele falava tanto tempo atrás.

— Sua casa é o seu mundinho — costumava dizer. — É o seu domínio. É por isso que uma casa deve ser adaptada à maneira como você vive sua vida. Uma cozinha deve ser adaptada ao tipo de comida a ser preparada para as pessoas que moram na casa. Quem sabe, no futuro, nossas casas nem tenham cozinha. Por que precisamos de cozinha quando os restaurantes fazem comida melhor do que jamais conseguiríamos?

Eu achava muito engraçado ouvi-lo falar sobre casas sem cozinha justamente quando as primeiras geladeiras e outros utensílios domésticos se tornavam disponíveis. Enquanto todo mundo se empenhava em encher as cozinhas com as mais modernas conveniências possíveis.

— Talvez no futuro nossas cozinhas sejam como as dos restaurantes. — Eu ri. — Talvez vire uma norma ter seu próprio chef e uma ou duas garçonetes.

Allan sempre ignorava as pontadas de sarcasmo nos meus comentários e continuava sério.

— O que estou dizendo é que tudo pode mudar. Velhos prédios são demolidos, substituídos por novos. A decoração é substituída pela funcionalidade. Consequentemente, os cômodos ganham outro significado.

Balancei a cabeça, sem saber se ele estava brincando ou falando sério. Adorava sua capacidade de usar a imaginação, de criar imagens abstratas tão surreais quanto algumas obras de arte que estavam sendo produzidas em Paris na época. Para Allan, a arquitetura era a base de todas as relações humanas, e com isso era também a solução para todos os mistérios da vida. Ele vivia em torno de materiais, ângulos, fachadas, paredes, recessos e fissuras. Quando saíamos para caminhar, de repente ele podia parar e ficar olhando um prédio até eu jogar alguma coisa nele, um lenço ou uma luva. Então ele me dava um abraço. E girava comigo, como se eu fosse uma criança. Eu adorava o jeito como ele me tratava, como se eu fosse uma posse, adorava quando tomava a liberdade de me beijar no meio das movimentadas ruas de Paris.

Às vezes ele ficava esperando do lado de fora do estúdio onde eu estava trabalhando. Quando eu saía no final do dia, toda maquiada, ele orgulhosamente me abraçava pelos ombros e me levava a um restaurante em algum lugar. É estranho. Eu e Allan tínhamos tanto a dizer um para o outro; nunca havia silêncios constrangedores. Andávamos por Paris abstraídos da vida alvoroçada ao nosso redor, absortos um no outro.

Allan não tinha muito dinheiro. Também não fazia a menor ideia de como se comportar na companhia de gente fina. Nem conseguia entrar nos locais mais prestigiados, pois as únicas roupas que tinha eram grandes demais para ele e bem fora de moda. Parecia um adolescente usando o terno do pai. Na verdade, se não tivesse irradiado tanto charme quando nos encontramos pela primeira vez no banco do parque, é provável que eu nem tivesse falado com ele. A lembrança daquele encontro sempre me fez evitar julgar as pessoas pelas roupas que usam.

Às vezes não é preciso ter os mesmos interesses ou o mesmo estilo, Jenny. Basta saber fazer o outro rir.

A caderneta de endereços vermelha
S. SMITH, ALLAN

Eu continuava trabalhando bastante. Sorria com lábios vermelho-sangue, posava como me mandavam, atraía as damas da sociedade de Paris, inclinava a cabeça para as caixas quadradas dos fotógrafos. Mas a minha cabeça estava cheia de amor e anseio. Pensava o tempo todo em Allan quando estávamos longe. Quando me sentava ao seu lado no banco do parque, ele rabiscava linhas em sua prancheta, linhas que se transformavam em edifícios. Havia uma cidade inteira naquele pequeno bloco de esboços, e costumávamos fantasiar em qual das casas iríamos morar.

De vez em quando eu precisava sair de Paris a trabalho. Nós dois detestávamos isso. Certa ocasião, ele foi me buscar em casa com um carro emprestado — lembro-me do modelo até hoje, um Citroën Traction Avant preto. Disse que ia me levar até o castelo na Provence, onde eu ia desfilar com vestidos e joias. Não sabia dirigir muito bem; talvez fosse até a primeira vez que dirigia. A jornada foi cheia de sacolejos, e no começo ele fez o motor morrer várias vezes. Eu não parava de rir, como uma boba.

— Nós nunca vamos chegar se você continuar dirigindo desse jeito!

— Minha querida, eu levaria você até a lua e voltaria de bicicleta se precisasse. Claro que vamos chegar. Segure firme, estou acelerando!

E com isso ele pisava no pedal com força, e seguíamos em frente numa nuvem de fumaça preta. Quando finalmente pegou a estrada que levava ao castelo, muitas horas depois, eu estava suada e empoeirada. Ainda estávamos no carro, nos beijando, quando *monsieur* Ponsard abriu a porta de repente. Olhou para Allan. O fato de estar beijando um homem com quem não era casada era um escândalo, e ele disse isso a Allan, que teve que sair correndo pela estrada de cascalho para não ser esmurrado. Apesar da gravidade da situação, eu não conseguia parar de rir. Já ao longe, Allan virou-se e me mandou um beijo.

Quando o desfile acabou, saí sem ser vista e encontrei Allan dormindo na grama perto do castelo. Arrastei-o até o carro e conseguimos fugir antes de *monsieur* Ponsard perceber. Naquela noite, dormimos sob as estrelas, no clima ameno, num abraço apertado. Contamos as estrelas cadentes e imaginamos cada uma delas representando um filho que teríamos um dia.

— Olhe, um menino — dizia Allan, apontando a primeira.
— E uma menina — eu dizia, toda animada, quando aparecia mais uma.
— Outro menino — dizia Allan, dando risada.

Na sétima estrela cadente, nós nos beijamos e ele disse que já eram filhos suficientes. Acariciei seu pescoço delicadamente, mergulhei os dedos nos seus cabelos, aspirei seu aroma e permiti que se tornasse uma parte de mim.

A caderneta de endereços vermelha
S. SMITH, ALLAN

Pouco mais de quatro meses desde que tínhamos nos conhecido, Allan desapareceu inesperadamente. Assim, do nada, ele se foi. Ninguém mais bateu à minha porta. Ninguém mais me esperava com beijos e sorrisos depois do trabalho. Eu não sabia onde ele morava, não conhecia seus parentes, não sabia com quem entrar em contato para saber o que poderia ter acontecido. Achei que ele parecia ansioso da última vez que nos vimos, que não estava feliz e exuberante como de hábito, e que usava uma roupa mais sóbria. Imaginei que tivesse comprado um paletó e um par de sapatos de couro por minha causa. Mas será que havia outra razão? Minha preocupação e meu desespero aumentavam a cada dia que passava.

Voltei ao banco do parque, aquele em que ele se sentava enquanto desenhava seus edifícios. Exceto por um pombo de uma perna só saltando para a frente e para trás na esperança de encontrar uma ou duas migalhas, o banco estava vazio. Continuei voltando lá, ficava sentada por horas todos os dias, mas ele nunca mais voltou. Enquanto esperava, eu quase conseguia sentir sua presença; era como se ele estivesse ali ao meu lado.

Os dias se passaram. Eu percorria nossa rota habitual, sozinha, esperando que ele surgisse. Allan começou a me parecer cada vez mais como um sonho distante. Eu praguejava contra mim mesma por ter sido tão ingênua, autocentrada, apaixonada. Por ter feito poucas perguntas, por não exigir saber mais sobre ele.

Para onde ele tinha ido? Por que tinha me abandonado? Era para termos ficado juntos para sempre.

A caderneta de endereços vermelha
A. ALM, AGNES

Eu me senti perdida depois do súbito desaparecimento de Allan. Formaram-se bolsas escuras e inchadas embaixo dos meus olhos, a minha pele ficou opaca e oleosa por causa de tantas noites sem dormir e das lágrimas salgadas. Não conseguia comer, fiquei magra e fraca. Cada minuto, consciente ou inconscientemente, era invadido por pensamentos sobre ele.

Separação é a pior coisa do mundo, Jenny. Até hoje detesto me despedir. Estar separada de uma pessoa de quem gostamos parece sempre uma ferida na alma.

Dói admitir isso, mas as lembranças que guardamos da maioria das pessoas tendem a esmaecer com o tempo. Não que desapareçam ou que não signifiquem mais nada. Mas aquela sensação de perda e pânico pela ausência torna-se opaca e acaba sendo substituída por algo ligeiramente mais neutro. Algo com que de alguma forma se pode viver. Em certos casos, você nem quer mais reacender uma velha amizade, e qualquer vínculo remanescente fica mais marcado pela obrigação do que por algum entusiasmo. Esses amigos se tornam pessoas com quem se mantém contato por um tempo — cartas a serem escritas, cartas a serem lidas e consideradas por um momento —, antes de recolher as lembranças, guardar no envelope e mais ou menos esquecer.

Depois de alguns anos em Paris, até a memória da minha mãe já era difusa. Minha lembrança de como ela havia se dissociado de mim, lançando-me num mundo de adultos sobre o qual eu nada sabia e deixando minha irmã ficar... assumiu seu lugar. Para mim, ela se tornou alguém que escolheu entre as filhas. Eu pensava nela de tempos em tempos, sim, mas a saudade que sentia desapareceu gradualmente.

Allan não esmaeceu, nem ligeiramente. Estava sempre em meus pensamentos. A dor diminuiu um pouco, mas não o amor. Era um sentimento opressivo.

De início, passei a viver a vida um dia de cada vez, uma hora de cada vez. Procurava saber onde tinha errado, as razões de ele ter me abandonado.

Por fim, comecei a investir mais energia em fazer as sobrancelhas e encolher o estômago do que em pensar sobre o futuro. Sete anos haviam se passado desde que eu havia deixado a Suécia. Eu tinha dinheiro e era independente; poucas mulheres naquele tempo contavam com essa sorte. Minha vida se voltou para as roupas e as maquiagens que me transformavam em outra pessoa, alguém para admirar. Alguém que tinha valor. Eu preenchia meus dias com a busca da perfeição.

A verdade é que, no dia em que um malfadado telegrama chegou ao meu apartamento, eu tinha dedicado horas a comprar um par de sapatilhas de couro exatamente da mesma cor do meu novo vestido vermelho. Andei de loja em loja, comparando-as com o tecido, pedindo aos balconistas para engraxarem o couro até brilhar, só para recusar o sapato um segundo depois porque a fivela era feia. Estava vivendo uma vida leviana e, pensando bem agora, eu me sentia envergonhada. É fácil transformar mulheres jovens em bruxas egocêntricas e autocentradas. Naquela época e ainda hoje. Muitas são tentadas pelo brilho do ouro, mas poucas realmente param para pensar. Muitas manequins vivas da época vinham de famílias ricas e aristocráticas. Foi graças a elas que as manequins ganharam status, que nos tornamos algo a ser admirado, você sabia disso?

Enfim, de volta ao telegrama. Era da vizinha da minha mãe, e efetivamente encerrou a minha vida autodestrutiva.

Querida Doris,

É com grande tristeza que devo informá-la do falecimento de sua mãe depois de muito tempo doente. Junto com os amigos e colegas de trabalho dela, reuni o suficiente para uma passagem para a jovem Agnes. Ela vai chegar a Paris de trem às treze horas no dia 23 de abril. Entrego-a aos seus cuidados. Os pertences de sua mãe serão guardados no sótão.

Espero que a sorte brilhe para ambas.

Com afeto,
Anna Christina

A morte de uma mãe que eu não mais conhecia. Uma irmã mais nova caindo no meu mundo como uma encomenda enviada para o endereço errado. Da última vez que a tinha visto, ela era uma criancinha. E agora era uma magricela de catorze anos vagando pela plataforma, parecendo perdida. Com uma mala surrada numa das mãos, amarrada com um cinto de couro largo. Parecia o velho cinto do nosso pai, salpicado de tinta branca. Seus olhos percorriam a multidão, procurando por mim, pela irmã.

Quando me viu, parou na hora e ficou me olhando enquanto as pessoas continuavam passando por ela. Esbarrando nela e a empurrando, fazendo seu corpo balançar para a frente e para trás, mas seus olhos continuaram fixos nos meus.

— Agnes? — A pergunta era desnecessária, pois era a imagem fiel de mim mesma na idade dela. Só um pouco mais pesada, com o cabelo ligeiramente mais escuro. Ficou me olhando nos olhos, a boca semiaberta e os olhos arregalados. Como se eu fosse um fantasma.

— Sou eu, sua irmã. Não está me reconhecendo?

Estendi a mão e ela a pegou. Naquele momento, seu corpo começou a tremer e ela largou a mala. Soltou minha mão e abraçou o próprio corpo. Os ombros se encolheram até tocar nas orelhas.

— Vamos, pequena. — Passei o braço ao redor dela e senti o tremor passando do seu corpo para o meu. Respirei com calma e senti seu cheiro; parecia conhecido.

— Está assustada? — perguntei em voz baixa. — E triste? Eu entendo. Deve ter sido difícil para você quando ela morreu.

— Você é parecida com ela. Você é igualzinha a ela — gaguejou, com o rosto apoiado no meu ombro.

— É mesmo? Já faz tanto tempo que mal consigo me lembrar. Eu não tenho nenhuma fotografia dela. Você tem?

Passei a mão devagar por suas costas, e sua respiração ficou mais tranquila. Largou de mim e recuou alguns passos. Tirou de um dos bolsos uma fotografia bem gasta e a deu para mim. Mamãe estava sentada num banquinho de piano com seu longo vestido azul. O que ela sempre usava nas festas.

— Quando essa foto foi tirada?

Agnes não respondeu; talvez ela não soubesse. Os olhos de minha mãe pareciam tão cheios de vida. Só então entendi plenamente que ela tinha morrido, que eu nunca mais a veria. Senti uma onda de angústia. Minha mãe tinha morrido achando que eu não gostava dela. Agora eu nunca mais teria outra chance.

— Talvez a gente se encontre com ela no céu. — Tentei consolar Agnes, mas as palavras a fizeram chorar. Minhas lágrimas se voltaram para dentro. Senti meu peito esfriar, e um arrepio percorreu meu corpo.

— Não, não chore, Agnes. — Puxei-a para mais perto e percebi, pela primeira vez, o quanto ela parecia cansada. As pálpebras caídas, as olheiras escuras.

— Sabe que aqui em Paris tem o melhor chocolate quente do mundo? Agnes enxugou as lágrimas.

— E sabe que chocolate é a melhor cura para lágrimas? Por acaso a cafeteria mais adorável é logo ali, virando a esquina — falei, apontando. — Vamos até lá?

Peguei-a pela mão e saímos andando devagar pela estação. Do mesmo jeito que andei com Madame sete anos antes. Naquela ocasião, eu não chorei. Mas minha irmã agora chorava. Minha irmãzinha que, assim como eu, fora lançada ao mundo sem estar preparada. Era minha tarefa cuidar dela. Aquilo me deixou apavorada.

Agnes virou minha vida de cabeça para baixo. Eu tinha que agir como mãe, e logo me senti preocupada. Ela precisava de uma boa escola, precisava aprender francês. Nunca teria que fazer limpeza ou trabalhar como empregada. E eu jamais deixaria que ela ficasse em frente a uma câmera, dando aqueles sorrisos falsos. Agnes iria ter tudo com que sempre sonhei: educação, oportunidades e, o mais importante, uma infância mais longa que a minha.

Logo no dia seguinte, transmiti a notícia no apartamento que dividia com duas outras manequins. Verifiquei meus compromissos. Desfile na loja de departamentos. Sessão de fotos para Lanvin e Chanel. Trabalhos que no início me causavam medo e ansiedade e acabaram se tornando minha vida cotidiana.

Pretendentes ainda me perseguiam. Eu os encontrava quando tinha tempo, aceitava os presentes que me davam e conversava com eles de forma afável. Mas nenhum deles poderia ocupar o lugar de Allan no meu coração. Nenhum tinha o seu olhar, ninguém via minha alma como ele. Nenhum me fazia sentir segura.

Nem poderiam ocupar o lugar de Agnes. Depois que Agnes chegou, vendi os presentes que aqueles homens me deram o mais depressa que pude e usei o dinheiro para comprar livros escolares para ela. E deixei de passar meu tempo tentando encontrar sapatos que combinavam exatamente com o tecido do meu vestido.

11

— Espero que você entenda.
 Doris vira a cabeça para o outro lado, olha as nuvens pela janela. O vento brinca com elas, fazendo as pequenas bolas brancas se moverem em diferentes velocidades: a camada superior está imóvel, mas as mais baixas passam velozmente e desaparecem de vista.
 O homem sentado ao seu lado pigarreia. Uma partícula de saliva é expelida de sua boca e pousa em sua barba preta e curta. Ele chama Doris pelo nome. Ela se vira e fica olhando enquanto ele fala.
 — Você não pode morar sozinha, não enquanto mal consegue andar. Como isso daria certo? Nem conseguiria chegar ao toalete sem ajuda depois dessa cirurgia. Estou lendo aqui que, mesmo antes, você mal conseguia fazer isso. Doris, confie em mim. Você vai ficar melhor numa casa de repouso. Pode até levar parte de sua mobília com você.
 É a terceira vez que os assistentes sociais do hospital vêm falar com ela com aquele formulário. Três vezes, e teve que ouvir todos os discursos sobre como é importante para ela vender o apartamento e guardar a mobília e as lembranças que não couberem no quarto da casa de repouso. Três vezes em que teve que lutar contra o impulso de bater na cabeça deles com alguma coisa dura. Ela nunca sairá da Bastugatan. Será a terceira vez que eles vão sair do quarto sem a sua assinatura.

Mas o homem continua sentado ali. Os dedos tamborilando no formulário. Doris vira a cabeça, enfrentando a dor resultante do movimento.

— Só por cima do meu cadáver — diz, numa voz sibilante. — Eu não vou assinar nada, como já disse.

O homem dá um suspiro profundo e bate o formulário na mesa de cabeceira. Tenta bater: um pedaço de papel não faz tanto barulho.

— Mas como você vai morar sozinha, Doris? Explique isso para mim.

— Eu conseguia perfeitamente bem antes de acontecer isto. E vou fazer a mesma coisa agora. É só um quadril fraturado. Não estou aleijada! Não estou morta. Pelo menos ainda não. E quando eu morrer, não vai ser aqui neste lugar nem em Bluebell. A propósito, você deveria estar me desejando boa sorte na reabilitação, em vez de perder seu tempo e o meu. Espere algumas semanas e verá como vou voltar a andar muito bem. Ou talvez devesse tentar fraturar o seu quadril e implantar um pino, para ver como vai estar animado algumas semanas depois!

— Existem lugares bem piores que Bluebell. Eu tive que falar com o diretor para você ser admitida. Aproveite essa oportunidade, Doris. Você pode não ter tanta sorte da próxima vez; vai acabar indo para uma casa de repouso de estadia permanente.

— Ameaças não funcionam com velhos. A essa altura você já deveria saber disso, depois de ter vindo tantas vezes aqui. Se não, você aprendeu algo novo hoje. Agora pode ir assediar outra pessoa. Eu quero dormir.

— É assim que você vê a situação? — As sobrancelhas dele estão tensas, a boca é uma linha apertada. — Que estou assediando você? Na verdade, eu só quero ajudar. Você precisa ver que isso é para o seu bem. Que não pode morar sozinha. Não tem ninguém para ajudá-la.

Quando, por fim, ele sai do quarto, lágrimas escorrem pela face de Doris, contornando suas rugas e chegando à boca. O coração ainda está acelerado de raiva. Levanta uma das mãos, a que está marcada pela cânula de soro, e esfrega a bochecha. Depois fixa o olhar na parede. Insiste em mexer o pé, para a frente e para trás, dez vezes, como o fisioterapeuta mostrou. Em seguida, luta para erguê-lo alguns milímetros. Olha para a coxa, visualiza o calcanhar no ar. Um curto segundo no ar, antes de pousar o pé no travesseiro de novo. O movimento esvaiu toda a sua força. Permite-se um breve descanso e passa para o terceiro exercício. Pressiona o joelho na cama para contrair os músculos da coxa; relaxa e repete a sequência. Por último, tensiona a coluna para erguer o quadril alguns milímetros. Sente uma pontada na incisão da operação, mas agora o quadril faz pequenos movimentos sem doer tanto.

— Como vai indo, Doris? Como está a perna? — Uma enfermeira se senta na beira da cama e pega a mão dela.

— Tudo bem. Sem dor — mente. — Eu quero me levantar amanhã para andar, ou pelo menos tentar. Acho que devo conseguir dar alguns passos.

— É assim que se fala — diz a enfermeira, lhe afagando a bochecha. Doris recua ao seu toque.

— Vou escrever no seu prontuário para a equipe da manhã saber o que você quer.

E com isso Doris é deixada sozinha mais uma vez. As camas do outro lado estão vazias esta noite. Cogita sobre quem poderá ser trazido no dia seguinte. Vai ser segunda-feira. Segunda, terça, quarta, conta nos dedos. Só três dias até falar com Jenny de novo.

A caderneta de endereços vermelha
A. ALM, AGNES

Um apartamento perto de Les Halles. Um cômodo com uma pequena cozinha. Bomba de água e banheiro do lado de fora. Não era o melhor dos bairros, mas o apartamento era nosso e podíamos ser nós mesmas. Eu e Agnes. Dormíamos juntas, na mesma cama pequena. O rangido quando uma de nós se mexia acabou virando uma melodia. Até hoje consigo ouvir quando fecho os olhos. O menor movimento fazia as molas enferrujadas rangerem e o estrado de ferro empenado gemer. Às vezes até me preocupava que a coisa toda desabasse.

Agnes era tão meiga. É a palavra que melhor a define. Sempre prestativa e compreensiva. Calada e um pouco melancólica às vezes. Contorcia-se no sono à noite, choramingava com lágrimas escorrendo pelo rosto, sem acordar. Apenas se encostava mais em mim. Se me afastasse, ela me acompanhava até me restar só um pedacinho de colchão.

Certa manhã, quando nos aninhamos na cama com xícaras de café, Agnes começou a falar sobre sua vida em Estocolmo. O que ela disse de alguma forma me ajudou a entender sua natureza melancólica. Era uma vida terrível — uma experiência que eu poderia ter vivido. Ela e nossa mãe eram tão pobres que mal tinham o que comer. Agnes não tinha como ir à escola. Foram despejadas do apartamento e passaram os últimos poucos meses de vida de minha mãe com Anna Christina.

— Mamãe tinha uma tosse terrível — contou Agnes, num tom de voz tão baixo que mal podia ser ouvido. — Estava sempre com a mão suja de sangue, vermelho-escuro e grosso, como catarro. Dormíamos juntas num sofá-cama na cozinha, e eu sentia o corpo dela estremecer de dor a cada tossida.

— Você estava lá quando ela morreu? — perguntei, e ela assentiu. — O que ela disse? Falou alguma coisa?

— Desejo a você muito sol para iluminar os seus dias, muita chuva para apreciar o sol... — A voz de Agnes esmaeceu. Segurei a mão dela. Entrelacei meus dedos aos seus.

— Vou dizer o que temos muito. Muito lixo. Você não acha?

Conseguíamos rir com intimidade, como fazem as irmãs, apesar do fato de, na verdade, não nos conhecermos.

***

Nunca vou me esquecer daquele primeiro verão com Agnes. Se quiser conhecer uma pessoa de verdade, Jenny, divida uma cama com ela. Não existe nada mais íntimo que se aninhar com alguém tarde da noite. Nesse momento você não é nada a não ser você mesma, sem evasivas, sem pretextos. Agradeço àquela cama enferrujada por nos tornar irmãs novamente. Irmãs que dividiam tudo.

Quando eu não estava trabalhando, caminhávamos pelas ruas de Paris, as duas de chapéu e luvas para nos proteger do sol. Falávamos uma com a outra em francês. Encontrávamos na rua cada palavra que ela aprendia. *Automóvel, bicicleta, vestido, chapéu, calçada, livro, cafeteria.* Tornou-se um jogo. Eu apontava alguma coisa, dizia a palavra em francês e ela repetia. Procurávamos palavras em toda parte. Ela aprendia depressa e estava ansiosa para começar na escola. E eu consegui dar alguns passos maravilhosos pela minha infância, algo que tinha perdido cedo demais.

Mas aí surgiram as preocupações. Rumores de uma guerra, sussurrados em cada cafeteria, se provaram verdadeiros, e em setembro de 1939 tornou-se um fato. A terrível Segunda Guerra Mundial. Pairava um calor pesado nas ruas de Paris, como o medo do que iria acontecer. Até então a França havia sido poupada, e a vida em Paris seguia normalmente, mas parecia que alguém havia roubado os sorrisos dos habitantes. *Soldado* e *fuzil* eram palavras novas que eu e Agnes ouvíamos na rua. De repente, eu estava sem trabalho. As lojas de moda estavam economizando dinheiro, o que significava uma catástrofe financeira para nós. Até as lojas de departamentos deixaram de contratar manequins. Agnes continuava indo à escola todos os dias, enquanto eu esperava que o telefone começasse a tocar de novo, que os trabalhos costumeiros ressurgissem. No final passei a procurar outros empregos, mas ninguém se atrevia a contratar. Nem o açougueiro, nem o padeiro, nem as famílias aristocratas. Eu ainda tinha algumas economias, mas o montante diminuía cada vez mais.

Tínhamos um velho rádio cheio de chiados no apartamento, de madeira escura, alto-falante amarelado e botões dourados, que ouvíamos todas as noites. Não conseguíamos deixar de ouvir. As transmissões relatavam cada vez mais brutalidades, e o número de vidas perdidas subiu de dezenas para centenas. A guerra estava tão perto, e ainda assim parecia tão longe, tão incompreensível. Agnes tapava os ouvidos, mas eu sempre a forçava a escutar, porque ela precisava saber.

— Pare com isso, Doris, pare — dizia. — Isso desperta muitas imagens horríveis na minha cabeça. — Uma vez ela chegou a sair do quarto, do apartamento. Foi quando o locutor anunciou que os alemães tinham ocupado Varsóvia e que a resistência polonesa fora esmagada.

Encontrei-a no fundo do quintal, sentada encolhida numa caixa de lenha. Com os braços agarrados nas pernas, olhando para o vazio. Os arrulhos dos pombos soavam baixinho nos telhados. Eles viviam em toda parte, seus dejetos manchavam as pedras do pavimento.

— Talvez para você sejam só números, mas estamos falando de pessoas — falou, com a voz irritada. — Gente que estava viva e agora está morta. Você entende isso?

As últimas palavras foram um grito, como uma acusação, como se eu não compreendesse a palavra *morta*. Fiquei ao lado dela, bem perto.

— Eu não quero morrer — soluçou, com a cabeça apoiada no meu ombro. — Eu não quero morrer. Não quero que os alemães cheguem aqui.

A caderneta de endereços vermelha
S. SMITH, ALLAN

Um dia Agnes chegou em casa com um envelope. Com certeza já tinha sido branco algum dia, mas agora estava amarelado, sujo e coberto de selos e carimbos postais, restos de cola e endereços rabiscados. Era uma carta dos Estados Unidos.

Mais de um ano havia se passado desde que Allan tinha sumido. E agora, em meio à grande ansiedade em torno da guerra, ele finalmente escrevia uma carta. Como se tivesse percebido minha interminável tristeza por tê-lo perdido. Dentro do envelope havia um folheto sobre passagens para Nova York, mais um maço de cédulas de dólares. E as poucas linhas que ficaram gravadas na minha memória para sempre:

Querida Doris, minha rosa mais linda.

Tive que sair de Paris às pressas e não consegui encarar uma despedida. Peço perdão. Meu pai veio me buscar, minha mãe precisa de mim aqui. Eu não tive escolha.
Venha se encontrar comigo. Preciso de você. Atravesse o Atlântico para eu poder abraçá-la de novo. Vou amar você para sempre. Venha assim que puder. Na carta há tudo de que você precisa para viajar. Vou cuidar de você quando chegar.
Nos veremos em breve. Sinto sua falta.

Seu Allan

Li a carta para mim mesma não sei quantas vezes. De início fiquei brava com o fato de ele ter esperado tanto tempo para entrar em contato, e por ter dito tão pouco quando enfim escreveu. Mas depois a alegria assumiu. Comecei a viver de novo, como se a paralisia da tristeza se afastasse lentamente. Allan ainda estava lá, não havia nada de errado comigo, ele me amava.

***

Li a carta para Agnes.

— Nós vamos! — exultou, o olhar sério e a testa contraída. — Por que ficar aqui quando só temos a guerra como futuro?

Havia rumores de que os alemães estavam prendendo civis. Expulsando-os de casa, levando tudo que tivesse valor. Não sabíamos o que acontecia depois com essas pessoas, mas Agnes estava com medo. Na escola essas histórias horríveis eram distorcidas de forma a tornar a situação ainda pior.

Na noite seguinte nos sentamos na cozinha, falando sobre a viagem. Agnes tinha tanta certeza. Ela queria ir embora. Não conseguia suportar mais o medo. Não demorou muito para decidirmos. Nós duas queríamos partir. Mas o que me motivava era a saudade, não o medo. Vendi a maior parte de minhas roupas, meus chapéus e sapatos, e também nossos quadros e a mobília. O pouco que nos restou, embalamos em duas malas, com cartas, fotografias e joias. Esvaziei minha conta bancária e guardei as notas maiores numa antiga caixa de chocolate que Allan me dera de presente. Mantinha-a sempre próxima, escondida na sacola de mão.

Mais uma vez, toda a minha vida estava empacotada, mas agora era diferente. Eu era adulta. Sentia-me segura e cheia de esperança. Minha família estava comigo, e eu iria me reencontrar com Allan.

A caderneta de endereços vermelha
J. JENNING, ELAINE

EM NOVEMBRO DE 1939, o dia estava escuro e chuvoso em Gênova. Eu estava com meu casaco vermelho, um de caxemira macio. Destacava-se entre todos os outros casacos, que eram pretos, cinzentos ou marrons. Cobri a cabeça com um lenço cinza e, enquanto andava pela passarela, me sentia saindo da Europa e abandonando minha carreira com elegância. Continuava sendo Doris, a manequim viva. O píer estava cheio de gente, com e sem passagens. Alguns me reconheceram de imagens coloridas de revistas, e cochichavam e apontavam. Outros estavam totalmente absortos em lacrimosas despedidas de entes queridos. No meio da passarela, me virei e acenei para o mundo, como se fosse uma estrela de cinema. Ninguém retornou meu aceno. Agnes não se virou. Para ela, Paris não fora nada mais que uma série de parêntesis que envolveu sua vida por um curto período; o lugar logo se apagaria numa vaga lembrança. Mas, para mim, Paris representava um período precioso. Quando o navio saiu do porto de Gênova, um dos últimos a obter permissão para zarpar, senti-me triste ao ver a costa desaparecer pela janela da nossa cabine.

O ss *Washington* era um navio comprido e bonito. Tínhamos uma cabine grande, com uma saleta e uma cama de casal. A cama não rangia e o colchão não afundava no meio, o que significava que eu e Agnes podíamos deitar separadas. Na primeira noite nós duas ficamos acordadas.

Agnes cochichou para mim:

— Diga que ele é bonito. E rico. Me conte tudo! Meu Deus, é tudo tão romântico...

Eu não sabia o que dizer. Podia ver o rosto de Allan quando fechava os olhos, conseguia me lembrar exatamente do cheiro que sentia nos nossos abraços. Mas na verdade não sabia nada sobre a vida dele naquele momento. Muito tempo havia se passado.

— Allan é arquiteto e um visionário. Tem tantas ideias estranhas, mas você vai gostar dele, porque ele ri bastante.

— Mas ele é bonito? — Agnes deu uma risadinha, e atirei meu travesseiro em sua cara. Não parava de fazer perguntas. Contei tudo que consegui lembrar. Como nos conhecemos, sobre a impulsividade dele, a alegria, sua paixão. Falei dos seus olhos verdes. Do sorriso.

Perguntava a mim mesma por que, afinal, ele havia me escrito. Por que agora e não antes? Seria porque os rumores sobre a guerra que se aproximava de Paris tinham chegado até ele? Apesar de seu desaparecimento ter me causado tantas lágrimas, eu ainda ansiava pelo seu amor, agora que sabia que ele ainda pensava em mim. Todo o meu ser estava cheio de esperança.

Antes de embarcarmos no navio, eu tinha postado duas cartas. Uma foi uma despedida de Gösta. Nossa correspondência havia se tornado cada vez mais esporádica, mas queria informar onde eu estava. Mandei uma última foto ilustrativa de Paris. A segunda carta foi para Allan. Com os detalhes da nossa chegada e uma curta mensagem, tão curta quanto a que ele tinha mandado. Nós nos veríamos de novo logo. Conseguia imaginar a cena, como uma coisa saída de um filme espetacular. Allan de pé nas docas, esperando por nós, usando seu paletó largo demais, os cabelos desgrenhados agitados pela brisa. Eu com meu elegante casaco vermelho. Quando me avistasse, ele iria sorrir e acenar. Eu correria até ele, me atiraria em seus braços. Minha fantasia corria solta naquelas noites de ondas agitadas. Assim como meus nervos.

Nossos dias no mar eram cheios de atividades, programadas até o último detalhe por uma tripulação entusiasmada: tiro a pombos de barro, boliche, bailes, jogos. Fizemos muitos amigos. Antes de sair de Paris, eu não tinha considerado o idioma inglês; minha decisão impulsiva foi tomada na base do amor, não da língua. Eu só sabia umas poucas palavras em inglês, e Agnes não sabia nenhuma. Porém, por um acaso da sorte, conhecemos Elaine Jenning, uma senhora americana que falava francês, e ela se tornou nosso anjo da guarda. Todos os dias nos dava lições no salão de jantar. Com Elaine fazíamos o mesmo jogo que nas ruas de Paris. Apontávamos, ela dizia a palavra em inglês e nós repetíamos. Em pouco tempo ficamos conhecendo as palavras em inglês para todos os itens a bordo. Elaine gostava de nos ensinar sua língua, dando a cada palavra um peso próprio e articulando-as com cuidado, para entendermos seu significado.

Elaine havia enviuvado recentemente. O marido era vendedor, e os dois tinham vivido por todo o mundo, tendo passado os últimos dez anos na França. Como eu, ela tivera uma vida boa em Paris. Seus vestidos eram todos feitos sob medida, e ela usava vários colares de pérolas no pescoço. Às vezes eu imaginava que já a havia visto na loja de departamentos, entre as damas que puxavam minhas roupas em busca de algo que as fizessem parecer igualmente elegantes. O pó de arroz no rosto de Elaine empelotava em suas rugas com a transpiração, e ela usava um lenço bordado para se enxugar, deixando rastros na pele. O cabelo era arranjado em um macio coque cinza-prateado na nuca. De vez em quando era preciso arrumar o prendedor que mantinha o coque, prestes a sucumbir sob o peso dos cabelos. Nós gostávamos de passar o tempo com ela. Era nosso grande consolo em alto-mar, em nosso caminho em direção ao desconhecido.

A maioria das pessoas a bordo daquele navio estava viajando para deixar algo para trás, mas Elaine estava voltando para casa. Para uma vida da qual estivera ausente por mais de trinta anos.

A caderneta de endereços vermelha
S. SMITH, ALLAN

Eu e Agnes ficamos no convés, dividindo um guarda-chuva preto, admiradas com os arranha-céus imponentes recortados no céu encoberto. O dia estava nublado; gotículas encorpadas penetravam por baixo do guarda-chuva com a ajuda do vento. Fechei bem meu casaco vermelho no pescoço, cobri o queixo com meu xale. Inclinei um pouco o guarda-chuva para nos proteger melhor, mas Agnes o endireitou com convicção, para não perder nenhum detalhe da nossa chegada ao porto. Soltou gritinhos quando avistou a Estátua da Liberdade, aquele grande presente da França. A estátua olhava para nós com uma tocha erguida na mão, e ali, naquele momento, tive uma razoável certeza de que teríamos uma vida boa nos Estados Unidos, apesar de ainda ter que ir ao banheiro diversas vezes. Agnes deu risada quando voltei da minha quarta visita.

— Você está nervosa, não é? — Sorriu, com os olhos ainda fixos na terra firme.

As palavras dela não facilitavam as coisas, e eu respondi:

— Claro que estou nervosa, não vejo Allan há muito tempo. E se eu não o reconhecer?

— Vá com calma e sorria. Dê a impressão de que sabe para onde está indo. Vai dar tudo certo.

— O que você quer dizer com vá com calma e sorria? Parece algo que mamãe diria. Ela era cheia dessas ideias estranhas.

Agnes deu risada.

— É, era mesmo. Ela costumava dizer "seja forte" para você? Era uma de suas frases favoritas.

Concordei com a cabeça, sorrindo, aquelas palavras eram tão familiares. E quando enfim chegou a hora de desembarcar do navio, fiz exatamente o que ela dizia. Despedimo-nos de Elaine com um grande abraço. Ela pôs um pedaço de papel na minha mão. Havia um endereço escrito numa caligrafia floreada.

— Se precisarem de ajuda, vocês sabem onde me encontrar — disse em voz baixa.

***

Depois de beijarmos no rosto os passageiros que conhecemos, desci devagar a escada do navio. Por causa do meu casaco vermelho, Allan poderia me ver imediatamente. Sorri, certa de que estava sendo observada.

Paramos depois de passarmos pela imigração. O salão estava cheio de gente esperando alguém. Os minutos que se seguiram pareceram horas. Palavras e frases em idiomas que mal compreendíamos pairavam à nossa volta. Ficamos uma hora sentadas sobre as nossas malas, que um carregador nos trouxe do navio. O vento frio penetrava pelas minhas meias e por baixo da saia. Agnes olhava para todos que passavam. Havia esperança em seus olhos azuis. Nos meus, lágrimas. Nenhuma das pessoas que vimos era Allan.

Quase uma hora tinha se passado quando um homem de terno escuro se aproximou. Usava um boné de aba pontuda, que tirou quando falou conosco.

— Srta. Alm? Srta. Doris Alm? — perguntou. Pulei da minha mala.

— Sim, sim — respondi, ansiosa, em inglês. Mostrei a única foto de Allan que eu tinha, enquadrada num antigo medalhão. Geralmente a usava no pescoço, mas nunca tinha aberto para mostrar a ninguém. Agnes esticou o pescoço, curiosa.

— Por que você não me contou que tinha uma foto? — Em seguida, apontou para o homem. — Mas esse não é Allan. Quem é ele?

O homem falou alguma coisa em inglês. Tirou um envelope do bolso interno do paletó e o entregou para mim. Meus olhos percorreram as poucas linhas em francês.

Querida Doris,

Foi com surpresa que recebi sua carta. Não sei o que a trouxe aqui agora, depois de mais de um ano. Doris, meu amor, por que você só veio agora? Esperei meses por você. Em vão. Eu tive que ficar aqui; minha mãe estava terrivelmente doente e eu não podia abandoná-la.

Por fim, não consegui mais esperar e manter a esperança. Achei que você tinha me esquecido. Segui em frente. Agora estou casado, e infelizmente não posso me encontrar com você. O motorista vai levá-la a um hotel, com um quarto reservado em seu nome. Você pode ficar lá por duas semanas por minha conta. Não podemos nos encontrar. Sinto muitíssimo.

A.

Eu desmaiei.

Agnes estapeava as minhas bochechas.
— Doris, você precisa se recompor! Nós não precisamos dele. Já passamos por coisas assim antes, você conseguiu se dar bem durante todos esses anos. Aquele sonho não vai se realizar. Levante.
Eu não conseguia respirar, sentia um grande peso no peito. Era só isso que Allan tinha se tornado para mim agora? Um sonho? Agnes me ajudou a levantar. Teve que me levar até o carro do homem. Não me lembro de nada do trajeto. Nada das ruas, nem das pessoas, dos cheiros, das palavras. Um ano havia se passado desde que ele tinha enviado a carta. Eu devia ter presumido, pela forma como o serviço postal estava pouco confiável. Imagine — se a carta tivesse chegado a tempo, seria eu que teria me casado com ele. Agora havia outra mulher ao seu lado. Senti meu estômago se contrair com aquele pensamento. Tive vontade de vomitar.

Eu e Agnes nos encolhemos na cama grande e macia do hotel, nos escondendo de um mundo assustador. Pela segunda vez para nós duas, nos encontrávamos em um país estrangeiro cuja língua mal conseguíamos falar. Não tínhamos planos e nosso dinheiro era muito pouco. Mas não podíamos voltar. Havíamos deixado a Europa e a guerra para trás.
Em frente à janela, a uns trinta centímetros de distância, via-se a parede de tijolos do prédio vizinho. Fiquei olhando para ela até as fileiras de tijolos começarem a ondular. No quarto dia, finalmente me levantei. Lavei e maquiei o rosto, passei um pouco de batom vermelho e escolhi o meu vestido mais bonito. Saí para as ruas da cidade, efervescentes de vida e de vozes. Com um inglês precário, consegui descobrir onde

ficavam as lojas de departamentos nas redondezas. Visitei uma por uma, mas acontece que as manequins vivas são diferentes nos Estados Unidos. Elas atuam mais como anfitriãs, falando com os clientes, levando-os pela loja. Em Paris nós não precisávamos dizer nada. Aliás, nem era permitido que falássemos. Mas ali o esperado era que vendessem enquanto mostravam as roupas.

Depois de percorrer muitas ruas, acabei conseguindo um teste, por pelo menos um dia, na Bloomingdale's. Trabalhando no depósito. A famosa manequim de Paris iria usar seus delicados dedos e unhas esmaltadas de vermelho para desembrulhar artigos e passar vestidos a ferro. Mas eu estava determinada a fazer bem o trabalho e manter o emprego. Depois, só precisaríamos de um lugar para morar.

12

O HOMEM ESTÁ DE NOVO AO SEU LADO, e Doris continua com a cabeça virada para a parede, obstinada como sempre.

— Você não pode ficar aqui. E não pode voltar para casa. É por isso que precisa ir para uma casa de repouso. Chame de uma coisa temporária, se preferir, mas do jeito que as coisas estão, você não consegue morar sozinha. A enfermeira me disse que hoje você não conseguiu andar quando tentou. Como vai conseguir morar no seu apartamento assim? E sozinha?

Doris continua olhando para a parede, calada. Os únicos sons vêm do bipe suave de um alarme no corredor e dos passos abafados dos sapatos da enfermeira.

— Eu me sentiria muito melhor se conseguíssemos falar sobre isso, Doris. Se você tentasse entender. Sei que está acostumada a se virar sozinha, mas seu corpo não consegue mais. É difícil, eu entendo.

Doris vira a cabeça devagar e olha para ele.

— Você entende? O que você entende exatamente? A infelicidade de ficar deitada aqui nesta cama? Quando se quer desesperadamente voltar para casa? O quanto dói meu quadril? Ou talvez entenda o que eu quero e o que não quero? Acho que seria muito melhor se você fosse embora. Vá embora. — Dá uma bufada. Franze os lábios e sente a pele do queixo se esticar. O cobertor do hospital a recobre parcialmente, e ela faz uma tentativa de cobrir as pernas, mas é impedida pela dor.

O homem se levanta e fica parado por um momento, observando-a em silêncio. Doris sente seu olhar e sabe o que ele está pensando. Que é uma velha teimosa que nunca mais será capaz de morar sozinha. Bem, ele pode pensar o que quiser. Mas não pode obrigá-la a fazer nada, e os dois sabem disso. Gostaria que ele simplesmente fosse embora. Como se lesse seus pensamentos, o homem dá dois passos para trás e se vira para sair, sem dizer mais nada. Doris ouve o som de papel sendo rasgado em dois. Mais uma vez seu formulário acaba no cesto de lixo. Ela sorri. Uma quarta pequena vitória.

A caderneta de endereços vermelha
S. SMITH, ALLAN

ERA O NOSSO QUINTO DIA EM NOVA YORK. Precisávamos começar a pensar no futuro, mas tínhamos poucas ideias sobre como sobreviver no nosso novo país. Nós duas fomos tomadas por uma terrível saudade de casa. Eu, de minhas conhecidas ruas de Paris. Agnes, de Estocolmo. Sentíamos falta de tudo que havíamos deixado para trás. Escrevi para Gösta. Queixei-me de uma forma que não podia fazer com ninguém mais. Pedi sua ajuda, apesar de saber que ele não poderia ajudar.

Parti para a Bloomingdale's para meu primeiro dia no depósito. Estava preparada para um contraste chocante com meu trabalho em Paris, mas sabia que poderia passar por aquilo sorrindo. Deixei Agnes no pequeno quarto com nada mais que um punhado de ordens para lhe fazer companhia: *Não saia do quarto, não abra a porta, não fale com ninguém*.

Tudo era muito barulhento. Com palavras desconhecidas. Pessoas gritavam, carros tocavam as buzinas. Muito mais carros que em Paris. Enquanto percorria os poucos quarteirões até o depósito, vi o vapor subindo das grades no chão. Eu desviava, sem me atrever a passar sobre elas.

O gerente que me recebeu falava depressa. Apontava, gesticulava, assentia, sorria, falava de novo. E franziu a testa quando enfim percebeu que eu não tinha entendido. Não saber falar a língua coloca a gente no nível mais baixo da hierarquia, e era onde eu me encontrava naquele dia. Pedia desculpas por minha ignorância abaixando a cabeça.

Mantive-me forte e esperançosa no início, mas, com o passar dos dias, meus pés começaram a pesar e a dor no meu ombro piorou de tanto levantar coisas. Deixaram que eu continuasse por mais alguns dias, mas depois o gerente balançou a cabeça e pagou o que me era devido em dinheiro. Houve muitos problemas com a língua; eu não cumpria minhas tarefas de maneira adequada. Tentei argumentar, mas ele simplesmente balançou a cabeça e me apontou a saída.

O que eu ia fazer? Nós só tínhamos mais duas noites no hotel. No meu trajeto de volta, me sentia cada vez mais confusa, cada vez mais preocupada. Onde iríamos morar, como conseguiríamos organizar nossa vida naquele novo país?

***

Reconheci o cabelo castanho e desgrenhado a distância. Parei e fiquei olhando, deixando as pessoas passarem. Apesar de ter me reconhecido, ele também ficou imóvel. A ligação entre nós era como um ímã que me puxava em sua direção. Quando ele se levantou da escada na porta do hotel, comecei a correr. Atirei-me em seus braços e chorei como uma criança abandonada. Allan correspondeu ao meu abraço e beijou minhas lágrimas. Mas aquela intensa sensação de alegria logo se transformou em raiva, e comecei a bater no peito dele.

— Onde você estava? Por que me deixou? Por que me deixou?

Ele me deteve, agarrando firme os meus pulsos.

— Acalme-se. — O francês dele era como música aos meus ouvidos. —Acalme-se, *ma chérie*. Minha mãe estava doente, como escrevi. — Suspirou nos meus cabelos. — Eu precisava estar ao lado dela. Escrevi aquela carta a você no minuto em que cheguei aqui. Por que você demorou tanto?

Os braços dele me envolviam.

— Desculpe. Ah, desculpe, Allan... querido... Só recebi a sua carta recentemente. Eu vim imediatamente.

Ele afagou minha cabeça. Enterrei o rosto no seu paletó, respirando seu cheiro. Era exatamente como eu lembrava. Tantas lembranças. Tanta saudade.

Não estava vestido do jeito que eu sempre o via. O terno risca de giz era modelo jaquetão, perfeitamente assentado. Bem diferente de como ele era em Paris. Passei a mão pelo paletó.

— Me leve até o seu quarto — disse ele, em voz baixa.

— Não posso, minha irmã veio também. Ela foi morar comigo em Paris depois que você partiu, e está lá em cima no quarto.

—A gente aluga outro. Vamos!

Segurou na minha mão e me puxou para dentro. A recepcionista me reconheceu e me cumprimentou, ouviu com atenção enquanto Allan falava. Pegou uma chave e corremos para o elevador. Quando as portas fecharam, Allan segurou minha cabeça com suas mãos quentes e nossos lábios se encontraram. Foi um daqueles beijos que fazem o tempo parar. Eu não tinha sentido muitos iguais na minha vida. Quando chegamos ao quarto, ele me carregou pela porta, debruçou-se devagar em cima de mim e encostou seu corpo ao meu. Desabotoou minha blusa e acariciou delicadamente minha pele nua, me beijando. Fizemos amor, e foi como se tivéssemos nos tornado um só.

Depois ficamos deitados em silêncio, respirando em sincronia. Estávamos tão próximos. Até agora meu coração bate mais forte quando penso naquele momento, no que senti. O quanto estava feliz quando adormeci nos seus braços.

Quando acordei, já era noite. Ele estava acordado ao meu lado, com as mãos atrás da cabeça. Cheguei mais perto e apoiei a cabeça em seu peito.

— Eu estou indo para a Europa amanhã de manhã — murmurou, esfregando minhas costas com força, beijando carinhosamente minha testa.

Acendi o abajur ao lado da cama e olhei em seus olhos.

— Desculpe, o que você disse? Europa? Você não pode fazer isso, o continente está em guerra. Você não sabia?

— É por causa da guerra que estou voltando. Sou cidadão francês; é meu dever estar lá. Minha mãe era francesa, eu nasci na França; é onde estão minhas raízes. Não posso trair minha família, meu sangue. Eles estão contando comigo.

Allan ficou olhando para a parede, melancólico. O olhar intenso de que me lembrava tinha se apagado, e agora eu só via tristeza. Falei as palavras num sussurro.

— Mas eu te amo.

Allan deu um suspiro profundo e se sentou na beira da cama com a cabeça entre as mãos. Abracei-o por trás e lhe beijei o pescoço. Enlacei as pernas no seu quadril.

— Você vai ter que viver sem mim, Doris. Eu ainda estarei casado quando voltar.

Apoiei a cabeça em suas costas. Beijei sua pele quente.

— Mas eu amo você, não me ouviu? Eu vim aqui por você. Teria vindo antes, mas sua carta chegou tarde demais. Achei que você tinha escrito por causa da guerra. Eu e Agnes viemos assim que pudemos.

Allan se desvencilhou do meu abraço, levantou-se e começou a abotoar a camisa. Estendi os braços e pedi que voltasse. Ele se abaixou e me beijou, e vi seus olhos umedecerem. Em seguida me soltou e pegou o resto de suas roupas.

— Você vai estar sempre no meu coração, Doris querida. Eu devia ter escrito de novo quando não tive resposta, mas achei que você não me queria.

Levantei-me da cama e tentei segurá-lo. Estava totalmente nua, e lembro que primeiro ele beijou um dos meus seios, depois o outro, antes de se virar abruptamente. Tirou um maço de notas da carteira. Fiz que não com a cabeça, horrorizada.

— Você está louco? Eu não quero o seu dinheiro. Eu quero você!

— Fique com esse dinheiro, você vai precisar. Além do mais, não vai me fazer falta. Sei que eu parecia um vagabundo na França, mas minha família... bem, minha família tem dinheiro de sobra. — Sua voz era firme, mas dava para notar que ele lutava contra as lágrimas.

Agora eu entendia o terno chique, o pagamento do quarto do hotel.

— Quando você precisa ir?

— Agora, eu preciso sair. Cuide-se bem, minha querida. Minha rosa mais linda. Nunca deixe que a vida ou as circunstâncias a abatam. Você é forte. Levante a cabeça, seja orgulhosa.

— Nós vamos nos ver de novo, não vamos? Por favor, diga que vamos nos ver logo.

Ele não respondeu minha pergunta, e durante todos os anos que se passaram, eu sempre me perguntei no que ele estava pensando. Como conseguiu ser tão frio. Como pôde me deixar. Como a mão dele conseguiu fechar a porta.

Eu fiquei no quarto. Sentada numa cama desfeita que cheirava a amor e suor.

A caderneta de endereços vermelha
J. JENNING, ELAINE

Todo mundo passa por reveses na vida. Eles nos mudam. Às vezes nós percebemos; outras vezes acontecem sem o nosso conhecimento. Mas a dor, essa está lá o tempo todo, empilhada em nossos corações, como punhos cerrados prontos para se abrir. Em nossas lágrimas e em nossa raiva. Ou, nos piores casos, em nossa frieza e introversão.

Mesmo hoje, quando assisto a um programa de TV ou ouço alguém falar sobre a Segunda Guerra Mundial, fico imaginando como ele morreu. Já o vi crivado de balas, vi seu sangue se espalhando em todas as direções e sua voz gritando de terror e desespero. Já o vi correndo pelo campo, fugindo de um tanque que acaba esmagando-o e o deixando mutilado, o rosto enfiado na lama. Já o vi sendo empurrado por uma amurada e se afogando. Já o vi morrendo de frio, sozinho e com medo, no fundo de uma trincheira. Já o vi esfaqueado num beco escuro, descoberto por soldados da ss. Sei que é incomum, mas as imagens continuam me ocorrendo. Não consigo evitar. A sombra dele me seguiu a vida toda.

Isso está gravado para sempre na minha memória.

Meu amor... nós fomos feitos um para o outro e, no entanto, não fomos. Esse pensamento ainda me deixa confusa.

Quando Allan saiu do quarto, fiquei um longo tempo sentada no chão, encostada na beira da cama, com cédulas de dólares amassadas espalhadas ao redor. Não conseguia me levantar. Não conseguia chorar. E não conseguia me convencer de que tinha sido a última vez que ele me seguraria em seus braços. Por fim a luz do sol começou a passar pelas cortinas e me despertou de meus pensamentos. Deixei o cheiro de Allan, de nós dois, atrás de uma porta com o número 225 em metal dourado. Enquanto ele embarcava em um navio para a Europa, em direção à guerra, eu tentava desesperadamente enterrar a sua lembrança naquele quarto de hotel.

Agnes gritou comigo quando apareci. Estava pálida, exausta da noite insone e cheia de ansiedade num país estrangeiro.

— Onde você esteve? Responda! O que aconteceu?

Não conseguia encontrar palavras para responder, e ela continuou a gritar. Comecei a procurar freneticamente na nossa bagagem o pedacinho de papel em que Elaine, nossa amiga do navio, tinha anotado os detalhes para entrar em contato. Espalhei as coisas por toda parte, na cama e no chão, mas apesar de revirar todos os bolsos pelo avesso e sacudir tudo que tinha, não consegui encontrar o papel.

— O que você está procurando? Responda! — A voz de Agnes ficou mais alta, como se minha sensação de pânico tivesse passado para ela. Por fim, ela me agarrou pelo braço e me obrigou a sentar na cama.

— Por favor, me conte o que aconteceu. Você está me deixando muito preocupada.

Virei-me para ela, mas só consegui falar uma palavra. O nome dele.

— A... Allan... Allan.

— Doris, esqueça...

— Eu estive com ele. A noite toda, aqui no hotel. Desculpe, eu não pensei... Esqueci... mas ele veio me procurar.

Agnes apertou mais meu braço. Minha cabeça caiu sobre seu ombro.

— E onde ele está agora?

O suéter dela contra meu rosto, molhado de lágrimas.

— Foi embora... me deixou mais uma vez. Está indo para a Europa. Para a guerra.

Meu choro era incontrolável. Agnes me abraçou forte, e nenhuma de nós falou por um bom tempo. Enfim levantei a cabeça e olhei para os olhos dela. Fiquei mais calma, e consegui encontrar minha voz novamente.

— Esta é a nossa última noite no hotel — disse com a voz embargada. — Apesar de termos dinheiro para algumas outras noites, precisamos encontrar onde morar. Eu tinha um pedaço de papel com o endereço e o nome completo de Elaine, mas não consigo encontrar.

— Eu me lembro. O sobrenome dela é Jenning.

Fiquei em silêncio por um momento, tentando ordenar meus pensamentos agitados.

— Ela disse onde morava?

— Não. Mas o filho era pescador e morava em algum lugar no litoral. Numa península, acho. Disse que ele morava bem na ponta, de frente para o mar.

— Meu Deus, isso pode ser em qualquer lugar. Os Estados Unidos são um país grande; deve haver centenas de penínsulas! Onde pode estar aquele pedaço de papel?

Agnes ficou olhando para mim. Nenhuma de nós falava nada. Reviramos malas e bolsos. De repente minha irmã exclamou:

— Espere aí! Quando nos despedimos, ela disse que não via a hora de chegar em casa, que só faltavam mais algumas horas de viagem... Isso não quer dizer que ela mora perto de Nova York?

Mantive a boca fechada, minha cabeça estava cheia de preocupações.

Mas Agnes não desistiu. Perguntou como se dizia peixe em inglês.

Lembrei-me de Elaine apontando os tipos de comida no navio.

— *Fish.*

Agnes saiu correndo do quarto. Voltou poucos minutos depois com um mapa. Entregou-o para mim, ansiosa. Com círculos desenhados em três locais perto do mar.

— Olha, pode ser aqui! O recepcionista anotou alguns lugares, mas só esse é numa península. O que significa que é aqui, Montauk.

Naquele momento eu não tinha escolha a não ser ouvir minha irmã mais nova e deixar seu entusiasmo afogar minha preocupação. Fizemos nossas malas, deixamos a bagagem perto da porta e passamos uma última noite no hotel. Ainda me lembro das rachaduras no teto, como meus olhos seguiam suas linhas, como se procurasse novas rotas por um céu marrom e acinzentado. Agnes depois me contou que também não dormiu. Achamos graça do fato de não termos nos falado, de nós duas termos ficado o mais imóveis possível para não acordar a outra. Conversar poderia ter ajudado a aliviar nossas preocupações e a nossa solidão.

A saia que vesti na manhã seguinte estava larga na cintura. Enrolei a barra da blusa duas vezes para tentar preencher o vão, mas não adiantou. Continuava escorregando para o quadril. A vida nos Estados Unidos estava me afetando.

Carregamos a bagagem juntas, cada uma segurando uma alça da pesada mala. Revezamo-nos levando a outra mala por pequenos trajetos. Nossos ombros, braços e mãos doíam, mas que escolha tínhamos? De alguma forma chegamos à estação certa. Usando o mapa e a linguagem de sinais de Agnes, conseguimos comprar passagens de ônibus para Montauk. Não tínhamos ideia do que faríamos se Elaine não morasse lá — nem nos atrevíamos a considerar essa possibilidade. Quando o ônibus partiu da estação, ocupamos lugares separados, na janela, olhando para fora. Fascinadas com os edifícios altos dos quais mal conseguíamos ver o topo, com os postes de iluminação e os cabos de energia atravessando as ruas, com o alvoroço de pessoas e automóveis.

13

O LAPTOP SOBRE SEU ABDÔMEN se mexe a cada respiração. Esteve equilibrado ali a manhã toda. Os analgésicos a deixam sonolenta, mas ela luta para manter os olhos abertos. Se cochilar agora, a noite vai ser de ansiedade. Um documento do Word ocupa a maior parte da tela, embora ela tenha deixado um pequeno espaço para a janela do Skype no canto superior direito. Está esperando por Jenny, contando as intermináveis horas que ainda faltam para acabar a noite de São Francisco.

Escreve algumas palavras, seleciona algumas lembranças, conjectura se conseguiu pôr as coisas na ordem certa, se está repetindo algo já mencionado em uma seção anterior. Há muitos eventos para lembrar, tantas pessoas, agora mortas, que significaram tanto para ela. Os nomes de sua caderneta de endereços — pessoas que, de passagem, deixaram sua marca — ganham nova vida para Doris. Tão poucas viveram tanto quanto ela. Um tremor percorre seu corpo, e a solidão do quarto frio parece mais tangível do que nunca.

O desjejum ainda está na bandeja ao lado da cama, e Doris pega o copo meio cheio do suco de maçã amarronzado do hospital. Só deu uma pequena mordida no sanduíche de queijo no prato perto do copo. O pão tem gosto de borracha. Ainda não se acostumou com o pão sueco: não esfarela, não é torrado, não tem gosto de pão. A boca parece áspera e seca, e ela passa a língua no céu da boca várias vezes antes de levar o copo aos lábios e deixar as gotas de suco descerem pela garganta. Sente a onda líquida se espalhar, saciando sua sede. Toma outro gole, sôfrega, depois mais um. Olha para o relógio. Finalmente está quase amanhecendo na Califórnia, Jenny e os filhos logo vão acordar. Vão se reunir na cozinha esverdeada, engolir o café da manhã e sair correndo para quais sejam as aventuras agendadas do dia. Doris sabe que Jenny sempre conecta o Skype quando só ela e a caçula estão em casa. Daqui a poucos minutos.

— Está na hora de descansar um pouco, Doris. Pode largar o computador por enquanto. — A enfermeira lhe lança um olhar severo e fecha a tampa do laptop. Doris protesta e abre a tampa de novo.

— Não, não posso. Me deixe sozinha. Estou esperando alguém. — Seus dedos roçam o receptor Wi-Fi ligado numa entrada USB. — É importante.

— Não, você precisa descansar. Não vai conseguir dormir se ficar nesse computador. E você realmente parece cansada. Seu corpo precisa do máximo de descanso possível se quiser voltar a ficar de pé. Para ter energia para começar a andar de novo.

É difícil ser velha e doente, incapaz de decidir por si mesma quando está descansada, cansada ou alguma coisa entre uma e outra, e o que deve ou não deve fazer a respeito. Doris desiste e larga o computador, que a enfermeira deixa na mesa de cabeceira. Porém, diz:

— Deixe ligado, com a tampa aberta. Assim posso ver se alguém tentar entrar em contato.

— Vamos fazer isso. — A enfermeira vira a tela na direção de Doris e lhe mostra um punhado de pílulas. — Olhe, você precisa tomar seus remédios antes de dormir.

Obediente, Doris toma as pílulas com o resto do suco de maçã.

— Pronto, está feliz agora?

— Está sentindo muita dor? — pergunta a enfermeira com delicadeza.

— Está tudo bem — responde Doris, gesticulando com a mão. Pisca, lutando contra o efeito sedativo do medicamento.

— Agora durma um pouco. Você precisa dormir.

Doris cede e deixa a cabeça tombar para um lado, roçando o queixo no ombro ossudo. Os olhos ficam fixos na tela do computador, mas tudo começa a ficar difuso. Sente o próprio cheiro. Cheiro de hospital. Diferente do seu sabonete líquido, diferente do seu perfume. Apenas um odor leve de detergente barato e suor. Fecha os olhos. A última coisa que vê é uma cortina cor de laranja balançando.

A caderneta de endereços vermelha
J. JENNING, ELAINE

A janela arredondada da traseira do ônibus estava sempre totalmente tapada por uma cortina curta feita de um pesado tecido alaranjado. Balançava para a frente e para trás com os solavancos do veículo na estrada irregular. Eu espiava pela janela, incapaz de tirar os olhos do que estávamos deixando para trás. Os edifícios altos do horizonte de Manhattan. Os automóveis. Os subúrbios e suas belas casas. As ondas agitadas. Cochilei por um tempo.

Descemos do ônibus algumas horas depois, numa parada que não era nada mais que um banco desgastado e uma placa no acostamento de uma estrada rural. O ar tinha um cheiro forte de sal e alga marinha, e o vento transportava pequenos grãos de areia que espetavam o rosto como alfinetes pontudos. Com os ombros caídos, saímos andando devagar pela estrada deserta, acompanhadas do ruído das ondas quebrando na praia. O vento era tão feroz que precisávamos nos inclinar para a frente para manter o equilíbrio.

— Será que este é mesmo o lugar certo? — Agnes murmurou as palavras, como se não se atrevesse a dizê-las em voz alta. Balancei a cabeça e dei de ombros; apesar de ter vontade de repreendê-la, não fiz isso. Na verdade, nossa situação não tinha mudado, tentei dizer a mim mesma; não estava nem pior nem melhor... Continuávamos perdidas num país estranho, necessitando desesperadamente de ajuda. Precisávamos de um teto sobre nossa cabeça e algum tipo de renda. A caixa de metal na minha mala estava vazia, e o pouco dinheiro que tínhamos estava enrolado no meu sutiã. Assim era mais seguro. Nossas últimas notas de dólares tinham aumentado com o dinheiro da carteira de Allan. Isso nos provia um bom maço de notas, cujo peso era uma presença constante no meu peito. Se não encontrássemos Elaine, simplesmente teríamos de fazer alguma outra coisa. Ainda tínhamos como passar mais algumas noites.

Dito isso, quando começamos a passar por janelas fechadas com tábuas pregadas, percebemos que estávamos mais perdidas do que nunca. As casas de madeira erguiam-se como sombras vazias, sem gente indo à praia, sem risadas, sem vida.

— Não tem ninguém aqui. É uma cidade-fantasma — murmurou Agnes, parando de andar. Eu também parei, e nos sentamos na mala maior, uma encostada na outra. Peguei um pouco de cascalho do chão, deixei escorrer entre os dedos. De uma promissora carreira como modelo em Paris, de salto alto e com vários vestidos no guarda-roupa, para bolhas na pele e uma blusa suada numa estrada deserta em algum lugar rural dos Estados Unidos. Em apenas poucas semanas. Não houve como segurar as lágrimas que esses pensamentos causaram. Elas fluíram livremente pelo meu rosto empoado, como uma enchente no delta.

— Vamos voltar para Manhattan. Você pode continuar procurando emprego. Eu também posso trabalhar. — Agnes deitou o rosto no meu ombro e soltou um suspiro profundo.

— Não, vamos seguir um pouco mais. — Senti minha força voltar, enxuguei as lágrimas com a manga do casaco. — Se os ônibus chegam até aqui, é porque deve haver alguém morando no lugar. Se Elaine estiver aqui, vamos encontrá-la.

A mala que carregávamos entre nós balançava enquanto continuávamos andando. A aresta do fundo batia dolorosamente no meu tornozelo sempre que perdíamos o equilíbrio, mas continuamos seguindo a estrada. Sentia o cascalho na sola dos meus sapatos, e por alguma razão parecia doer tanto quanto se estivesse descalça. Finalmente, graças a Deus, o número de casas aumentou e o cascalho foi substituído pelo asfalto. Avistamos algumas pessoas andando pelas calçadas de cabeça baixa, com casacos grossos de lã e gorros de tricô.

— Fique aqui cuidando das malas — eu disse a Agnes quando chegamos ao que parecia ser o centro da cidade. Vi dois homens sentados num banco. Quando me aproximei com um sorriso, fui recebida por uma barragem de palavras que não entendi. O homem que falava tinha uma barba branca e cheia e olhos bondosos e enrugados. Respondi em sueco, mas ele balançou a cabeça. Caí em mim e mudei para meu inglês remendado.

— *Know Elaine Jenning?* — "Conhece Elaine Jenning?", perguntei:

O homem olhou para mim.

— *Look Elaine Jenning*. — "Procuro Elaine Jenning", continuei.

— Ah, você está procurando Elaine Jenning? — disse, prosseguindo com mais palavras que não entendi. Olhei para ele, impotente. Ele fez uma pausa, pegou minha mão e apontou.

— Ali. Elaine Jenning mora ali — falou devagar e claramente, apontando uma das casas mais adiante, na mesma rua.

Era uma construção de madeira branca com uma porta azulada. Uma casa estreita, com uma torre redonda numa ponta, parecendo mais um barco que uma casa. A pintura estava descascada na frente, fazendo a fachada parecer remendada. Persianas brancas protegiam as janelas do vento forte. Assenti e agradeci com uma mesura antes de dar alguns passos atrás e correr até Agnes.

— Ali! — exclamei, apontando. — Ela mora ali! Elaine mora ali!

As palavras em francês que jorraram da boca de Elaine quando ela abriu a porta e nos viu ali em pé foram como um grande e cálido abraço de boas-vindas. Ela nos fez entrar, nos deu cobertores e chá, e deixou que contássemos calmamente tudo que havia acontecido desde que nos despedimos no porto. Sobre Allan. Sobre a carta que tinha chegado tarde demais. Sobre nossos dias no hotel em Manhattan. Suspirava e murmurava, mas sem dizer nada.

— Será que poderíamos ficar aqui algumas semanas? Para aprender mais inglês?

Elaine se levantou e começou a retirar as xícaras. Fiquei esperando sua resposta.

— Nós precisamos estabelecer algum tipo de vida nos Estados Unidos, mas não sei como — continuei depois de um momento.

Elaine anuiu e dobrou a toalha de mesa trançada.

— Vou tentar ajudar vocês. Primeiro a língua, depois um emprego, em seguida um lugar para morar. Vocês podem ficar aqui, mas precisam tomar cuidado. Meu filho pode ser um pouco excêntrico.

— Nós não queremos causar problemas.

— Ele não gosta de estranhos. Vocês vão ter que ficar escondidas se quiserem se hospedar aqui. De outra forma não vai funcionar.

Caiu um silêncio na sala. Nós tínhamos encontrado ajuda, mas talvez não do jeito que esperávamos.

De repente Elaine se levantou e pegou uma caixa retangular, que pôs em cima da mesa.

— Por enquanto vamos esquecer toda essa seriedade. Vamos jogar Monopoly? — sugeriu. — Vocês já jogaram? Não há nada melhor para tristezas e pesares que um bom jogo de Monopoly. Um vizinho me deu de presente de boas-vindas quando eu cheguei.

As mãos dela tremiam quando abriu o tabuleiro, dispôs as peças e pegou uma garrafinha de cristal cheia de um líquido vermelho-escuro. Entregou o que parecia ser um cachorrinho para Agnes.

— Esse combina com você, Agnes? Nós chamamos de *dog* em inglês.

Agnes repetiu a palavra e pegou a peça, examinando a pequena figura de estanho. Elaine fez um sinal de aprovação.

Depois de um momento de hesitação, peguei uma peça para mim.

— *Boot*. Bota — disse Elaine, mas eu estava absorta em meus pensamentos.

— Repita comigo, *boot*.

Eu me levantei de repente.

— Eu não quero jogar, Elaine! — Larguei minha "bota", que rolou pelo tabuleiro e caiu no chão. — Eu queria saber se podemos ficar. O que você quer dizer com "escondidas"? Onde vamos nos esconder? Por quê?

— Uau, nós vamos precisar de um gole desse xerez para fazer isso. — Deu um sorriso tenso e se levantou para pegar alguns copos. Ficamos em silêncio, observando seus movimentos na pequena cozinha.

— Tem um quarto no sótão; vocês podem ficar lá. Mas não podem descer quando meu filho estiver em casa, só durante o dia. Ele é um pouco tímido, só isso.

Ela nos levou até o quarto do sótão. Puxou um colchão estreito apoiado numa das paredes. Ficamos olhando a poeira subir enquanto ela pegava cobertores e travesseiros. Eu e Agnes subimos com as malas. Quando estava tudo pronto, Elaine nos deu um penico e trancou a porta.

— A gente se vê de manhã. Tentem não fazer barulho — disse antes de fechar a porta.

Naquela noite dormimos invertidas, embaixo dos grossos cobertores de lã. O vento uivava do lado de fora. Pequenas lufadas de ar gelado entravam pelas rachaduras, e nos enrolamos ainda mais nos cobertores, até as orelhas e o queixo, e depois até a cabeça.

A caderneta de endereços vermelha
N. NILSSON, GÖSTA

Logo estabelecemos uma rotina naquela casinha perto do mar. Todos os dias seguiam exatamente o mesmo padrão. Quando o filho de Elaine saía de manhã e fechava a porta da frente, imediatamente descíamos do sótão e nos sentávamos à mesa da cozinha, onde recebíamos uma xícara de chá quente e uma fatia de pão puro. Depois disso, começavam as lições de inglês do dia. Elaine apontando e falando enquanto a ajudávamos nos serviços domésticos. Fazíamos limpeza, cozinhávamos, costurávamos — malditas meias — e arejávamos tapetes, sempre com Elaine falando e nossas vozes repetindo tudo. No fim da segunda semana, ela já não falava mais em francês. Seguíamos com atenção as nuances da língua e a pronúncia de palavras soltas, com as quais formávamos frases simples. Ela nos pedia para buscar alguma coisa ou cumprir certas tarefas. Às vezes não entendíamos o que dizia, mas ela nunca desistia. Ocasionalmente simplificávamos uma lição usando menos palavras ou gesticulando e expressando um significado, até começarmos a rir. Só então, com uma piscadela, ela se explicava. Nossas aulas com Elaine eram uma pausa bem-vinda na realidade.

Com a aproximação do crepúsculo, ela nos mandava voltar ao sótão. Ouvíamos o ruído da chave quando ela nos trancava, seguido por seus passos descendo a escada. Elaine sempre esperava o filho, Robert, na varanda, independentemente do clima. Nós a víamos da janela do sótão, por uma brecha na cortina fina. Sempre se levantava e sorria calorosamente quando Robert chegava, mas ele nunca dizia uma palavra, simplesmente passava indiferente por ela, com o olhar fixo no chão. Dia após dia nós o víamos castigá-la com seu silêncio; noite após noite a víamos ser ignorada.

Chegou um ponto em que Agnes não aguentou mais.

— Vocês dois nunca se falam?

Elaine negou com a cabeça, triste.

— Eu deixei meu filho sozinho. Meu segundo marido arranjou um emprego na Europa e não pude fazer nada a não ser ir com ele. Robert nunca me perdoou por isso. Voltei quando surgiu uma oportunidade, mas já tinham se passado muitos anos. Agora é tarde demais. Ele me odeia.

O filho descontava a raiva na mãe. Ouvíamos seus gritos sempre que algo saía errado. Ouvíamos como ela aguentava tudo aquilo, desculpando-se por uma coisa depois da outra. Jurava que o amava e pedia perdão ao filho que tinha perdido para sempre. A situação dela era muito parecida com a nossa — a de uma mulher sozinha e recém-chegada. Estava vivendo num país que não conhecia mais, relacionando-se com alguém que não queria ter mais nada a ver com ela.

O tempo que ficávamos no sótão passava mais devagar que as horas na companhia de Elaine. Ainda me lembro de como me sentia presa naquele ar estagnado. Da minha tristeza e da saudade de Allan. Ele estava sempre em meus pensamentos. Não conseguia entender como podia ter me abandonado de novo. Como pôde arranjar outra mulher em tão pouco tempo? Como podia ter se casado? Ficava imaginando como ela era, se o tempo também parava quando os dois estavam juntos.

As preocupações se tornavam avassaladoras naquele espaço apertado, e eu procurava me distrair tentando entrar em contato com Gösta. Todas as noites, sob a luz mortiça do pequeno lampião a óleo, eu escrevia longas cartas contando tudo sobre o nosso novo lar. Sobre o mar e a areia que víamos da casa, sobre o vento que açoitava meu rosto quando saía no jardim para tomar um pouco de ar. Sobre a língua inglesa e como soava aos meus ouvidos, como as palavras se misturavam e se tornavam um ruído quando as pessoas falavam depressa, do jeito que quase todos os americanos falavam. Eu tinha passado pela mesma experiência com o francês quando cheguei a Paris. Contei sobre Elaine e seu filho estranho. Ela postava as cartas para mim todos os dias, e eu esperava pacientemente por uma resposta. Mas Gösta continuou em silêncio, o que me fez sentir medo de que algo lhe tivesse acontecido. Sabia que a guerra ainda assolava a Europa, mas era difícil saber mais do que isso. Nos Estados Unidos a vida cotidiana continuava como se nada tivesse acontecido, como se a Europa não estivesse em chamas.

Então, um dia, chegou. O envelope continha um bilhete escrito à mão com algumas linhas de texto e uma página recortada de um jornal. Era uma resenha sobre os quadros de Gösta. O tom era de crítica, com o texto concluindo que a atual exposição provavelmente seria a última de Gösta. Não posso afirmar que cheguei realmente a entender os seus quadros, apesar de gostar das cores, por isso não fiquei nada surpresa com a crítica negativa. Aquele tipo de arte moderna — explosões abstratas de cores retorcidas, a perfeição geométrica surrealista — com certeza não era para qualquer um. Mas o artigo me ajudou a entender seu silêncio, e as poucas linhas escritas por Gösta revelavam seu estado de espírito. Entendi por que ele havia escrito só uma frase educada sobre a nossa situação, por que só acrescentou uma nota breve dizendo estar feliz por estarmos vivas.

Lembro que na época senti muita pena dele. Gösta continuava determinado a se dedicar a algo para o que claramente não tinha talento, que só o fazia infeliz. Senti mais saudade dele do que já sentia antes. Sentia falta das nossas conversas. Nove anos haviam se passado desde o nosso último encontro. O artigo tinha uma foto dele, que eu recortei e afixei perto da cama. Ele olhava para mim com uma expressão séria e olhos tristes. Todas as noites, quando apagava o lampião a óleo, me perguntava se o veria de novo, se eu voltaria a ver a Suécia.

A caderneta de endereços vermelha
J. ~~JENNING, ELAINE~~ MORTA

Nossa existência secreta no sótão teve que chegar ao fim; provavelmente sabíamos que isso aconteceria o tempo todo. E assim foi, quando fomos descobertas logo cedo em uma manhã. Agnes tinha esquecido seu cardigã numa cadeira na sala de estar, e ouvimos Robert gritar:

— De quem é esse cardigã? Quem esteve aqui?

— Uma amiga, ela veio tomar um chá ontem à tarde — respondeu Elaine em voz baixa.

— Eu já falei para não deixar ninguém entrar nesta casa! Ninguém deve atravessar os meus limites! Entendeu?

Agnes se encolheu mais perto de mim, e seu movimento fez ranger as tábuas do piso. As vozes lá embaixo silenciaram de imediato. Ouvimos o barulho alto de passos subindo a escada, e a porta foi aberta com um tranco. Quando Robert nos viu ali no colchão, seus olhos ficaram cheios de fúria. Levantamo-nos num salto e começamos a procurar nossas roupas na meia-luz. Semidespidas, passamos por ele e saímos da casa. Ele veio atrás de nós e jogou nossas malas para fora. A dobradiça da maior quebrou e a tampa deslizou pela rua. Depois foram as roupas. Lindos vestidos de Paris pousaram num monte de lama. Pegamos tudo e enfiamos nas malas. Porém, aquilo de que mais me lembro daquele momento com muita clareza é do quanto meu coração batia acelerado. Atrás da cortina nova que Agnes tinha costurado em nossas horas de silêncio no sótão, vi Elaine espiando da janela. Estendeu uma das mãos, mas não acenou. Ela tinha nos dado tanta coisa. Inclusive sua língua. Esse foi o maior presente. Aqueles olhos atemorizados atrás da cortina foram a última coisa que vi dela. Robert ficou parado nos degraus, com as mãos nos quadris, enquanto recolhíamos nossa bagagem e partíamos. Só quando o ônibus encostou na parada, na mesma rua, foi que ele se virou e entrou em casa.

A lateral cinza prateada do ônibus refletia as primeiras luzes do dia, ofuscando nossa visão quando subimos a bordo. Os bancos de vinil vermelho e branco já estavam quentes dos raios do sol. Sentamos na parte de trás, olhando pela janela enquanto o ônibus seguia devagar. Sentadas ali, não fazíamos ideia do que estaria acontecendo na casinha branca. Apesar de tudo, sentimos uma sensação de alívio. A língua em que os outros passageiros falavam não era mais totalmente estrangeira para nós; conseguimos falar com o motorista, dizer para onde queríamos ir. De volta a Manhattan. Os meses que passamos na casa em Montauk tinham nos fortalecido e nos preparado para uma vida de liberdade. Sem nenhuma razão, Agnes começou a rir. A hilaridade dela me contagiou.

— Do que estamos rindo? — perguntei quando enfim consegui parar.

Agnes voltou a ficar séria.

— Parece até que acabamos de fugir da prisão.

— É, aquele sótão já estava começando a parecer um confinamento. Talvez seja melhor, quem sabe?

A manhã transcorria. Chegamos a Manhattan quase à noite e não tínhamos para onde ir. Quando o ônibus por fim parou na estação, Agnes dormia profundamente apoiada no meu ombro. Juntamos as nossas coisas, descemos e começamos a andar na direção do iluminado salão de desembarque. Encostamos nossas malas num canto.

— Para onde vamos agora? Onde vamos dormir? — Agnes parecia desolada.

— Se não conseguirmos algum lugar para dormir, vamos ter que ficar acordadas esta noite. Tome conta das malas, eu vou procurar um hotel barato.

Agnes se sentou, recostando-se na parede.

Um homem de cabelos louro-acinzentados de repente surgiu à nossa frente.

— Com licença, mas vocês não seriam suecas, por acaso?

Eu o reconheci do ônibus. Usava camisa branca e um terno preto simples. Agnes respondeu em sueco, mas ele balançou a cabeça e disse:

— Não, não.

Ele não era sueco, mas a mãe era. Conversamos por um momento e o homem se ofereceu para nos ajudar, arranjar um lugar para ficarmos até encontrarmos outro.

— Tenho certeza de que minha mãe vai ficar contente de falar um pouco de sueco — explicou.

Eu e Agnes nos entreolhamos, hesitantes. Acompanhar aquele homem estranho até a sua casa obviamente não era a melhor escolha. Por fim Agnes concordou e eu agradeci a oferta. Ele pegou a mala mais pesada e o seguimos pela estação.

Não soubemos mais nada de Elaine até muito tempo depois, quando voltamos para fazer uma visita. A casa estava lacrada, e tivemos que perguntar a um vizinho o que havia acontecido. Logo depois de sairmos da casa naquele dia, o coração de Elaine parou de bater de repente no meio de uma discussão com Robert. Ficamos arrasadas. Pela primeira vez, ele conseguiu expressar sua tristeza por ter perdido a mãe tantos anos antes. O vizinho disse que Robert saiu da casa e foi para o mar na mesma semana. Ninguém o havia visto desde então.

14

Do outro lado da cortina, a mulher que foi internada na noite anterior tosse. O som ecoa pelas paredes. Ela tem pneumonia e nem deveria estar no quarto, mas não foi possível levá-la para a ala de isolamento por conta de uma assadura. Quando ela tosse, dá a impressão de que o conteúdo do seu estômago está preste a reaparecer. Doris estremece de aversão e tapa os ouvidos com as mãos.

— Você pode me dar meu computador?

Doris grita no quarto vazio, antes de repetir a pergunta numa voz que mal se consegue ouvir. Por causa da garganta seca, o som chia e arranha o céu de sua boca. O quarto frio do hospital continua em silêncio — sem passos de enfermeiras vindo para ajudar.

— Aperte o botão de alarme — arqueja a mulher que tosse, quando Doris grita pedindo ajuda pela terceira vez.

— Obrigada, mas não é tão importante.

— Claramente deve ser importante, para você ficar aí gritando. Aperte o botão — dispara a mulher, com irritação.

Doris não responde. Quando ela não precisa de ajuda, as enfermeiras estão sempre ali para perturbar, mas agora que realmente precisa, nenhuma delas se encontra à vista. E se ela tentar pegar o computador sozinha? Está bem à vista, com a tampa fechada, em cima da mesa em que a enfermeira o deixou mais cedo. Tinha pedido à mulher para deixar o computador aberto. Por que eles não faziam o que ela pedia? Será que consegue ir até lá e pegá-lo ela mesma? Não está longe. Se quiser voltar para casa algum dia, vai precisar se acostumar a sair da cama. Pega o controle remoto do leito e tenta acionar um dos botões. A cama dá um solavanco na parte de baixo e começa a se levantar. Doris tenta parar o movimento apertando um botão atrás do outro. Agora a cabeceira da cama começa a se mexer, e o colchão passa a se erguer abaixo dos joelhos. Em pânico, ela aciona o botão vermelho do alarme enquanto sacode o controle remoto e continua apertando todos os botões que consegue. Por fim, a cama para de se mexer.

— Meu Deus, o que está acontecendo? — pergunta a enfermeira, que entra correndo e dando risada.

Doris está sentada ereta, com as pernas no alto, parecendo um canivete semiaberto. Mas ela não ri; está chorando lágrimas de dor.

— Aquele computador, eu preciso dele. — Aponta enquanto suas pernas descem devagar e a dor nas costas diminui gradativamente.

— Por que você não apertou o botão de alarme? A gente vem correndo quando faz isso. Você sabe disso, Doris.

— Eu queria tentar andar um pouco. Eu quero sair daqui. Só a fisioterapia não é suficiente, demora muito.

— Paciência, Doris. Você precisa aceitar os seus limites. Já está com noventa e seis anos, não é mais uma jovenzinha. — A enfermeira fala devagar e um pouco alto demais.

— Paciência e teimosia — replica Doris. — Se você soubesse o quanto sou teimosa.

— Já ouvi dizer. Vamos tentar, então?

Doris concorda, e a enfermeira desce devagar suas pernas pela beira da cama e ergue seu torso para ela se sentar. Doris aperta os olhos.

— Foi rápido demais? Está se sentindo zonza? — A enfermeira olha para ela com simpatia e lhe afaga o cabelo com delicadeza. Doris sacode a cabeça.

— Paciência e teimosia — diz, apoiando as mãos no colchão macio.

— Um, dois, três e levantar — diz a enfermeira, pondo Doris em posição horizontal, segurando-a com firmeza pelas axilas.

Doris sente uma pontada de dor no quadril, que logo desce por uma das pernas.

— Um passo de cada vez, certo? — continua a enfermeira.

Doris não diz nada, apenas avança alguns milímetros a perna afetada. Depois a outra, alguns milímetros. O computador está bem ali, quase ao alcance. Seus olhos estão fixos nele. Está a apenas dois metros de distância, mas naquele momento poderia igualmente estar do outro lado de um abismo.

— Quer descansar um pouco? Sentar um minuto? — A enfermeira engancha o pé num banquinho e o puxa para mais perto delas, mas Doris balança a cabeça e, com muito esforço, se aproxima um pouco mais da mesa. Quando enfim consegue chegar, apoia as duas mãos no computador e expira, a cabeça pendendo no peito.

— Puxa, você é teimosa mesmo. — A enfermeira sorri enquanto segura Doris pelos ombros. Doris está ofegante. Não consegue mais sentir as pernas, mexe os dedos dos pés para despertá-los. Olha para os olhos da enfermeira. Depois desaba.

A caderneta de endereços vermelha
A. ANDERSSON, CARL

Carl nos levou pela estação até chegarmos à rua, falando sem parar. Disse que tinha nos ouvido conversando em sueco no ônibus, que entendia algumas palavras da língua. Uma fila de táxis amarelos da Checker esperava na porta da estação, mas ele passou direto, ignorando os chamados dos motoristas. Andava depressa, com passadas largas, sempre alguns passos à nossa frente.

— E se ele estiver enganando a gente? E se for perigoso? — cochichou Agnes, puxando a mala que estávamos levando para me fazer parar.

Segurei firme a mala, fixei meus olhos nos dela e fiz sinal para continuar andando. Agnes resmungou, relutante, e começou a andar de novo. Continuamos acompanhando o homem louro, que era pelo menos dez centímetros mais alto que qualquer outro na rua. Parecia sueco, e talvez tenha sido isso que me fez decidir confiar nele.

Continuamos andando depressa. De vez em quando se virava para ver se ainda estávamos atrás. Eu já estava com bolhas nas mãos quando Carl parou na porta de um estreito edifício de tijolos. Havia dois vasos com narcisos perto da porta vermelha da frente. Sorriu para nós.

— Chegamos. Minha mãe não está muito bem — explicou antes de abrir a porta.

A casa tinha três andares, com apenas um aposento em cada. Fomos direto para a cozinha, onde uma mulher idosa estava sentada numa cadeira de balanço, com as mãos no colo e olhando direto para a frente.

— Mãe, veja o que eu trouxe comigo. Duas garotas da Suécia. — Gesticulou na nossa direção. A mulher não olhou para cima nem pareceu notar que alguém tinha entrado.

— Mãe, elas podem falar em sueco com você. — Passou a mão no rosto dela. Seus olhos azuis pareciam vítreos, com pupilas pequenas. O cabelo lhe caía liso sobre os ombros, algumas mechas soltas cobriam um de seus olhos. Um xale grosso tricotado lhe cobria os ombros. Não parecia muito limpo.

— O nome dela é Kristina. Ela não falou muito desde que meu pai desapareceu. Às vezes diz algumas palavras em sueco, então eu pensei...

— Virou-se de costas para esconder a tristeza, pigarreou e continuou.
— Achei que talvez vocês conseguissem fazer com que ela falasse. Talvez possam também ajudar no trabalho da casa.

— Eu vou tentar. — Agnes aproximou-se devagar da cadeira de balanço. Sentou-se no chão, de costas para a mulher. — Vou me sentar um pouco aqui — disse em sueco. — Posso ficar aqui a noite toda se precisar. Se quiser dizer alguma coisa, eu estou escutando.

A mulher não respondeu. Mas depois de um tempo a cadeira começou a balançar devagar. Eu também me sentei. A casa estava em silêncio, a não ser pelo gemido suave da cadeira de balanço e pelo ruído distante da rua. Concordamos em ficar lá por alguns dias, e Carl preparou uma cama para nós na sala de estar, no segundo andar. Chegou até a puxar um colchão para Kristina e a fez se deitar. Ela era pesada demais para ser carregada por dois lances de escada até o quarto.

Carl ia com frequência à sala de estar para falar conosco. Nunca sobre Kristina. Contava histórias sobre o que tinha feito naquele dia, sobre o banco em que trabalhava. E sobre a Europa e a guerra. A situação havia piorado durante os meses que passamos com Elaine. Carl nos mantinha atualizadas, mas não sabia se a Suécia estava envolvida. Nos Estados Unidos, as pessoas falavam da Europa como se fosse um único grande país.

De início não quisemos perguntar a Carl para onde seu pai tinha ido, mas quando nos conhecemos melhor, nossas conversas se tornaram mais pessoais. Depois de algumas semanas, finalmente tivemos coragem. A resposta não chegou a ser uma surpresa.

Tudo tinha sido muito súbito. Um dia, quando ele e a mãe chegaram em casa, o pai estava esperando, de malas feitas. Disse algumas palavras e simplesmente deixou Carl e a mãe sem dinheiro nenhum, mas em uma casa onde podiam morar.

— Ele largou minha mãe por alguma outra mulher. Algo dentro dela morreu quando ele foi embora. Minha mãe sempre se sentiu muito perdida em Nova York, meu pai era o seu refúgio. Era quem cuidava de tudo; até falava por ela.

Ficamos ouvindo em silêncio.

— Faz três anos que meu pai foi embora. Não sinto falta dele. Não sinto falta dos humores nem de sua natureza dominadora. Na verdade, estamos muito melhor sem ele. Só gostaria que minha mãe também percebesse isso. Mas ela foi ficando cada vez mais deprimida. Deixou de ver todo mundo, parou de cuidar da casa e da própria aparência. No fim, sentou-se naquela cadeira de balanço e nunca mais se levantou. Mal fala uma palavra.

Nós nos revezávamos para ficar sentadas ao lado de Kristina, conversando com ela. Ela não gostava de sair da cadeira, e às vezes eu me preocupava que tivesse virado uma pedra sentada ali. Quanto tempo uma pessoa consegue ficar parada desse jeito, sem dizer nada? Semanas se passaram, com Carl insistindo para que ficássemos; disse que fazíamos bem para Kristina. E ele tinha razão. Finalmente, certa manhã, estávamos esquentando água para fazer chá, quando aconteceu.

— Falem sobre a Suécia — disse ela numa voz débil. Foi maravilhoso ouvir aquelas palavras em sueco.

Eu e Agnes atendemos correndo, sentamos uma de cada lado e começamos a falar. Sobre os montes de neve em que costumávamos brincar. Sobre as batatas e o arenque. Sobre o cheiro da chuva suave da primavera. Sobre as tussilagens. Sobre os carneiros vagando pela luxuriante ilha verdejante de Djurgården, no centro de Estocolmo. Sobre as bicicletas passeando em Strandvägen numa luminosa noite de verão. A cada imagem que descrevíamos, um brilho iluminava os olhos dela. Não disse mais nada, mas começou a olhar para nós cada vez com mais frequência. Quando ficávamos em silêncio, ela erguia uma sobrancelha e anuía para continuarmos.

Os dias se passaram, enquanto continuamos nossa batalha para fazer Kristina feliz. Um dia, quando chegou em casa, Carl encontrou a cadeira de balanço vazia.

— A cadeira está vazia! — Olhou para nós. — Vazia! Onde ela está? Onde está minha mãe?

Nós duas demos risada e apontamos para a pia. Lá estava ela, lavando os pratos do almoço. Pálida e magra, mas de pé, e suas mãos ainda funcionavam. Quando Carl se aproximou, ela sorriu. Carl a abraçou apertado e olhou para nós sobre os ombros dela, os olhos cheios de lágrimas.

Tentamos obter informações sobre o que acontecia na Suécia, mas ninguém conseguia responder nada. As notícias falavam sobre Hitler e como seus exércitos estavam avançando, como homens e mulheres franceses choraram quando os alemães marcharam sobre Paris e ocuparam a cidade. Víamos as páginas em preto e branco dos jornais; era difícil entender os eventos na cidade que eu adorava e da qual sentia saudade. Não parecia mais o lugar de onde tínhamos saído; tudo havia mudado. Escrevi algumas linhas a Gösta, mas, como tantas outras vezes, não tive resposta.

Continuávamos morando com Carl e Kristina. Sem pagar aluguel; era a maneira de Carl nos agradecer. Mas ajudávamos na limpeza e na cozinha. Conversávamos com Kristina enquanto Carl estava no escritório. Ela não conseguiu explicar por que tinha se mantido em silêncio por tanto tempo; disse que sentia como se tivesse dormido durante meses. Mas enquanto os dias se passavam e ela ficava cada vez melhor, comecei de novo a pensar no futuro. Eu e Agnes precisávamos encontrar trabalho e uma casa nossa para morar. Precisávamos nos aventurar pelo mundo, depois de quase um ano no exílio.

Agnes não estava interessada nos meus planos, e às vezes eu me sentia frustrada com ela. Parou de me contar coisas e, sempre que eu mencionava o futuro, ela parecia distraída, pensativa. Começou a responder em inglês, mesmo quando eu falava em sueco. Com o tempo, notei que ela ficava mais na companhia de Carl do que comigo. À tarde, os dois se sentavam no sofá da cozinha, conversavam baixinho até a noite. Como eu e Allan fazíamos.

Uma noite, já tarde, Kristina estava na cadeira de balanço, remendando uma toalha de mesa. Eu lia o jornal diário, procurando, como sempre, as últimas notícias sobre a guerra. Imaginando que cada soldado morto relacionado nas listas era Allan. Estava tão absorta que nem notei os dois de pé na minha frente, de mãos dadas. Agnes teve que repetir o que acabara de dizer.

— Eu e Carl. Nós vamos nos casar.

Olhei para ela. Olhei para ele. Não entendi. Ela era tão nova, jovem demais para se casar.

— Você não está feliz? — questionou Agnes, estendendo a mão para me mostrar a aliança de ouro. — Você está feliz por nós, não está? É tão romântico! Nós queremos um casamento de primavera na igreja sueca. E você vai ser minha madrinha.

E assim foi. Os botões da cerejeira tinham florido, e o buquê de Agnes era da mesma cor: um divertido conjunto de flores diferentes, com rosas vermelhas, hera e mimosas brancas. Peguei na mão dela e a segurei firme com as duas mãos enquanto Carl colocava uma segunda aliança de ouro em seu dedo anelar esquerdo. Ficou presa na junta, mas ele a girou delicadamente até se encaixar no lugar. Agnes estava com meu vestido branco Chanel, um que eu usava muito em Paris. Parecia ter sido feito para ela, que estava mais linda do que nunca. Os cabelos louros e ondulados até os ombros, com mechas soltas, metade delas presas num prendedor de pérolas brancas.

Eu deveria estar feliz por ela, mas só conseguia sentir o quanto Allan me fazia falta. Sei que você deve achar que falo muito sobre ele, Jenny. Mas é difícil. Certas lembranças a gente não consegue esquecer. Elas permanecem, inflamadas, às vezes supurando como uma bolha e causando dor, uma dor terrível.

A caderneta de endereços vermelha
A. ANDERSSON, CARL

Depois de um mês, tornou-se cada vez mais claro qual irmã mandava na casa. Agnes, a nova esposa, assumiu o cargo, esperando que eu concordasse com suas ideias e fizesse o que dizia. Era como uma criança brincando de ser adulta. Isso me deixou furiosa.

Certa manhã, eu estava andando para cima e para baixo no corredor. As tábuas grossas do assoalho rangiam em dois lugares, e eu não pisava neles para não fazer barulho. Eram quase oito horas, e logo Carl estaria saindo para o trabalho. Quando ele apareceu, parei e me despedi com um aceno. Os sons da rua entraram trovejando quando Carl abriu a porta e saiu, mas a casa logo voltou a ficar em silêncio e eu recomecei de onde estava. Tinha roído tanto as unhas da minha mão direita que elas doíam, mas não conseguia parar. Invadi a cozinha.

— Eu não vou mais ficar aqui. Não quero ser sua empregada pelo resto da vida.

Agnes ficou olhando enquanto minhas palavras ríspidas em francês fluíam. Só nós duas entendíamos aquela língua, por isso eu a usava com frequência. Repeti a afirmação até ela assentir e tentar me acalmar. Eu já tinha feito minha mala, uma das que trouxemos de Paris, e estava com um vestido mais sóbrio. Com os cabelos presos e os lábios vermelhos, eu estava pronta para encarar o mundo exterior, restabelecer meu lugar na hierarquia. Como manequim, como alguém que fosse reconhecida. Alguém que estivera longe da ribalta por tempo demais.

— Mas para onde você vai? Onde vai morar? Não seria melhor se arranjássemos alguma coisa para você antes?

Respondi com uma fungada.

— Largue essa mala. Não seja boba. — Agnes falava em voz baixa. Passou a mão pelo vestido, um presente recente de Carl. Ele estava sempre comprando roupas para ela, apossando-se dela.

— Espere mais alguns dias. Por favor, fique. Carl conhece pessoas, ele pode ajudar.

— Carl, Carl, Carl. É só no que você pensa. Acha mesmo que ele é a solução para tudo? Eu me saí perfeitamente bem em Paris sem ele e sem você. Vou me sair bem em Nova York também!

Carl voltou para pegar um guarda-chuva, passou um braço em torno de Agnes e lhe beijou a bochecha.

— Está tudo bem — murmurou ela.

Ele ergueu uma sobrancelha para mim.

— *Pas de problème* — falei, virando-me para sair. Agnes correu atrás de mim.

— Por favor, não me abandone — pediu. — Nós somos irmãs. Devemos ficar juntas. Você pode ficar morando com a gente. Precisamos de você. Ao menos espere até encontrar um emprego e um lugar para morar. Carl pode ajudar, nós dois podemos.

Agnes levou minha mala de volta para o meu quarto, e eu não tive energia para protestar. Mais tarde naquele dia, examinei meu rosto no espelho trincado e embaçado do banheiro. Tanto a viagem como nossa estada nos Estados Unidos tinham deixado suas marcas. A pele ao redor dos meus olhos, sempre tão macia, agora parecia inchada, flácida e opaca. Levantei as sobrancelhas devagar, puxei-as para cima em direção ao couro cabeludo. Meus olhos brilharam quando fiz isso, e fiquei mais parecida com o que era antes. Mais nova, mais bonita. Como ainda deveria estar. Sorri para o meu reflexo, mas o sorriso de que tanto me orgulhava havia perdido a vivacidade anterior. Balancei a cabeça e minha boca voltou à linha reta habitual.

A maquiagem que tinha trazido de Paris estava praticamente intocada. Desatarraxei a tampa do estojo de pó e passei no rosto com um pincel. As manchas vermelhas sumiram, minhas sardas se apagaram. Depois pintei as bochechas, pequenas sombras rosadas nas maçãs do rosto, fazendo círculos cada vez maiores num tom cereja-escuro. Não conseguia parar. Desenhei linhas escuras e grossas ao redor dos olhos, até chegar às têmporas. Aumentei minhas sobrancelhas até parecerem pedaços grossos de carvão. Cobri metade das pálpebras com uma sombra cinza-escura. Pintei os lábios de vermelho, delineando-os de forma a parecerem ter o dobro do tamanho. Examinei meu reflexo grotesco. Com lágrimas escorrendo pelo rosto, acabei desenhando uma grande cruz preta no espelho, em cima da minha imagem.

A caderneta de endereços vermelha
P. POWERS, JOHN ROBERT

CONTINUEI LÁ POR MAIS ALGUNS MESES, mas aquela casinha começou a parecer cada vez mais claustrofóbica, e voltei a ter vontade de ir embora. Dessa vez planejei minha fuga um pouco melhor. Quando embalei todas as minhas coisas, Carl já tinha saído para o trabalho e Kristina dormia. Achei que assim seria melhor, pois eu e minha irmã poderíamos nos despedir de forma adequada. Agnes chorou e me deu todo o dinheiro que tinha.

— A gente vai se ver em breve, prometo — disse em voz baixa enquanto nos abraçávamos.

Afastei-a e saí sem olhar para trás; era doloroso demais ver as suas lágrimas. Passei as noites seguintes em um hotelzinho na rua Sete. Quase não dava para ficar em pé. No meu primeiro dia no hotel, escrevi uma carta a Gösta. Falei sinceramente sobre como me sentia e o que tinha acontecido. Dessa vez, demorou só duas semanas para chegar sua resposta, endereçada para uma caixa postal na Agência de Correio Central. Eu estava acostumada a ir até lá todos os dias, em vão. Por isso, quando o balconista finalmente me entregou uma carta, fiquei tão animada que rasguei o envelope na hora. Tinha esperança de receber uma passagem de volta para Estocolmo, ou ao menos algum dinheiro, mas só havia palavras. Gösta explicava que não tinha dinheiro, que a vida estava difícil em Estocolmo. A guerra havia afetado todo mundo. Estava conseguindo sobreviver trocando seus quadros por comida e vinho.

Se eu pudesse, Doris querida, mandaria um navio buscar você. Um navio que a transportasse através do oceano até o lindo porto de Estocolmo. Ficaria na janela com um binóculo, observando os marinheiros a trazerem. E quando a avistasse, correria até a beira-mar e ficaria de braços abertos esperando você. Isso, minha querida Doris, seria fantástico. Encontrar uma querida amiga depois de tantos anos distante! Você será bem-vinda aqui quando quiser. Você sabe disso. Minha porta está sempre aberta. A garota jovem e meiga que me servia vinho na Bastugatan 5, nunca vou me esquecer dela.

Seu Gösta

A carta estava enfeitada com elegantes flores vermelhas, roxas e verdes. Emaranhavam-se por todo o lado direito da página, no canto e chegando ao texto. Passei o indicador com cuidado sobre as lindas flores, um sinal do apreço pela jovem empregada que conhecera. A textura era espessa, dava para sentir as pinceladas no papel áspero. Aquelas flores eram mais bonitas que todas as telas estranhas que eu o vi pintar no passado.

Eu ainda tenho essa carta, Jenny, junto com todas as outras, na minha caixinha de metal. Agora talvez até valham algum dinheiro, já que, por fim, Gösta ficou famoso, muito depois de morrer.

Continuei na agência do correio por um bom tempo, com a carta em uma das mãos e o envelope na outra. Era como se meu último cabo de salvação tivesse sido cortado, deixando o mundo ao redor em preto e branco. Por fim dobrei devagar a folha de papel e a guardei no meu sutiã, perto do coração. Um forte desejo de voltar a Estocolmo assim que possível substituiu minha sensação de desânimo. Corri para o banheiro. Lá dentro, belisquei minhas bochechas até corarem e pintei os lábios de vermelho. Ajeitei meu casaco bege feito sob medida e ajustei a saia nos quadris, que ainda não a preenchiam. Depois disso, fui direto à Agência John Robert Powers para modelos. Carl havia me dito que em Nova York as garotas bonitas podiam arranjar emprego como manequins nessa agência. Era assim que elas conseguiam trabalho como manequins ali — não em lojas de departamentos ou lojas de moda, como acontecia em Paris. Meu coração batia forte quando segurei a maçaneta da porta. Não tinha ideia de como era uma agência de modelos, mas queria descobrir. Minha beleza era meu único bem.

— Olá — falei em voz baixa, em frente a uma grande mesa com uma mulher baixa atrás. Usava um vestido justo axadrezado em preto e branco. Olhou para mim dos pés à cabeça, os óculos na ponta do nariz.

— Eu gostaria de falar com John Robert Powers — gaguejei no meu inglês hesitante.

— Você marcou uma entrevista?

Fiz que não com a cabeça, e ela abriu um sorriso de superioridade.

— Moça, esta é a Agência John Robert Powers. Você não pode simplesmente entrar imaginando que vai falar com ele.

— Só achei que talvez ele quisesse me conhecer. Eu vim de Paris, onde trabalhei com algumas das maiores lojas de moda da Europa. Chanel, por exemplo. Você conhece Chanel?

— Chanel? — Levantou-se e apontou para uma das cadeiras cinza-escuras alinhadas na parede. — Sente-se. Eu volto num minuto.

Fiquei ali sentada pelo que me pareceu uma eternidade. Finalmente ela voltou, acompanhada por um homem de baixa estatura, com um terno grafite. Pude ver um colete por baixo do paletó e uma corrente dourada fina saindo de um dos bolsos. Assim como a recepcionista, ele me olhou de cima a baixo antes de abrir a boca.

— Então você trabalhou para Chanel? — O olhar dele subiu dos meus pés. Ele evitava meus olhos.

— Dê um giro. — Enfatizou as palavras fazendo um movimento giratório com uma das mãos.

Dei um giro de cento e oitenta graus e olhei para ele por cima do ombro.

— Deve ter sido muito tempo atrás — falou com um suspiro, dando meia-volta e se afastando.

Olhei para a recepcionista. O que estava acontecendo?

— Isso significa que você já pode ir embora. — Fez um sinal com a cabeça na direção da porta.

— Mas vocês não gostariam de me ver experimentando alguma roupa?

— Moça, você deve ter sido uma bela modelo em algum momento da vida, mas esses dias já acabaram. Nós só temos vagas para garotas mais jovens aqui.

A mulher parecia quase contente. Talvez cada garota que o sr. Powers rejeitasse representasse um triunfo pessoal para ela.

Passei a mão pelo rosto. A pele ainda era macia. Ainda lisa como a de uma criança. Pigarreei.

— Será que eu poderia marcar uma entrevista? Em algum dia em que o sr. Powers tenha mais tempo?

Ela negou com a cabeça, convicta.

— Não vai adiantar, sinto muito. É melhor você procurar algum outro tipo de emprego.

15

— O QUE ACONTECEU COM O SEU ROSTO? — Jenny chega mais perto da tela. A bochecha de Doris está coberta por uma grande atadura branca.

— Nada. Eu caí e bati o rosto, mas não há por que se preocupar. Foi só um arranhão.

— Mas como isso aconteceu? Elas não ajudam quando você se levanta para andar?

— Ah, foi uma bobagem. Eu exagerei e a enfermeira não conseguiu me segurar. Mas eu preciso tentar manter a mobilidade, senão eles vão me mandar para uma casa para idosos.

— Casa para idosos? Quem disse isso?

— O assistente social. Eu não queria dizer nada, mas de vez em quando ele vem aqui com um formulário. Querendo que eu assine, para eles poderem me mandar para lá voluntariamente.

— E o que você pensa sobre isso?

— Prefiro morrer.

— Então precisamos fazer tudo para você não ir. Da próxima vez que ele for, me ligue.

— E o que você vai dizer, minha querida? Que posso morar na minha casa? Porque eu não posso. Não agora. Nesse sentido ele está certo. Não estou prestando para muita coisa no momento. Mas não vou dar a ele a satisfação de admitir isso.

— Eu vou falar com ele — diz Jenny de forma tranquilizadora. — Mas como você tem passado o tempo? Tem alguma coisa para ler? Quer que eu mande alguns livros novos?

— Obrigada, mas ainda estou com alguns que você me mandou da última vez. Gostei muito do livro do Don DeLillo, aquele sobre o Onze de Setembro.

— *Homem em queda*. Eu também gostei. Vou ver se posso mandar outro para você... Doris! Doris! O que foi?

O rosto de Doris se imobiliza de dor. Ela pressiona o peito com a mão direita e agita a outra de forma desesperada.

— Doris! — grita Jenny na pequena janela da tela. — Doris, o que está acontecendo? Fale comigo, o que está acontecendo?

Ouve um fraco som sibilante. Doris olha para Jenny com uma expressão resignada, o rosto ficando cada vez mais pálido. Jenny grita, com toda a sua força.

— Enfermeira, alô! Alô! Enfermeira! — Depois começa a berrar... um som constante sai de sua boca. Doris tinha baixado o volume do computador, para não perturbar as outras pacientes, mas a mulher no leito ao lado percebe que há algo errado. Espia da beirada da cama e vê Doris, aparentemente dormindo. A mulher aciona o botão de alarme. Jenny não para de gritar. Enfim uma enfermeira aparece. A mulher aponta para a cama de Doris. A enfermeira tira o computador de cima dela e o deixa na mesa de cabeceira.

— Ela está tendo um ataque cardíaco! — grita Jenny, fazendo a enfermeira dar um pulo.

— Meu Deus, você me deu um susto!

— Faça um exame em Doris! Ela se contorceu e agarrou o peito com a mão. Depois desmaiou!

— O que está dizendo?

A enfermeira aciona o botão de alarme de Doris e tenta encontrar seu pulso. Quando não consegue, começa a ministrar uma respiração boca a boca. Entre as respirações, a enfermeira grita pedindo ajuda. Jenny observa todo o desdobramento em sua cozinha verde-clara na Califórnia. Três pessoas chegam correndo, um médico e duas enfermeiras. O médico liga o desfibrilador, colocando os dois terminais no peito de Doris. O choque faz seu corpo subir e descer na cama. Ele carrega de novo os terminais e aplica um segundo choque.

— Senti uma pulsação! — grita a enfermeira, com o indicador e os dedos médios apertados firme no pulso de Doris.

— Ela está viva? — grita Jenny. — Falem comigo, ele está viva?

O médico olha ao redor, surpreso, e ergue uma sobrancelha para as enfermeiras. Jenny o ouve falar em voz baixa:

— Por que alguém não desliga esse computador?

Olha para Jenny e faz um sinal com a cabeça.

— Sinto muito por você ter visto isso. Você é da família?

Jenny confirma, ofegante.

— Sou a única familiar. Como ela está?

— Ela é velha e está fraca. Vamos fazer o que pudermos para que continue viva o máximo possível, mas o coração não consegue aguentar tanto com a idade da Doris. Ela já teve algum infarto antes?

Jenny balança a cabeça.

— Que eu saiba, não. Doris sempre foi forte e saudável. Por favor, ajude-a, não consigo imaginar a vida sem ela.

— Eu entendo. O coração voltou a bater. Vamos levá-la para a unidade de tratamento intensivo, ela vai passar a noite lá. Tudo bem se desligarmos agora?

— Eu não posso ir com ela?

— Acho melhor você dar um tempinho. — Faz um sinal de cabeça em direção a Tyra, choramingando atrás de Jenny. Ela põe a filha no colo. Tenta acalmá-la.

— Tudo bem. Eu quero ficar com Doris por enquanto, se não tiver problema.

O médico balança a cabeça, como que pedindo desculpas.

— Sinto muito. Não podemos deixar um computador ligado na UTI. Interfere nos equipamentos. Fique na linha, uma das enfermeiras vai dar os detalhes. Prometo que vamos mantê-la atualizada. Até logo.

— Não, espere, eu preciso perguntar... — Mas o médico e duas das enfermeiras desaparecem da tela de Jenny.

16

O RUGIDO DAS ONDAS batendo na praia é abafado pelo fluxo constante de veículos na estrada. A casa tem uma bela vista, mas eles não prestaram muita atenção no barulho do trânsito quando se mudaram. Ninguém nunca se senta na varanda branca para ver o mar.

Até hoje.

Quando Willie chega em casa, voltando do trabalho, Jenny é a primeira coisa que vê. Sentada com Tyra no colo, na rede que eles penduraram muitos anos atrás, quando estavam loucamente apaixonados e queriam estar sempre perto um do outro. A rede balança devagar, as correntes rangem baixinho nos ganchos.

— Por que você está aqui, no meio dessa poluição? Não é bom para a bebê. — Abre um sorriso para as duas, mas Jenny mantém a expressão séria.

— Você ainda chama Tyra de bebê? Ela já tem quase dois anos.

— Um ano e meio, e só agora começou a falar.

— Ela tem vinte meses, duas semanas e três dias. Quase dois anos.

— Tudo bem, tudo bem. Então vou chamar de Tyra. — Willie dá de ombros e abre a porta.

— Eu estou pensando em ir para a Suécia.

— Hein? Suécia? O que aconteceu?

— Doris teve um infarto. Está morrendo.

— Infarto? Achei que ela tivesse quebrado a perna.

— É grave. Eu preciso estar com ela nesse momento. Não posso deixá-la morrer sozinha. Vou ficar lá enquanto... ela precisar de mim.

— Como isso vai funcionar? Quem vai cuidar das crianças? A gente não consegue fazer isso sem você.

— O quê? É só isso que você tem a dizer?

— Eu sinto muito por Doris, sinto mesmo. Sei que ela significa muito para você. Só não sei como vamos conseguir.

— Eu posso levar Tyra comigo. Os meninos ficam na escola durante o dia. Você pode cuidar deles.

Willie respira fundo, olhando para o horizonte. Jenny põe uma das mãos em seu ombro.

— Vai dar tudo certo.

— Eu sei que ela é importante para você, mas será que é mais importante que a nossa família? Eu preciso trabalhar, tenho um emprego que sustenta todos nós. Não vou estar em casa quando os garotos chegarem da escola. Quem vai esperar por eles?

— Tem de haver um jeito. Só vamos ter que pagar alguém. Ela está morrendo, você não entende?

Jenny se levanta e deixa Tyra sentada na outra ponta da rede. Willie se encosta na parede e acaricia o rosto de Jenny.

— Desculpe. Eu estou meio estressado. O que você sabe exatamente?

— Nós estávamos conversando. Estava tudo normal no começo. Ela estava normal. Levou um tombo e estava com um curativo no rosto, mas fazendo piadas a respeito. Você sabe como é a Doris. Mas aí de repente começou a agarrar o peito, não conseguia respirar. Foi como na TV, como um episódio de *Grey's Anatomy*. Comecei a gritar bem alto, o mais alto que conseguia. Até que finalmente eles chegaram correndo com uma dessas máquinas com placas elétricas.

Willie se senta ao lado dela e segura sua mão.

— Então foi mesmo um infarto?

— Foi. O médico falou que Doris está ficando fraca. O osso fraturado e a operação devem ter exigido demais dela. Eles tiveram que fazer uma angioplastia, a enfermeira me disse depois.

— Ela ainda pode viver muito tempo, amor; a gente não sabe. E o que você vai fazer lá? Ficar sentada esperando ela morrer? Não acho que isso seja bom para você.

Ele acaricia a mão dela, mas Jenny se afasta, empurrando-o para o lado.

— Não acha que seria bom? Para *mim*? Você só está pensando em si mesmo! Para você é mais confortável que eu fique; é isso que está dizendo. Mas sabe de uma coisa? Ela é a única família que me resta, minha última ligação com a Suécia. Meu último vínculo com minha mãe e minha avó.

Willie quase consegue disfarçar um suspiro.

— Eu sei que o dia deve ter sido difícil, mas não dá ao menos para esperar e ver o que acontece? Talvez ela se recupere.

Ele puxa Jenny mais para perto e o corpo dela relaxa. Ela apoia a cabeça no peito do marido e sente seu cheiro conhecido e reconfortante. A camisa dele está úmida; Jenny desabotoa alguns botões e afasta o tecido para encostar o rosto em sua pele.

— Por que a gente não fica mais aqui fora? — pergunta em voz baixa, fechando os olhos e sentindo a brisa marinha no rosto. Um caminhão pesado passa roncando e os dois dão risada.

— Por isso — responde Willie, beijando-lhe a cabeça.

17

— Bom dia, Doris. — A enfermeira se debruça na cama e sorri de forma cordial e solidária.

— Onde eu estou? Estou morta?

— Está viva. Na unidade de tratamento intensivo. Você teve um probleminha no coração ontem, um pequeno infarto.

— Eu achei que estivesse morta.

— Não, não, você ainda não morreu. Seu coração está estável de novo. O médico conseguiu desbloquear a artéria. Você se lembra de ter entrado em cirurgia?

Doris anui devagar, incerta.

— Como está se sentindo?

Doris encosta a língua no céu da boca.

— Com um pouco de sede.

— Quer um pouco de água?

Doris consegue forçar um sorriso.

— Suco de maçã, se tiver.

— Eu vou buscar. Agora você precisa descansar, logo vai se sentir melhor. — A enfermeira se vira para sair.

— As coisas não parecem muito boas para esta bruxa velha.

A enfermeira olha para ela.

— O que você disse?

— As coisas não parecem muito boas para esta bruxa velha.

A enfermeira começa a rir, mas silencia quando vê a expressão séria de Doris.

— Você pode não estar se sentindo tão bem agora, mas vai ficar boa. Foi só um pequeno infarto, você teve sorte.

— Eu estou com mais de noventa e seis anos. Meu estoque de sorte é bem limitado.

— Sim, exatamente, mas você ainda está longe dos cem anos! — A enfermeira dá uma piscada e aperta a mão de Doris.

— Morte, morte, morte — resmunga Doris em voz baixa quando fica sozinha.

Há uma máquina na cabeceira da cama, ela vira a cabeça para acompanhar os números e as linhas, interessada. Sua pulsação subindo e descendo, a curva em zigue-zague da linha do ECC, os níveis de oxigênio.

A caderneta de endereços vermelha
A. ~~ALM, AGNES~~ MORTA

Tudo desmoronou. Ali mesmo na rua, na porta da agência de modelos. Sem trabalho. Sem lugar para morar. Sem amigos. Só uma irmã casada a alguns quarteirões de distância. Lembro-me de ter ficado ali parada por um bom tempo, os olhos fixos no trânsito intenso da rua. Não conseguia decidir que rumo tomar, direita ou esquerda — mas nem preciso dizer a você que rumo queria realmente tomar, Jenny. Certa vez Gösta me fez prometer ser sempre verdadeira comigo mesma, não deixar as circunstâncias tomarem conta do meu destino. Mas ali e naquele momento eu rompi essa promessa, como já fizera muitas vezes antes. Não vi nenhuma outra escolha. Lentamente, comecei a me encaminhar para a casa de onde havia saído recentemente.

Carl ainda não tinha chegado. Agnes estava costurando perto de Kristina. As duas ergueram os olhos quando entrei pela porta. Agnes levantou-se com um pulo.

— Você voltou! Eu sabia! — Deu-me um abraço apertado.

— Eu não vou ficar muito tempo — murmurei.

— Vai, sim. Você e Kristina podem ficar nas camas lá de cima. — Apontou a escada com a cabeça. — Eu e Carl vamos dormir aqui, no sofá-cama.

Balancei a cabeça. Não podia concordar com aquilo.

— Nós já falamos sobre isso. Estávamos esperançosos de que você voltasse. Tem muito lugar para você aqui. Você pode me ajudar com o trabalho doméstico.

Abraçou-me de novo e senti sua barriga contra a minha.

— Agora é minha vez de ajudar você, que já me ajudou tanto. E nós vamos precisar de você por aqui. — Pegou minhas mãos e as encostou em sua barriga. Ergui uma sobrancelha e meu queixo caiu, quando enfim entendi o que ela estava dizendo.

— Você está grávida? Por que não falou antes? Você vai ter um bebê!

Agnes assentiu, toda contente. Sua boca não conseguiu mais ficar fechada e se abriu num sorriso, acompanhado por uma risadinha.

— Não é fantástico? — exultou. — Vamos ter um bebezinho na casa! — Mostrou o pedaço de tecido que estava bordando. Era um cobertor de bebê amarelo-claro. Senti uma pontada no coração ao pensar nos filhos de que eu e Allan falamos uma vez, mas logo afastei aquela imagem. Esse era o filho de Agnes, o momento de Agnes. Sorri para ela.

Eu não podia fazer outra coisa a não ser ficar. Não via a hora de o pequenino chegar. Carl e Agnes, eu e Kristina. Uma família estranha, esperando ansiosa por uma nova vida. Elise, a sua mãe.

Todas as manhãs, Agnes ficava de perfil na cozinha e passava a mão na barriga, que cada dia ficava maior. Todos sentíamos a sua alegria de estar grávida, e ela me deixava tocar na sua barriga o quanto eu quisesse. Havia uma criança crescendo dentro dela; no fim da gravidez eu até via o contorno de um pé quando o bebê chutava. Tentei agarrar, mas Agnes afastou minha mão, dizendo que sentia cócegas.

Os dias se passavam mais depressa, agora que eu me sentia mais necessária. Ajudava Agnes nas compras e na cozinha; limpava e lavava. Ela foi ficando menos ativa, perdendo peso, o rosto foi afilando. A barriga parecia um balão em seu corpo esguio. Perguntei muitas vezes se estava se sentindo bem, mas ela descartava minhas preocupações e dizia que sentia apenas um pouco de cansaço. Afinal de contas, ela estava grávida.

— Vai ser muito bom quando o bebê chegar, e voltarei a ser eu mesma de novo. — Soltou um suspiro. Ela andava suspirando demais.

Um dia, quando desci, Agnes estava no sofá da cozinha, mas seus lábios tinham um tom escuro e azulado. A pele parecia manchada, os olhos arregalados, a respiração forçada. Não consigo escrever mais sobre isso. É um momento que prefiro esquecer. Um momento muito semelhante ao último com meu pai. Só que dessa vez não foi minha mãe quem gritou: fui eu.

Eles conseguiram salvar a pequena Elise antes de sua avó morrer. De parto encruado, como se dizia naquele tempo; alguma coisa deu terrivelmente errado. Assim, sem mais, ela estava morta. E nós ficamos com aquela trouxinha que nunca parava de chorar. Como se soubesse que o amor de sua mãe lhe tinha sido roubado.

Eu segurava sua mãe nos meus braços todos os dias, quase constantemente. Tranquilizando-a e tentando aprender como amá-la. Era alimentada com leite de vaca normal, aquecido à temperatura do corpo, mas isso lhe causava cólicas que a faziam chorar muito. Lembro que quando punha a mão no estômago dela eu sentia um borbulhar, como se houvesse alguma coisa viva lá dentro. Kristina tomava meu lugar de vez em quando, tentando nos curar e nos consolar, mas ela estava velha e cansada.

Carl não suportava todo aquele choro e tristeza. Passou a sair de casa mais cedo e a voltar mais tarde. Só quando conseguiu encontrar uma ama de leite, uma mulher com um bebê disposta a dividir parte de seu leite com outra criança, a calma retornou à casinha.

Aos poucos a vida voltou ao normal. Elise cresceu e nos presenteou com sua primeira risada gorgolejante. Eu sentia muita falta de Agnes, mas tentava controlar meus sentimentos para o bem da garotinha.

Certo dia saí de casa. Uma pequena caminhada, era só o que eu planejava, para comprar carne e legumes. Mas meus pés me levaram até o posto do correio, um lugar onde havia muito tempo eu não ia. Estava curiosa para ver se Gösta tinha escrito para mim. Não havia nenhuma carta dele, mas encontrei outra, endereçada à minha caixa postal. Enviada da França.

Doris,

Palavras não podem descrever o quanto sinto saudades de você. A guerra é terrível. Mais terrível do que você pode imaginar. Rezo todos os dias para conseguir sobreviver. Para voltar a ver você. Tenho uma foto sua aqui comigo. No meu bolso. Você se parece com a linda rosa que conheci em Paris. As coisas importantes parecem tão óbvias aqui. Mantenho sua imagem perto do meu coração e espero que consiga sentir o meu amor do outro lado do Atlântico.

Seu pela eternidade,
Allan

Lá estava eu. Em Nova York, onde ele deveria estar. Onde finalmente teríamos ficado juntos. Mas Allan estava na França. Passei as semanas seguintes como que numa névoa, incapaz de pensar em qualquer coisa a não ser em Allan.

    Todas as noites, quando eu punha Elise na cama e a via dormindo profundamente, ela me arrancava dos meus pensamentos de sair do país. Era tão indefesa, tão meiga e pequena. E precisava de mim. Mesmo assim, comecei a guardar parte do dinheiro que Carl me dava para a comida.

    Por fim, não consegui aguentar mais. Fiz uma mala e simplesmente segui meu caminho. Não me despedi de Kristina, apesar de ela ter me visto sair. Não deixei um bilhete para Carl. Não dei um beijo em Elise; nunca teria conseguido fazer isso. Fechei os olhos por alguns segundos depois de bater a porta e fui direto para o porto. Já não tinha mais o que fazer nos Estados Unidos. Ia voltar para a Europa. Precisava estar junto de Allan. O amor me levou em sua direção.

18

Os olhos do médico estavam fixos na pilha de papéis na pasta de plástico azul-marinho.
— Seu estado parece melhor. — Folheia as primeiras três páginas, lendo os gráficos e os resultados. Depois tira os óculos, guarda no bolso do peito do jaleco branco e olha nos olhos de Doris pela primeira vez desde que entrou no quarto.
— Como está se sentindo?
Doris balança a cabeça devagar.
— Cansada. Pesada — responde num sussurro.
— Sim, problemas de coração exigem muito da gente. Mas acho que você não vai precisar de uma operação maior. Ainda está forte, e a angioplastia funcionou bem. Você vai sobreviver. — Ele estende o braço e lhe passa a mão na cabeça, como se fosse uma criança. Doris afasta a mão dele com um empurrão.
— Forte? Eu pareço forte para você neste momento? — Levanta devagar o braço com a cânula de soro. Um hematoma se desenvolveu embaixo da atadura, e a pele se enruga em torno da agulha quando ela se mexe.
— Sim, para a sua idade, sem dúvida. Seu estado está bom para a sua idade. Você precisa de um pouco de repouso, só isso. — Dito isso, ele se vira e vai embora.
Já vai tarde.
Doris estremece, puxa a coberta até o queixo. Os dedos estão frios e rígidos, ela os leva até a boca e bafeja. O suave fluxo de ar morno os aquece.

Lá fora, no corredor, ouve o médico falando com uma das enfermeiras. Falando baixinho, mas não tanto.

— Pode levá-la para o quarto, ela não precisa mais ficar aqui.

— Mas será que ela vai aguentar? Será que já está estável?

— Ela tem noventa e seis anos. Infelizmente não vai viver muito mais tempo, e com certeza não sobreviveria a outra operação.

Não vai viver muito mais tempo, e com certeza não sobreviveria a outra operação. A enfermeira entra para recolher suas coisas, e Doris morde a língua quando uma onda fria desce até seus membros.

—Agora você vai voltar para o quarto, isso é uma boa notícia, não é? Só preciso remover esses eletrodos. — A enfermeira tira delicadamente a blusa de Doris e retira os discos adesivos. A pele exposta a faz tremer, o que lhe causa um espasmo de dor.

— Coitadinha, está com frio? Só um minuto, vou pegar outro cobertor. — A enfermeira sai de cena, mas logo volta com um cobertor grosso com listras verdes e brancas, que estende na cama. Doris sorri, agradecida.

— Eu também queria o meu computador.

— Você tem um laptop? Eu não vi; ainda deve estar na enfermaria. Vamos procurar quando chegarmos lá. Você vai estar logo com ele, não se preocupe.

— Obrigada. Você acha que minha sobrinha-neta vai conseguir falar com o médico? Eu soube que ela queria fazer isso.

— Acho que não vai ter problema nenhum. Vou falar com o médico da sua enfermaria. Certo, então vamos. Está pronta? — O leito sacoleja quando a enfermeira solta o freio e a empurra para fora do quarto. Posiciona a cama e a empurra devagar pelo corredor vazio até o elevador. A enfermeira continua falando, mas Doris não está ouvindo. As palavras do médico ainda ecoam em sua cabeça, afogando seus pensamentos. Não tenha medo. Não tenha medo. Não tenha medo. Seja forte. O bipe do elevador é a última coisa que ela ouve.

— Tem alguém que a gente possa chamar, Doris? Algum parente? Algum amigo próximo? — Uma enfermeira nova está sentada numa cadeira perto de sua cama. Doris está de volta à enfermaria. Um novo quarto, rodeado por outras colegas pacientes. A sacola preta com o laptop está na mesa de cabeceira.

— Sim. Jenny, minha sobrinha-neta. Ela queria falar com o médico. Que horas são? — pergunta.

— Quase cinco da tarde. Você dromiu desde que voltou.

— Perfeito — diz Doris, apontando para o computador. — Por favor, você pode me passar isso? Eu posso ligar para Jenny. Tem um programa que eu uso.

A enfermeira tira o laptop da bolsa e o entrega para ela. Doris localiza o número de Jenny no Skype, mas o ícone indica que ela não está conectada. Apesar do sinal vermelho, ela tenta ligar. Estranho. É de manhã na Califórnia, geralmente ela está on-line. Tomara que não tenha acontecido nada com ela. Não gostaria de morrer antes de se despedir de Jenny. Empurra o computador para o lado, mas deixa a janela do Skype aberta.

— Diga se há alguém mais para quem eu possa ligar. Pode ser bom ter um amigo aqui, não é?

Doris concorda e deixa a cabeça pender para o lado. O travesseiro parece de cimento quando ela encosta o rosto, e os cobertores são pesados.

— Você pode puxar um pouco as cobertas? — murmura, mas a enfermeira já sumiu. Doris se retorce para erguer um pouco as cobertas, para se arejar um pouco. A tela do computador agora está bem à sua frente, e ela observa o ícone de Jenny, esperando que fique verde. Depois de um tempo, suas pálpebras descem e ela adormece.

19

Durante anos Jenny usou um chaveiro de metal em forma de sapo verde. Nas costas do sapo está escrita a palavra Doris. Com uma chave prateada. Ela está no avião, segurando o chaveiro e deixando Tyra brincar ele. A menina bate no chaveiro com as mãos gorduchas, fazendo-o girar. Uma vez atrás da outra. E dá risadas altas e alegres. As duas acabam de acordar depois de horas de um sono inquieto e desconfortável. De seu lugar na janela, Jenny vê as densas florestas como campos escuros quando o avião começa a descer. Põe Tyra no colo para ela poder ver também.

— Veja só, Tyra, *Sverige*! Suécia. Veja. — Aponta para baixo, mas a garota está mais interessada no sapo. Estica o braço para pegar o chaveiro e choraminga em voz alta quando não consegue. A longa viagem e a falta de sono a deixaram mais irritada que o normal. Jenny lhe dá o sapo e pede com firmeza para ficar quieta. Tyra enfia o sapo direto na boca.

— Na boca, não, Tyra, é perigoso. — A garota grita quando Jenny lhe tira o chaveiro, e os passageiros mais próximos olham para as duas com um ar de reprovação. Jenny remexe na bolsa e consegue encontrar uma caixa de jujubas. Dá a Tyra uma jujuba atrás da outra, e a menina se acomoda, chupando as balinhas até o avião aterrissar com um baque surdo. Finalmente estão em solo sueco. Enquanto percorrem o corredor para o portão de desembarque, Jenny absorve o sueco sendo falado ao seu redor. Ela fala e entende o idioma, mas quase nunca o ouve.

— Bastugatan 25, por favor. — Esforça-se para disfarçar seu sotaque americano quando fala em sueco com o taxista, mas percebe que sua pronúncia está longe da perfeição. Mas, enfim, que diferença faz? Ele também tem um sotaque.

— Fizeram um bom viagem? — pergunta, e Jenny concorda com a cabeça, secretamente contente por conseguir perceber seus erros gramaticais. O carro segue por uma paisagem chuvosa. O limpador do para-brisa funciona sem parar, rascando o vidro quando o vento de repente fica mais seco.

Ela puxa conversa para passar o tempo.

— Que clima horrível. — Não se lembra da palavra para clima em sueco, tendo de dizê-la em inglês. O motorista concorda, mas quando eles chegam ao destino, o taxista já decidiu falar só em inglês. Jenny paga com cartão de crédito e sai para a rua com Tyra nos braços. Olha para a janela do apartamento de Doris e vê que as cortinas estão fechadas. O cordial motorista tira o carrinho da menina e duas malas do porta-malas, mas assim que volta para o carro, arranca depressa, espirrando água de uma poça na calça de Jenny.

— Estocolmo é igualzinha a Nova York, todo mundo tem pressa — fala consigo mesma, tentando desdobrar o carrinho enquanto segura Tyra no quadril. A chuva faz a garotinha levantar as mãos, tentando pegar as gotas.

— Fique quieta, Tyra, quietinha. Mamãe precisa desdobrar isso aqui. — Faz pressão com o joelho na trava e por fim consegue montar o carrinho. Tyra não reclama e se acomoda. Jenny afivela as correias e tenta empurrar o carrinho com o quadril, enquanto puxa as duas malas. Não dá certo. As rodas estão desalinhadas, apontando em direções diferentes. Larga as malas e leva depressa o carrinho pela escada até o edifício. Põe Tyra no chão, pede para ela ficar quieta e volta correndo para pegar as malas. Quando chega ao apartamento com a bagagem, o carrinho e a filha, sua camiseta está úmida de suor.

Sente um cheiro de ar estagnado quando abre a porta. Tateia no escuro em busca do interruptor antes de entrar com o carrinho. Tyra tenta sair, ansiosa para ficar de pé, tossindo com o esforço. Jenny encosta a palma da mão na testa da menina, que não está quente; só está cansada e com um leve resfriado. Deixa Tyra no chão da cozinha e abre todas as cortinas e janelas. Quando a luz do dia invade o apartamento, percebe que a criança está bem ao lado de uma mancha escura no piso de madeira clara. Agacha-se enquanto

Tyra toca na mancha. Deve ser sangue. Da queda. Sangue de Doris. Pega a filha pela mão e a tira de lá. As duas vão para a sala de estar. Está exatamente como ela se lembra. O sofá de veludo roxo-escuro, as almofadas cinza-azuladas, a mesa de teca dos anos 1960, uma escrivaninha encostada à parede, anjos. Doris vem colecionando anjos desde que Jenny consegue se lembrar. Conta os anjos. Oito anjinhos de porcelana só na sala de estar. Dois deles foram presentes de Jenny. Amanhã ela vai levar alguns ao hospital. Pega um mais perto dela, uma bela figura feita de cerâmica dourada, e o encosta no rosto.

— Ah, Doris, você e seus anjos — murmura com olhos lacrimosos.

Volta a colocar a figura sobre a escrivaninha com cuidado. Seus olhos pousam numa pilha de papéis. Pega a folha de cima e começa a ler.

20

Um automóvel buzina na rua. É o táxi que Jenny chamou. Preocupada com Doris, sente que precisa ir direto para o hospital, que não pode esperar até o dia seguinte. Devolve a pilha de papéis à escrivaninha e a acaricia com a mão. Doris escreveu tanta coisa. Jenny pega as folhas de cima, as dobra no meio e as guarda na bolsa. Até agora só leu alguns parágrafos, e está ansiosa para ler mais.

Logo está no táxi a caminho do hospital, com Tyra no colo. Já é final de tarde, a noite começou a cair. Dá um bocejo e pega o celular com um gesto cansado.

— Ei, já cheguei, está tudo bem. — Jenny segura o aparelho um pouco longe do ouvido, preparada para o rugido do outro lado do Atlântico. Mas só ouve o silêncio. Ouve o ruído do aparelho trocando de mãos. Jack é o primeiro a falar.

— Por que você viajou, mãe? Sem me dizer nada! Quem vai fazer o almoço para mim agora? Quando você volta para casa?

— Doris precisa de mim aqui. Ela não tem mais ninguém. Nenhum amigo, nenhum parente. Ninguém quer morrer sozinho. E ninguém deveria.

— Mas e nós? Você não pensa na gente? Nós não somos importantes? Também não temos ninguém para nos ajudar. — Grita com o inabalável egocentrismo de um adolescente.

— Jack, escute uma coisa! — Eleva a voz, coisa que só faz quando está realmente zangada. Vê o taxista olhando pelo retrovisor. — Tenho certeza de que você pode fazer seus sanduíches por algumas semanas. Estamos falando de sanduíches, não da sua vida. Tente pensar em Doris, não só em si mesmo.

Jack passou o telefone para Willie sem dizer nada.

— Como você foi viajar desse jeito? Só com um bilhete de explicação? Não imaginou que ficaríamos preocupados? Os garotos estão histéricos. Se você vai ficar fora durante algumas semanas, isso precisava de um planejamento. Planejamento! Precisamos de uma babá para cuidar dos garotos. Como é que você ia resolver isso?

— Nós concordamos que eu viria. E eu trouxe Tyra comigo, como prometi. Não é tão complicado, Willie. Eles já estão crescidos. Prepare alguns sanduíches para eles de manhã, ponha na lancheira e faça com que levem para a escola. Não tem nenhum mistério.

— E quem vai cuidar deles quando voltarem da escola? Quem vai ajudar com as lições de casa? Eu preciso trabalhar, você sabe disso. Meu Deus, Jenny, você é impulsiva demais!

— Você chama isso de impulsiva? Como se eu fosse uma adolescente bobinha? Eu precisava me despedir de Dossi. Além de você, ela é a única família que eu tenho! Ela cuidou de mim quando eu era menina, e agora está morrendo! O que você não entende dessa situação?

Willie solta uma bufada, resmunga uma despedida e desliga. Jenny abre um sorriso tenso para Tyra, que olha para ela em silêncio.

— Era o papai — diz, puxando-a para mais perto e beijando suas bochechinhas gorduchas.

Pergunta a si mesma em que momento as coisas começaram a dar tão errado. Eles têm andado tão tensos ultimamente, discutindo por causa de dinheiro, por causa de tarefas, e agora por isso. Nem sempre foi assim; Jenny se lembra de uma época em que se sentia feliz só de olhar para o rosto de Willie. Uma época em que os dois ficavam acordados a noite toda tomando sorvete na cama, conversando horas sem fim. Ah, como ela sente saudade daqueles anos.

Finalmente elas chegam. Jenny segue as indicações da entrada principal do hospital e aperta o botão do elevador. A espera a deixa ansiosa. E se Doris não se lembrar dela? Um bipe anuncia que o elevador chegou.

Olha ao redor da estranha ala. O cheiro de desinfetante, o som dos chamados dos pacientes e de várias máquinas. Uma enfermeira para quando a vê.

— Está procurando alguém?

— Sim, estou procurando Doris Alm. Ela está aqui?

— Doris, sim, ela está aqui. — A enfermeira aponta uma porta. — Mas você perdeu a hora de visitas, acho que não vai poder vê-la agora.

— Eu acabei de chegar de São Francisco! Pousamos algumas horas atrás. Por favor, você precisa me deixar entrar.

— Então mantenha silêncio e não fique muito tempo. Os outros precisam dormir.

Jenny concorda. Reconhece a silhueta de Doris embaixo das cobertas. Está magra, e menor do que Jenny se lembrava. De olhos fechados. Jenny senta-se na cadeira de visitantes e puxa o carrinho para mais perto; Tyra também está dormindo. Finalmente pode pegar todas as folhas de papel e ler tudo o que Doris escreveu para ela. Conjectura sobre o que mais ela escreveu, e imediatamente se sente atraída pela história da caderneta de endereços, do pai de Doris, da sua oficina.

Doris balbucia em seu sono, trazendo Jenny ao presente. Ela se mexe, e Jenny levanta e se debruça sobre a cama.

— Doris — chama em voz baixa, acariciando-lhe o cabelo. — Dossi, eu estou aqui.

Doris abre os olhos, pisca diversas vezes. Fica olhando para Jenny por um longo tempo.

— Jenny — diz, por fim. — Ah, Jenny, é você mesmo?

— Sim, sou eu mesmo. Eu estou aqui. Agora posso cuidar de você.

A caderneta de endereços vermelha
P. PARKER, MIKE

MIKE PARKER. Faz tempo que esse nome não passa pelos meus lábios. São pessoas cujos nomes não precisam ser registrados em cadernos de endereços para permanecer para sempre na mente. Mas, infelizmente, minha história não estaria completa sem mencioná-lo. Foi quem me ensinou que certas pessoas que nascem neste mundo não são resultado do amor entre um homem e uma mulher. Foi ele quem me ensinou que o amor não é uma exigência. Que a criação de uma vida não é necessariamente bonita.

Eu o conheci num dia de chuva, e ele deixou uma tempestade sombria com sua passagem.

Ninguém queria viajar para a Europa no começo do verão de 1941. As embarcações civis havia muito tinham deixado de navegar; os jogos de tiro a pombos de argila no meio do Atlântico foram substituídos por navios de carga transportando mísseis e aviões de caça. Eu sabia de tudo isso. Mesmo assim tinha decidido não sair daquele porto a não ser a bordo de um navio. Mesmo se só chegasse à Inglaterra ou à Espanha, eu já estaria mais perto de Allan. E de Gösta. Andei pelo píer procurando navios ancorados no porto. Estava descalça, pisando entre poças d'água e lixo, gemendo de dor quando pedras cortantes machucavam a sola dos meus pés. Meus sapatos estavam guardados na mala. Não queria arruinar o último par que ainda me restava. Só levava uma maleta comigo, com algumas peças de roupa. E meu adorado medalhão pendurado no pescoço. O resto dos meus pertences estava num baú no sótão de Carl. Esperava um dia voltar a vê-los.

— Moça! Moça! Está procurando alguém? — Um homem surgiu correndo atrás de mim, fazendo-me encolher de medo. Era um pouco mais baixo que eu, mas os músculos de seus ombros e dos braços ficavam evidentes embaixo da camiseta branca. As roupas dele estavam salpicadas de óleo, assim como as mãos e o rosto. Ele estendeu o braço para pegar minha mala. Eu a protegi com as duas mãos. Caía uma chuva leve.

— Deixa eu levar sua mala. Está perdida? Nenhum passageiro parte deste porto atualmente.

— Eu preciso ir para a Europa. Tenho que ir. É muito importante — respondi, dando um passo para trás.

— Europa? Por que alguém iria querer ir para lá? Você não sabe que está acontecendo uma guerra?

— Eu sou de lá. E agora preciso ir para casa. Tem gente lá precisando de mim. E eu preciso deles. O único jeito de ir é de navio.

— Bom, o único jeito de chegar lá é trabalhando num navio de carga. Mas você vai ter que tirar esse vestido. — Apontou minha saia vermelha com a cabeça. — Você tem alguma calça na mala?

Fiz que não com a cabeça. Já tinha visto muitas mulheres de calças compridas modernas, mas era um tipo de roupa que eu nunca tivera.

O homem sorriu.

— Tudo bem, a gente pode dar um jeito. Eu posso ajudar você. Meu nome é Mike Parker. Tem um navio zarpando amanhã de manhã. Carregado de armamentos para o Exército inglês. Estamos precisando de um cozinheiro; o que vinha com a gente ficou doente. Você sabe cozinhar, moça?

Afirmei com a cabeça. Larguei a mala no píer. Meus dedos estavam dormentes por causa do peso.

— É um trabalho difícil, você precisa estar preparada para isso. E vou ter que pedir para cortar o cabelo. Você nunca vai conseguir o trabalho desse jeito, parecendo uma dama.

Balancei a cabeça, com os olhos arregalados.

— Não, meu cabelo, não...

— Você quer ir para a Europa ou não quer?

— Eu tenho que ir.

— Não tem chance de eles aceitarem uma mulher em qualquer navio que sai deste porto. É por isso que você precisa cortar o cabelo e se vestir como um rapaz. Vamos ter que encontrar uma calça e uma camisa.

Hesitei. Mas que escolha eu tinha se quisesse sair do país? Fui atrás dele até chegar a um pequeno escritório entre os alojamentos e peguei as roupas que ele jogou para mim: uma calça marrom de uma espécie de tecido de lã, uma camisa bege com manchas de suor ressecado embaixo dos braços. Tudo era muito grande e tinha um cheiro terrível. Enrolei a mangas e as pernas da calça. Eu não estava preparada para a primeira tesourada e dei um grito quando ele chegou por trás e cortou uma grande mecha do meu cabelo.

— Você quer ir ou não quer? — Abriu e fechou a tesoura no ar.

Mordi o lábio, concordei e fechei bem os olhos. Ele retomou o trabalho. Meus cabelos lindos e lustrosos logo estavam espalhados pelo desgastado piso de madeira.

— Vai ficar bom — disse ele com um sorriso.

Eu estava tremendo, ansiosa e insegura.

Ele despejou o conteúdo da minha mala num saco de juta e jogou para mim.

— Volte amanhã às sete. Vamos remar até o navio. — Apontou um dos pequenos botes a remo flutuando nas docas.

— Posso ficar aqui hoje à noite? Não tenho nenhum outro lugar para ficar.

— Claro, faça como quiser. — Deu de ombros e se afastou sem se despedir.

Uma noite sozinha em um porto envolve tantos sons. Um rato correndo pelo chão e parando, o vento estremecendo portas e janelas, o chiado de um cano de esgoto embaixo do píer. Deitei usando meu saco de juta como travesseiro e meu casaco vermelho, o mesmo que usava quando cheguei de barco aos Estados Unidos com Agnes, como cobertor. Imagine se eu soubesse na época no que aquilo iria dar! O saco embaixo da minha cabeça continha várias reminiscências amarrotadas da minha glamorosa vida em Paris. Conjecturei onde estaria Gösta, se estava a salvo em sua cama em Estocolmo. E sobre Allan, será que ainda estava vivo? Estremeci de preocupação, mas a lembrança do nosso amor me fez esquecer o medo por um momento. Ao longe, ouvi uma porta batendo com o vento. Aquele ritmo acabou me fazendo dormir.

A caderneta de endereços vermelha
P. ~~PARKER, MIKE~~ MORTO

Quando finalmente amanheceu, o porto estava recoberto por uma densa neblina. Fracos raios de luz chegavam até a superfície da água cinza-chumbo, que se abria numa espuma branca ao bater no casco do bote. Mike avançava com poderosas remadas. Meus olhos estavam em Manhattan, no pináculo agudo do Empire State Building subindo ao céu. À frente, a bandeira americana tremulava suavemente no mastro, na proa do navio. De repente, Mike parou e fixou os olhos em mim.

— Mantenha a cabeça baixa quando subir a bordo. Não olhe ninguém nos olhos. Vou dizer que você não fala inglês. Se descobrirem que você é mulher, acabou a viagem. — Mike largou os remos, sentou-se ao meu lado no bote e apertou meus seios com as mãos. O bote balançou. Tive um sobressalto e fiquei apavorada com sua expressão severa.

— Tire essa camisa. Precisamos esconder essas coisas. — Comecei a desabotoar a camisa devagar, mas ele disse que tínhamos pressa, afastou minhas mãos e arrancou o último dos botões. Fiquei ali de sutiã e com o abdome exposto. O ar úmido da manhã envolveu meu corpo e me provocou arrepios. Mike revirou o kit de primeiros socorros e encontrou um rolo de gaze. Amarrou-a bem apertada sobre o meu sutiã, de forma a achatar meus seios contra as costelas. Com isso, foi-se o último traço da minha feminilidade. Enfiou um chapéu sobre meu cabelo aparado e continuou a remar para o navio.

— Lembre-se do que eu disse. Olhos para baixo. O tempo todo. Você não fala uma palavra de inglês. Não fale com ninguém.

Confirmei com a cabeça, e quando subimos pela escada de corda pendurada no casco de aço do navio, tentei me movimentar como um homem, com as pernas bem abertas. Levava a sacola de roupas nas costas, o cordão atravessado no peito. Doía quando raspava nos meus seios atados. Mike me apresentou à tripulação e disse que não adiantava falar comigo porque eu não entendia nada do que diziam. Depois me mostrou a cozinha e me deixou só com todas aquelas caixas de comida a serem abertas.

Na escuridão compacta daquela primeira noite, descobri os verdadeiros motivos de Mike. Sua intenção não era de forma alguma a de me ajudar. Segurou meus pulsos com uma das mãos, me empurrou contra a cabeceira da cama e sussurrou no meu ouvido:

— Se disser uma palavra, você vai ser jogada ao mar. Juro. Um pio e você vai afundar no mar como uma pedra.

Abriu minhas pernas com a outra mão. Cuspiu na palma da mão e molhou minha genitália com todo o cuidado. Esfregou a mão para a frente e para trás e enfiou o dedo em mim, um para começar, depois dois. Senti a unha dele cortando a pele delicada lá embaixo. Em seguida, expirou e me penetrou à força. Ele era grande e duro, e tive que morder o lábio para não gritar. Lágrimas de dor, medo e degradação escorreram pelo meu rosto, com a cabeça batendo na cabeceira da cama no ritmo de seus movimentos brutais.

A mesma cena se repetiu praticamente todas as noites. Eu ficava quieta, imóvel, abria as pernas para acabar com aquilo o mais depressa possível. Tentei me acostumar com a respiração arquejante no meu ouvido, suas mãos calejadas no meu corpo; tentei aguentar a língua dele lambendo meus lábios bem apertados.

Durante o dia eu trabalhava em silêncio na cozinha. Cozinhava arroz e fatiava carne salgada. Lavava a louça. A tripulação entrava e saía. Via seus olhos, mas nunca me atrevi a falar com eles. Mike tinha controle sobre mim, e eu temia o que pudesse acontecer se tentasse escapar.

Uma noite, já a poucas horas da Inglaterra, eu estava limpando a cozinha. De repente ouvi um barulho na ponte. O capitão estava gritando. Homens estavam correndo. E depois ouvi tiros ecoando pela água. O navio estava carregado de armas e munição, e ouvi o desespero na voz do capitão quando ele gritou:

— Reverter! Reverter! Meia-volta! São os alemães! São os alemães! Vamos explodir se formos atingidos!

O piso e as paredes rugiram e senti as vibrações no meu corpo quando os motores reverteram o giro. Ainda estava na segurança da minha cozinha, meu refúgio, mas sabia que logo teria de subir, chegar mais perto do convés. Quando tentei abrir a porta, descobri que estava trancada. Talvez Mike tivesse me prendido lá dentro, talvez as vibrações tivessem acionado o mecanismo, mas eu precisava sair. Os tiros chegaram mais perto, espocando como fogos de artifício. Numa das paredes da cozinha havia uma janela que dava para o refeitório. Quebrei o vidro com uma panela e me espremi para passar, os pés primeiro. Os cacos de vidro cortaram minhas pernas e meus braços. O navio ainda estava em reverso, os motores roncando alto. Subi sem ser notada e cheguei ao convés de ré. Orientando-me pelas mãos, encontrei o caminho para o baú de coletes salva-vidas. Enfiei um pela cabeça e me sentei para esperar, encostada na amurada fria.

Não demorou muito para o navio alemão nos alcançar. Nossa tripulação ligou os holofotes e começou a disparar para todos os lados. Os alemães não hesitaram em retaliar. Várias balas atingiram o metal bem acima da minha cabeça, e eu me abaixei, apavorada com os ricochetes. Estava deitada no chão quando um dos tripulantes me avistou. Nossos olhos se encontraram quando subia para o balaústre da ponta do convés e ele fez sinal para eu segui-lo. Corri os poucos metros até onde ele estava, cobrindo a cabeça com os braços. Não sabia para onde ele ia, mas fui atrás e desci rapidamente a escada de corda. Na ponta da escada meu pé bateu em alguma coisa dura. O homem me agarrou pelo tornozelo e me puxou pelo pé até o fundo de um pequeno bote salva-vidas. Em seguida, nos separou do navio e começou a se afastar. Balas zuniam acima da minha cabeça, enquanto a correnteza nos levava para mais perto do navio inimigo. Ficamos abaixados, com a cabeça embaixo dos bancos e os braços tapando as orelhas. O som dos tiros parecia diferente na água ao redor do casco fino. Como um cacarejo fraco. Na minha cabeça se passaram todas as orações que aprendi na escola, que nunca tinha usado.

Minutos pareceram horas.

Então, subitamente, ouvimos a horrenda explosão do navio que acabávamos de deixar. Uma onda de choque morna nos atingiu e nós dois fomos jogados na água. Ouvi meu salvador se agitando e pedindo ajuda, mas a voz se afastava cada vez mais, ficando cada vez mais baixa, até silenciar. Fiquei boiando na água fria, rodeada por pedaços flamejantes do naufrágio. Vi o grande navio adernar e começar a afundar devagar, como uma tocha em chamas na água escura. Meu colete salva-vidas de cortiça me mantinha na superfície, e consegui voltar ao pequeno bote. Agora estava virado, mas consegui subir e montar nele. Os alemães tinham se afastado, o mar estava calmo de novo. Sem ecos de tiros, sem homens gritando.

Quando chegou a aurora, eu estava sozinha, cercada por corpos e detritos carbonizados. Alguns homens tinham sido atingidos por tiros; outros se afogaram. Nunca mais vi o homem que me salvou.

Mike passou flutuando, com uma espessa camada de sangue lhe cobrindo a barba. Com um tiro na cabeça, agora caída na gola do colete salva--vidas. A testa estava meio submersa na água.

Tudo que senti foi alívio.

21

É TARDE DA NOITE, horário de São Francisco, quando elas finalmente voltam para o apartamento na Bastugatan. A exaustão é quase paralisante. Jenny faz um mingau com Tyra sentada aos seus pés, brincando com as panelas, tirando-as do guarda-louça e tagarelando alegremente. Está tão contente no chão que Jenny põe a cuia de mingau à frente dela e puxa o tapete para o caso de ela derramar.

Jenny abre e fecha caixas e guarda-louças, examinando as coisas de Doris, deixando Tyra fazer bagunça com a comida. Na mesa da cozinha, vários itens estão dispostos de forma bem-ordenada sobre a toalha azul. Jenny pega um por um. Uma lupa coberta de pó e marcas de gordura, com uma fita amassada e esgarçada numa das pontas. Examina os outros itens com a lente suja. A imagem é embaçada. Bafeja na lente e a limpa com um canto da toalha de mesa. O tecido azul-claro amarrota, e quando ela tenta alisá-lo o resultado é apenas parcial. Pega o saleiro. Alguns grãos amarelados de arroz são visíveis através do vidro. Sacode o saleiro e eles desaparecem.

O estojo de pílulas contém cápsulas para três dias. Sexta, sábado, domingo. Então Doris levou o tombo numa quinta, deduz Jenny, tentando se lembrar de quando elas se falaram pela primeira vez depois do acidente. Era dia de semana, então deve ter sido uma sexta. Conjectura que tipo de remédio será. Se Doris já teve problemas cardíacos antes. Se os médicos sabem a respeito. Será que esse infarto recente tinha acontecido porque ela não estava tomando seus remédios?

Jenny guarda o estojo de pílulas num bolsinho da bolsa. Vai perguntar aos médicos no dia seguinte.

Tyra emborca a cuia no chão e começa a chorar.

— Não está na hora de ir para cama, querida? — diz Jenny. Ela pega a filha, limpa rapidamente o chão, enxuga o rosto de Tyra com um guardanapo úmido e põe a chupeta na boca da menina.

Não demora muito até começar a ouvir um choramingo. Tyra sempre faz esse som antes de adormecer. Jenny sobe na cama, bem ao lado da garota, e enterra o nariz no seu pescoço. Fecha os olhos. Sente o reconfortante cheiro de Doris no travesseiro.

São sete da noite. Tyra puxa os cabelos de Jenny, enfia o dedo em seu olho e choraminga. Jenny olha para os ponteiros fosforescentes do relógio de pulso e tenta calcular que horas são em São Francisco. Dez da manhã. O momento exato em que Tyra acorda de seu cochilo matinal. Zonza de cansaço, tenta fazê-la voltar a dormir, mas seus esforços são em vão. A garota está totalmente acordada.

A luminária sobre a mesa solta uma nuvem de poeira quando Jenny acende a luz, e ela abana o pó com a mão. O apartamento está frio. Enrola-se numa manta enquanto se dirige à cozinha, sabendo que logo Tyra vai começar a chorar de fome. Procura algo comestível na sacola da filha. Bem no fundo, encontra alguns biscoitos quebrados e um frasco de purê de frutas, que abre e oferece a Tyra. A menina engole contente um pouco do purê, mas logo joga o potinho de lado e volta a atenção para os biscoitos, que põe em uma das panelas no chão. Bate a tampa algumas vezes antes de mergulhar as mãos gorduchas na panela e pegar alguns pedaços, que logo começa a jogar para trás, por cima dos ombros.

— Biscoito, biscoito — diz, dando risada, contente.

— É para você comer, amor — explica Jenny em sueco, depois muda para o inglês com um sorriso. — Coma os seus biscoitos. — Ainda se sente zonza. Lá fora o céu está escuro, sem luzes no prédio da frente. Somente janelas vazias e escuras cujos vidros refletem a luz mortiça dos postes de iluminação. Centelhas douradas na noite.

A pilha de papéis impressos por Doris está na mesa da cozinha. Jenny folheia as páginas cheias de palavras. Relê as primeiras linhas:

Muitos nomes passam por nós durante o tempo de vida. Já pensou nisso, Jenny? Todos os nomes que vêm e vão. Que rasgam nosso coração em pedaços e nos fazem derramar lágrimas. Que se tornam amores ou inimigos. Às vezes eu folheio minha caderneta de endereços.

A caderneta de endereços. Jenny a procura entre os itens sobre a mesa. Pega uma velha caderneta de endereços de capa de couro vermelha e passa os dedos nas páginas amareladas. Vários nomes foram riscados. Depois de cada um deles, Doris escreveu MORTO, MORTA, MORTO, MORTA. Jenny larga a caderneta como se tivesse queimado os dedos. É doloroso demais perceber o quanto Doris deve se sentir sozinha. Se ao menos ela morasse um pouco mais perto. Pergunta a si mesma quantos dias Doris passou sozinha. Quantos anos. Sem nenhum amigo. Sem família. Tendo como companhia apenas as suas lembranças. As belas. As dolorosas. As horríveis.

E agora Doris logo poderá ser um desses nomes. Um dos nomes dos mortos.

A caderneta de endereços vermelha
J. JONES, PAUL

MUITAS VEZES NAQUELA NOITE eu me amaldiçoei por ter deixado a segurança dos Estados Unidos. Por quê? Por uma Europa em guerra. Por um sonho de reencontrar Allan. Um sonho ingênuo, que jamais se realizaria. Eu tinha certeza de que aquele seria o fim, ali mesmo naquele mar gelado. Deitei no casco do bote vendo o dia raiar, imaginando o rosto de Allan. Sentia o metal frio da fivela no peito, mas não conseguia abri-lo. Fechei os olhos e tentei evocar uma imagem de Allan. De repente ele estava tão presente que o mar ameaçador pareceu muito distante. Falando comigo. Rindo alto e estridentemente, do jeito que sempre fazia quando contava uma história engraçada. Estragando o fim, mas me fazendo rir mesmo assim, com seu contagiante senso de humor. Dançava ao meu redor, e de repente estava atrás de mim, depois me olhava de frente e me beijava antes de sumir de novo. A alegria de viver brilhava em seus olhos naquela noite escura.

A água era escura, as cristas cintilantes das ondas pareciam facas na luz difusa. Fora o assobio do vento, tudo era silêncio. O casco do bote era morno; encostei bem o corpo nele. Enfiei os dedos entre os bancos de madeira para me segurar melhor, mas minhas forças me abandonavam e meus braços estavam dormentes. A cortiça grossa do colete salva-vidas machucava meu peito. Involuntariamente, deslizei para mais perto da água, incapaz de interromper o movimento, mas muito ciente do que ia acontecer. A morte estava me esperando, me abraçando e me engolfando quando finalmente caí. O peso da água fez pressão sobre minha cabeça e comecei a afundar.

Passei a ouvir os estalidos sonoros e um cheiro de madeira queimando. O calor fluía em minha direção, minhas faces coraram e a pele se enrijeceu. Estava enrolada em um grosso cobertor de lã, tão apertado que não conseguia mexer os braços. Pisquei. Era essa a sensação de estar morta? No brilho mortiço, meus olhos avistaram um quarto. Com uma lareira de tijolos enorme no meio, a chaminé subindo até as vigas marrom-escuras do teto alto. À direita, havia uma pequena copa e, à esquerda, um corredor e uma janela. Parecia preto como breu lá fora. Não sei quanto tempo fiquei ali, olhando ao redor, examinando cada detalhe. Os estranhos ganchos e ferramentas no recinto, as cordas, os chumaços de papel vedando as rachaduras das paredes de madeira. Onde eu estava? Não senti medo. De um jeito estranho, eu me sentia segura com o calor do fogo, adormecendo e acordando. Comecei a achar que não tinha caído no mar afinal.

Por fim acordei com o som dos painéis de blecaute sendo retirados da janela. A luz do sol inundou o quarto. Um cachorro farejou meu rosto, lambendo minha bochecha com a língua molhada. Tentei afastá-lo, balançando a cabeça devagar.

— Bom dia — disse uma voz de homem, e senti uma mão delicada em meu ombro. — Está acordado?

Pisquei várias vezes, tentando focar a pessoa diante de mim. Era um homem magro, mais velho que eu, com o rosto enrugado, e me observava com curiosidade.

— Foi por pouco. Encontrei você com a cabeça debaixo d'água. Achei que não estava vivo, mas, quando levantei seu corpo, você tossiu. Tantos outros morreram. Havia corpos por todo lado. Essa guerra... vai acabar com todos nós.

— Onde estou? Eu não morri? — Minha garganta doía quando eu falava.

— Não, mas por muito pouco. Teve mais sorte que o restante da tripulação. Como você se chama?

— Doris.

O homem teve um sobressalto, seu rosto assumiu uma expressão aturdida.

— Doris? Você é mulher?

Fiz que sim com a cabeça. Claro, o meu cabelo curto.

— Eu não teria conseguido embarcar no navio nos Estados Unidos de outra forma.

— Você me enganou. Bem, homem ou mulher, não faz diferença. Você pode ficar aqui até estar forte para seguir adiante.

— Onde estou? — perguntei de novo.

— Você está na Inglaterra. Em Sancreed. Encontrei você quando estava no meu barco pesqueiro.

— Você não está na guerra?

— A guerra está em toda parte. — Ele baixou os olhos para o chão. — Mas a gente não percebe muito aqui no campo. Os alemães estão concentrados em Londres. Ouvimos os bombardeiros à noite e apagamos as luzes. E não temos muita comida. Fora isso, a vida continua mais ou menos normal. Eu tinha saído para recolher minhas redes quando encontrei você. Joguei os peixes de volta na água. Por causa de todas aquelas almas mortas boiando por lá.

O homem afrouxou o cobertor para eu poder mexer os braços. Estiquei-me devagar. Minhas pernas doíam, mas eu conseguia mexê-las. O cachorro voltou correndo. Era cinzento e peludo e me empurrou com o nariz.

— Esse é o Rox, desculpe a intromissão. Meu nome é Paul. A casa não é grande, mas tem um colchão onde você pode dormir. Simples, mas quente e confortável. Para onde você estava indo? Você não é inglesa, dá para perceber.

Parei para pensar um pouco. Para qual das minhas duas cidades eu estava indo? Não sabia. Estocolmo parecia uma lembrança distante, Paris era uma utopia que só poderia me decepcionar.

— A Suécia está em guerra?

Paul balançou a cabeça.

—Até onde eu sei, não.

— Então é para lá que estou indo. Para Estocolmo. Sabe como posso chegar lá? Conhece alguém que possa me ajudar?

Ele abriu um sorriso triste e negou com a cabeça. Eu iria ficar lá com ele por um bom tempo. Acho que Paul já sabia disso.

A caderneta de endereços vermelha
J. JONES, PAUL

O PEQUENO CHALÉ TINHA UM SÓTÃO. Uma escada íngreme ao lado da lareira levava a uma claraboia no teto, e Paul pegou uma rede e alguns pregos. Subimos juntos. No sótão, as paredes se inclinavam para dentro até uma grossa viga de madeira, e só dava para ficar de pé bem no meio. O assoalho era coberto de lixo: pilhas de jornais e livros velhos. Caixas de redes de pesca cheirando a alga marinha. Uma grande mala preta. Um cavalinho de madeira feito em casa, que rangia quando balançava. E tudo coberto por uma espessa camada de teias de aranha.

Paul pediu desculpas, soprando o pó e as teias de aranha, espalhando uma espessa nuvem de poeira no ar enquanto empilhava as caixas umas em cima das outras e amontoava os ganchos numa parede. Abri a janela em forma de meia-lua para deixar entrar um pouco da luz do dia. Depois lavei o chão e as paredes com água e sabão.

Um colchão fino de crina de cavalo se tornou minha cama. Um forro de lã era meu cobertor. À noite eu ficava horas acordada, ouvindo os aviões ao longe. O medo de outra explosão me atormentava. Na minha cabeça, via o navio explodir vezes e mais vezes. Via os corpos voando pelo ar. A água ficava vermelha nos meus sonhos febris. Via Mike me olhando com olhos mortos. O homem que tinha me tratado tão mal.

Paul tinha razão, a guerra estava muito distante da vida diária dos aldeões, mas eu não era a única visitante inesperada. Vários vizinhos tinham hóspedes pequenos e pálidos que choravam antes de dormir à noite, ansiando pelos pais e pelas mães a centenas de quilômetros de distância. Crianças evacuadas de Londres. Eu as via, descalças e com roupas rasgadas, desemaranhando redes de pesca ou lavando tapetes em águas tão geladas que suas mãos ficavam esfoladas e vermelhas, ou carregando objetos pesados nos ombros fracos. Em troca de um lugar para dormir, esperava-se que fizessem trabalhos manuais.

Eu também tive de trabalhar. Paul me ensinou como limpar os peixes que pescava. Usando uma faca afiada, eu fazia uma rápida incisão pouco acima das guelras dos peixes que estavam na caixa que ele punha na minha frente. Ficava na ponta do píer, perto de uma mesa instável feita de madeira velha, cortando as cabeças dos peixes e extraindo suas vísceras, que jogava para as gaivotas. Meus dedos logo ficaram lanhados e ressecados por causa das escamas ásperas. Mas Paul apenas sorria quando eu me queixava.

— Logo eles vão ficar calejados. Você só precisa acostumar os dedos da cidade com um pouco de trabalho árduo.

Eu ficava coberta de sangue de peixe. Fazia me sentir enjoada, uma constante lembrança da morte. Mas mantive a boca fechada.

Uma noite estávamos no chalé, fazendo nossa refeição noturna sob a luz de uma só vela. Paul raramente falava na mesa de jantar. Era cordial, mas não de muita conversa. Mas de repente olhou para mim.

— Você é a única de nós engordando com essa comida. — Segurou a colher no alto e deixou o caldo aguado escorrer na sua cuia. Gotas caíram na mesa e fizeram a vela chiar.

— O que você quer dizer com isso?

— Você está engordando. Não percebeu? Está escondendo comida em algum lugar que eu não conheço?

— É claro que não! — Passei a mão pela minha barriga. Ele tinha razão. Eu tinha engordado. Minha barriga estava estufada como uma vela ao vento.

— Você não está embarrigada, está?

Fiz que não com a cabeça, devagar.

— Porque nós não precisamos de outra boca para alimentar.

Naquela noite, minhas mãos alisaram uma barriga redonda que não encolhia, nem quando eu deitava de costas. Eu estava sendo burra. Meu enjoo quando eu limpava os peixes não tinha nada a ver com o sangue. Lembrei-me do quanto Agnes sofria quando estava grávida. De repente percebi todos os sinais que vinha ignorando. A constatação de estar grávida de um filho de Mike me fez vomitar no chão do sótão. O mal tinha fincado raízes em mim. Penetrado no meu sangue.

22

PÁGINA POR PÁGINA, a pilha de papéis foi passando de um lado para outro de Jenny. Tyra está deitada na cama ao seu lado, dormindo pesado, com o polegar na boca. De vez em quando ela estala os lábios, seu reflexo de sucção tomando o controle. Jenny puxa o polegar com cuidado e o substitui pela chupeta, mas a garota a cospe de imediato e leva a mão à boca de novo. Jenny suspira e volta para o texto. Tantas palavras, tantas lembranças de que nunca tinha ouvido nada a respeito. Quando finalmente adormece, é com o abajur ligado e uma página lida até a metade no peito.

O hospital é imenso e acinzentado. Uma protuberância de concreto no subúrbio, com detalhes verde-marinho e vermelho-ferrugem. No telhado, as imensas letras brancas parecem flutuar livremente: *Danderlyds sjukhus*. Jenny empurra Tyra na direção da entrada, passando por uma cabine de vidro com pacientes usando roupas hospitalares reunidos lá dentro, fumando e tremendo. Ao entrar, vê mais pacientes, todos vestidos de branco, alguns levando na mão frascos de soro intravenoso. Todos têm a pele esbranquiçada, característica do inverno. São Francisco parece distante, tanto no espaço como no tempo. A casa, o mar, o trânsito. Jack e seus acessos de birra de adolescente, David, Willie. Lavar, limpar e cozinhar. Agora são só ela e Tyra. Um carrinho de bebê para monitorar, uma criança. Uma sensação de liberdade envolve seu corpo, ela respira fundo e entra no corredor.

— Agora ela está um pouco mais lúcida, vocês vão poder conversar. Mas ainda precisa descansar, por isso tente não ficar muito tempo. E nada de flores, infelizmente — diz a enfermeira, apontando com a cabeça o buquê na mão de Jenny. — Alergias.

Relutante, Jenny deixa as flores de lado, suspira e empurra o carrinho na direção do quarto de Doris. Faz uma pausa quando a vê na cama. Doris está tão magra e pequena que parece estar desaparecendo. Seus cabelos brancos são como uma auréola ao redor do rosto pálido. Os lábios estão azulados. Jenny solta o carrinho e corre para abraçá-la carinhosamente.

— Ah, minha querida — diz Doris com uma voz entrecortada, afagando as suas costas. Uma cânula de soro está inserida numa veia grossa no dorso da mão. — E quem é que nós temos aqui?

Tyra está sentada no carrinho, com os olhos arregalados e a boca entreaberta.

— Ah sim, desta vez ela está acordada.

Jenny pega Tyra do carrinho e se senta na beira da cama com a menina no colo. Fala com a garota numa mistura de sueco e inglês.

— Essa é a tia Doris, Tyra. A tia do computador, lembra? Diz um oi para ela.

— A dona aranha subiu pela parede — canta Doris.

Jenny mexe a perna para cima e para baixo, fazendo Tyra saltar. Logo seu rosto sonolento se abre num sorriso. Dá risada enquanto Jenny balança as pernas de um lado para outro.

— Ela é igualzinha a você — diz Doris, estendendo a mão até as perninhas gorduchas. — Você também tinha coxas gordas nessa idade. — Dá uma piscadela e sorri.

— É bom ver que você não perdeu o senso de humor.

— Sim, esta velha ainda não morreu.

— Ai, não fale isso. Você não pode morrer, Dossi, não pode mesmo.

— Mas é preciso, meu amor. Chegou a minha hora. Já vivi o que tinha de viver. Não consegue ver como estou decrépita?

— Não fale assim, por favor... — Jenny fecha os olhos. — Ontem eu li um pouco. Daquelas páginas que você escreveu para mim. Chorei quando li tudo o que queria dizer. Tudo o que aconteceu com você. Tem tanta coisa que eu não sabia.

— Até onde você chegou?

— Ah, eu estava tão cansada, adormeci na parte de Paris. Você deve ter sentido tanto medo naquele trem. Você era tão nova. A mesma idade que Jack tem hoje. É inacreditável.

— Sim, claro que eu estava assustada. Ainda me lembro. É estranho. Conforme a gente envelhece, a memória de coisas recentes fica mais fraca, mas as lembranças da infância ficam tão vívidas, é como se tivessem acabado de acontecer. Consigo me lembrar até do cheiro daquele dia em que o trem chegou à estação.

— É mesmo? Como era esse cheiro?

— A fumaça densa dos fornos a lenha, pães fresquinhos, amendoeiras em flor e o perfume de almíscar de todos os cavalheiros ricos na plataforma.

— Almíscar? O que é isso?

— Um perfume comum daquela época. Cheira bem, mas é muito forte.

— Você se lembra do que sentiu quando chegou a Paris pela primeira vez?

— Eu era tão nova. Quando você é nova, só o que importa é o aqui e agora. E, nos piores casos, talvez um pouco mais. Mas minha mãe já tinha me decepcionado havia muito tempo, por isso não senti tanta falta dela. Só sentia saudade do som da voz dela à noite, quando ela achava que estávamos dormindo. Ela cantava tão bem. Mas acho que eu me sentia bem confortável com Madame. Pelo menos é assim que me lembro.

— Que músicas ela cantava? As mesmas que você cantava para mim quando eu era criança?

— Sim, eu devo ter cantado algumas para você. Ela gostava de hinos, principalmente do "Filhos do Pai Celestial" e "Dia a Dia". Mas ela só cantarolava, como eu disse: nunca cantava as palavras.

— Devia ser muito bom. Espere aí, eu posso tocar essas músicas para você. — Jenny tira o celular da bolsa, aperta *play* e mostra um vídeo do YouTube a Doris, que força os olhos para enxergar a tela pequena. O vídeo mostra um coro de crianças animadas cantando "Filhos do Pai Celeste". Elas não conseguem alcançar muito bem as notas mais altas.

— Era exatamente assim que minha mãe cantava, como uma criança assustada. Ela nunca alcançava as notas altas. Sempre tinha que começar de novo — diz Doris, dando risada.

— Eu sempre gostei quando você cantava para mim, quando me balançava de um lado para outro sentada no seu joelho. Como era aquela música?

— "O pequeno corvo do padre..." — Doris canta a estrofe de abertura da antiga canção de ninar sueca, e continua cantarolando o resto.

— Era assim mesmo! Ah, a gente precisa cantar para Tyra. — Doris sorri e estende a mão, tocando na perna gorducha da menina. Depois começam a cantar juntas. Jenny tem dificuldade com a letra, balbucia e enrola, mas vai se lembrando conforme ouve a voz entrecortada de Doris. Abraça Tyra e a balança para a frente e para trás. A grade de metal da cama machuca suas pernas, mas está bom demais para parar. Tyra dá risada. — "Escorregando de um lado, escorregando do outro..."

— Era sempre tão bom quando você vinha ficar com a gente. Dossi, eu sentia tanta saudade de você!

Jenny se vira para Doris com os olhos marejados. Ela está deitada de olhos fechados, a boca semiaberta. Jenny estende o braço e sente o calor de seu hálito. Dossi está só dormindo.

23

Jenny sente vergonha pelo que está fazendo, mas não consegue parar. Todas as caixas, prateleiras e guarda-roupas, todos os nichos e reentrâncias. Vasculha por toda parte. Encontra fotografias, joias, lembranças, moedas estrangeiras, recibos, anotações em folhas avulsas. Analisa tudo com atenção e faz diversas pilhas, organizadas pela localização geográfica. Tanta coisa que ela nunca soube.

Vê um cardigã cinza estampado na cadeira, com um suave perfume de lavanda. Jenny põe o casaco nos ombros e se senta na beira da cama. Tyra está deitada de costas, dormindo profundamente, com as mãos erguidas acima da cabeça. Só de fralda, e a barriguinha sobe e desce com a respiração. A boca está entreaberta, e ela ressona um pouco. O resfriado não melhorou; o ar frio da Suécia é sempre difícil.

— Minha querida — diz em voz baixa, beijando a filha na testa. Sente o cheiro da pele macia da bebê enquanto a cobre com uma manta.

Jenny também está cansada e preferia dormir, mas as coisas de Doris atiçaram sua curiosidade. Volta a se deitar no chão frio. Lê antigos recibos, alguns escritos à mão e bem elaborados. Um do La Coupole está guardado dentro de um envelope bem gasto; em um dos cantos foi desenhado um coração com tinta preta desbotada. Uma garrafa de champanhe e ostras. Muito chique. Procura o restaurante no Google pelo celular e logo descobre que ainda existe, em Montparnasse. Algum dia vai conhecer o lugar, experimentar o que Doris vivenciou. Pergunta a si mesma com quem Doris teria ido lá e a razão de um coração no envelope.

Abre uma caixa de madeira descascada. Dentro há algumas moedas francesas e um lenço de seda xadrez. Um grande medalhão de prata brilha na luz. Jenny o abre com cuidado. Já viu aquilo antes, e sabe o que esperar. Um rosto em branco e preto olha para ela. Força os olhos para ver melhor a pequena imagem, mas está desbotada, os contornos quase desapareceram. O homem na foto tem cabelos pretos e curtos, penteados para um lado. Doris não responde quando Jenny pergunta quem é aquele homem. Retira a foto com cuidado. Não há nenhum nome atrás.

Os textos de Doris estão empilhados em cima da cama. Já é quase meia-noite, mas Jenny quer saber mais. Pega outra folha da pilha e continua lendo, ouvindo a voz de Doris conforme vai avançando na leitura.

24

Depois de abraçar Doris na manhã seguinte, a primeira coisa que Jenny faz é mostrar o medalhão pendurado em sua mão.

— Quem é este?

Doris abre um sorriso misterioso, fecha bem os olhos, mas não responde.

— Vamos, responda. Eu já perguntei antes, mas agora você tem que me dizer. Quem é ele?

— Ah, é só alguém do passado.

— É o Allan, não é? Diga que é o Allan, pois eu sei que é ele.

Doris tenta negar, mas o sorriso e o brilho nos olhos a entregam.

— Ele é bonito.

— Claro que é, o que mais ele seria? — Doris estende a mão e tenta pegar o medalhão.

— Nadar no Sena. Ah, deve ter sido tão romântico.

— Vamos ver. — Doris abre o medalhão com dedos trêmulos e aperta os olhos para ver a imagem. — Eu não consigo enxergar nada hoje em dia.

Jenny trouxe a lupa do apartamento de Doris. Pega a lente na mesa de cabeceira.

Doris ri.

— Imagina se Allan soubesse que uns setenta anos depois eu estaria aqui ansiando por ele através de uma lente de aumento. Isso o teria deixado feliz!

Jenny sorri.

— O que aconteceu com ele, Dossi?

Doris balança a cabeça

— O que aconteceu? Eu não sei. Não faço ideia.

— Ele morreu?

— Não sei. Ele desapareceu. Nós nos conhecemos em Paris e nos apaixonamos. Ele me deixou, mas depois mandou uma carta dos Estados Unidos, pedindo para eu me encontrar com ele lá. A carta chegou um ano mais tarde, e quando eu cheguei a Nova York ele já estava casado com outra mulher. Allan achou que eu não queria ir. Nós ainda nos amávamos, e choramos quando percebemos que foi tudo um mal-entendido. Então ele foi para a França, para lutar na guerra. A mãe dele era francesa; Allan era franco-americano. Ele me escreveu uma carta de lá, dizendo que me amava e que queria viver comigo, que tinha sido um imbecil. Mas o mais provável é que nunca tenha voltado; senão eu teria sabido dele depois da guerra. Deve ter sofrido o mesmo destino da ponte sob a qual nadamos. Explodida pelos alemães. Não sobrou nada. Só escombros.

Jenny fica em silêncio por um longo tempo.

— Mas... onde você estava depois da guerra? Ele sabia onde você estava? Talvez tenha tentado encontrá-la.

— O amor sempre dá um jeito, Jenny querida, se estiver no destino. É o destino que nos guia, eu sempre acreditei nisso. Provavelmente ele morreu, deve ter morrido, mas estranhamente eu nunca tive essa sensação. Allan sempre esteve ao meu lado. De alguma forma, sempre senti sua presença.

— Mas e se ele não morreu, e se ainda estiver vivo? E se ainda amar você? Você não tem curiosidade de saber como ele estaria, como estaria hoje?

— Careca e enrugado, imagino. — A resposta rápida de Doris faz Jenny rir. Dormindo no carrinho, Tyra teve um sobressalto, abrindo logo seus olhos azuis.

— Oi, linda! — Jenny põe a mão na testa da garota. — Pode continuar dormindo.

Balança o carrinho devagar, para a frente e para trás, torcendo para a menina voltar logo a dormir.

— Se ele ainda estiver vivo, nós precisamos encontrá-lo.

— Ah, não seja tola. Eu mal estou viva. Ninguém está vivo. Todo mundo morreu.

— Nem todo mundo morreu! É claro que ele ainda pode estar vivo. Vocês tinham a mesma idade, não é? E você está viva!

— Mal e mal.

— Vamos, não comece com isso. Você está viva. E ainda mantém o senso de humor. Não se esqueça de que estava saudável e morando em casa até poucas semanas atrás.

— Esqueça isso tudo, esqueça o Allan. Faz tempo, muito tempo. Todo mundo tem um amor que nunca superou, Jenny. É normal.

— O que você quer dizer com "todo mundo tem um amor que nunca superou"? Como assim?

— Você não tem? Alguém em quem se veja pensando de vez em quando?

— Eu?

— Sim, você. — Doris fez uma expressão de sabedoria, e as bochechas de Jenny coraram. — Um amor mal resolvido, que nunca teve o desfecho adequado. Todo mundo tem. Alguém que entrou fundo no seu coração e continuou lá.

— E que com o passar dos anos parece muito melhor do que de fato era?

— É claro. Faz parte da coisa. Nada é tão perfeito quanto um amor perdido. — Os olhos de Doris reluzem. Jenny fica em silêncio por um instante. Seu rosto volta a ficar rosado.

— Você tem razão. Marcus.

Doris dá uma risada, e Jenny põe um dedo nos lábios para silenciá-la, olhando para o carrinho.

— Sim, Marcus. Você se lembra dele? — diz Jenny.

— É claro. Marcus. O garoto bonito que usava creme bronzeador na testa.

Jenny ergue uma sobrancelha, surpresa.

— Creme bronzeador? Ele não usava isso, usava?

— Ah, usava, sim. Mas você estava apaixonada demais para perceber. Também rastejava no mato para conseguir a tonalidade ideal de desgaste no jeans, se lembra disso?

— Ah meu Deus, é verdade! — Jenny se dobra para reprimir a risada.

— Mas ele era lindo. E engraçado. Ele me fazia rir. E dançar.

— Dançar?

— É, ele sempre dizia que eu tinha que me soltar mais. Era muito divertido.

As duas sorriem, numa mútua cumplicidade.

— Às vezes eu me divirto pensando "e se"— diz Doris.

Jenny olha para ela com curiosidade.

— Você sabe, e se... E se você tivesse escolhido Marcus como parceiro? Como seriam os seus filhos? Onde teriam morado? Ainda estariam juntos?

— Ah, essa ideia é terrível. Eu nunca teria conhecido Willie, e não teria tido meus filhos. Marcus e eu não estaríamos juntos. Ele nunca seria capaz de cuidar de crianças. Mesmo Willie mal consegue, e ele é normal. Marcus era obcecado demais por jeans perfeitos. Não consigo imaginá-lo com vômito pegajoso de criança na camisa.

— Você sabe o que ele faz hoje em dia?

— Não, não faço ideia. Nunca mais soube dele. Tentei encontrá-lo no Facebook há um tempo, mas parece que ele não está lá.

— Talvez também tenha morrido.

Jenny olha para Doris.

— Você não sabe se Allan morreu.

— Eu não ouvi uma palavra dele desde a Segunda Guerra. Sabe quanto tempo faz que isso aconteceu? As probabilidades não são boas, na minha opinião. — Doris dá um suspiro e tenta pegar o medalhão. Seus dedos tremem quando ela separa os dois lados e usa a lupa para examinar o homem sorridente. Uma lágrima se forma em seu olho e rola pela face.

— Esses amores perdidos são tão maravilhosos — diz em voz baixa.

Jenny aperta sua mão.

A caderneta de endereços vermelha
J. JONES, PAUL

Os meses se seguiram, e eu me sentia enojada pela nova vida que crescia dentro de mim. A vida que havia sido plantada lá pelo mal. Consumindo o meu corpo, uma vida que eu não queria como parte de mim, embora fosse, do mesmo jeito. Todos os dias aquilo me lembrava do mal. Será que a criança seria parecida com ele? Também seria má? Seria capaz de amá-la algum dia? À noite, quando os movimentos ficavam mais intensos, eu batia com força na barriga para pararem. Uma vez, segurei o pé dela com a mão. Machucou a minha pele, e me perguntei se também tinha machucando a criança.

Paul e eu nunca falávamos sobre o bebê, nem sobre o que aconteceria quando nascesse. Ele era um recluso, e continuou sendo.

Não havia dinheiro para roupas, mas Paul me deixou usar as dele quando as minhas ficaram apertadas demais. Mais perto do fim, eu enrolava as pernas e a barriga em um cobertor de lã e o amarrava em cima dos seios com uma velha linha de pescar. Tampouco havia dinheiro para comida. Comíamos peixe e nabo. Ou pão de água e farinha, engrossado com um pouco de casca moída das árvores do jardim. Passava os meus dias como que num transe. Do chalé para a praia. Da praia para a mesa de jantar. Da mesa de jantar até o sótão.

Conforme a barriga crescia, as minhas tarefas diárias se tornavam cada vez mais difíceis. Minhas costas doíam, a barriga atrapalhava quando eu tentava alcançar os peixes na caixa. Eu dobrava os joelhos o máximo que podia para pegar os peixes escorregadios, que escapavam entre meus dedos. Rox quase nunca saía do meu lado, mas eu não tinha energia para brincar com o pobre cachorro.

Os Estados Unidos pareciam cada vez mais distantes. Paris era um sonho vago. Estocolmo também. Contava os dias que passava com Paul rabiscando linhas ao lado do penico que ficava perto da minha cama. Os meses iam passando, e o número de marcas aumentava. Linha após linha. Não sei por que fazia aquelas marcas, pois nunca as contei, já que não queria saber quanto tempo ainda faltava. Mas não conseguia deixar de observar a marcha do tempo. O calor foi substituído por um frio úmido. O sol, pela chuva incessante. Os campos verdes vicejantes pela lama espessa.

Uma noite, estávamos sentados à mesa de jantar quando uma dor súbita e lancinante atravessou meu corpo. Perdi o fôlego, dividida entre a sensação de dor e a de medo.

Olhei para Paul, tomando sua sopa de peixe aguada na minha frente.

— O que vamos fazer quando ele nascer?

Paul ergueu os olhos. Seu rosto era coberto por uma barba branca e densa; pequenas migalhas de comida costumavam ficar presas nos fios.

— Você quer dizer que está na hora? — murmurou, olhando para algum ponto acima do meu ombro.

— Não sei. Acho que sim. O que vamos fazer?

— Deixe o seu corpo lidar com isso o melhor que puder. Já ajudei muitos bezerros a nascerem; eu vou ter que ajudar o seu bebê. Vá se deitar. — Gesticulou na direção da escada que levava ao sótão.

Bezerros. Fiquei olhando para ele, mas depois desabei sobre a mesa quando outra pontada de dor passou pelo meu corpo. Irradiou até as pernas e a base da coluna, e eu me agarrei na mesa. Comecei a ficar enjoada, senti a sopa borbulhar no meu estômago.

— Não vou conseguir subir, não dá, é impossível — arquejei, apavorada.

Paul assentiu, levantou-se e foi buscar um cobertor, que estendeu na frente do fogo.

A tarde virou noite, que virou dia e noite de novo. Eu suava, gemia, gritava, vomitava, mas nada de o bebê querer sair. A dor acabou passando e tudo ficou em silêncio. Paul, que ficou o tempo todo ao meu lado numa cadeira de balanço, franziu a testa. Ele parecia um borrão para mim, como se estivesse longe. Então, de repente estava bem ao meu lado. Seu rosto parecia distorcido, como o reflexo numa garrafa térmica de metal polido: o nariz para fora, e as bochechas para dentro.

— Doris! Está me ouvindo? — Eu não conseguia responder, não conseguia falar nem sequer uma palavra.

Naquele instante ele abriu a porta e saiu correndo pela noite escura. O ar frio entrou numa grande lufada, e me lembro de como foi boa a sensação quando o meu corpo dolorido e suado começou a esfriar um pouco.

É nesse ponto que minhas lembranças terminam.

Quando acordei, eu estava na cama do sótão. O quarto estava quieto e escuro ao meu redor. Minha barriga estava calma, mas com uma ferida descendo do umbigo. Apalpei o curativo e senti os pontos por baixo. Uma vela queimava na mesa de cabeceira, e Paul estava num banquinho ao lado da cama. Só Paul. Nenhum bebê em seus braços.

— Oi. — Paul me olhou de um jeito que eu nunca tinha visto. Levei um tempo para entender que ele estava com medo. — Eu achei que você ia morrer.

— Eu estou viva?

Ele assentiu.

— Quer um pouco de água?

— O que aconteceu?

Paul balançou a cabeça, com os olhos tristes e a boca cerrada numa linha fina. Pus as mãos sobre a barriga e fechei os olhos. Meu corpo era meu de novo. E a vida lá dentro, que tinha vindo a mim nas piores circunstâncias possíveis, era algo que eu jamais teria que ver. Dei um suspiro de alívio, meu corpo relaxou e me deixei afundar no áspero colchão de crina de cavalo.

— Eu corri para chamar o médico, mas não havia nada que ele pudesse fazer. Era tarde demais.

— Ele me salvou.

— Sim, ele salvou você. O que você quer fazer com o bebê?

— Eu não quero ver.

— Você quer saber o que era?

Fiz que não com a cabeça.

— O que eu tinha dentro de mim não era um filho. Eu nunca tive um filho.

Porém, quando Paul se levantou para descer a escada, a tremedeira começou. Primeiro na minha barriga flácida, depois se alastrando pelos meus braços e pernas. Era como se meu corpo estivesse repelindo o mal. Paul me deixou sozinha. Ele entendeu.

25

A enfermeira hesita quando vê Jenny e o carrinho.

— Ela está dormindo.

— Faz muito tempo?

— Quase a manhã toda. Está parecendo muito cansada hoje.

— O que significa isso?

A jovem balança a cabeça, pesarosa.

— Ela está muito fraca; é difícil dizer quanto tempo ainda tem.

— Podemos ficar com ela?

— Claro, mas tentem deixá-la descansar. Ontem ela estava chateada com alguma coisa. Passou muito tempo chorando depois que você saiu.

— Você acha isso estranho? Ela não pode chorar? Ela está morrendo, é claro que vai chorar. Eu também choraria.

A enfermeira abre um sorriso tenso e sai sem dizer nada. Jenny suspira. É claro que se espera que as pessoas morram sem lágrimas. Ao menos neste país. Batalhar a vida toda, como todo mundo, para depois morrer sem nem verter uma lágrima. Mas no fundo Jenny desconfia que conhece a verdadeira razão por trás das lágrimas de Doris. Desanimada, pega o celular na bolsa.

— Alô? — Uma voz sonolenta do outro lado do Atlântico.

— Oi, sou eu.

— Jenny, você sabe que horas são?

— Eu sei. Desculpe. Só queria ouvir sua voz. Agora que não tem a Tyra para acordar você todas as noites, pode me aguentar fazendo isso só dessa vez? Eu estou com saudade, desculpe por ter partido tão de repente.

— É claro, querida. Eu também estou com saudade. O que houve? Aconteceu alguma coisa?

— Doris está morrendo.

— Nós já sabemos disso há muito tempo, querida. Ela está velha. É assim que a vida funciona.

— Aqui é de manhã, mas ela está dormindo. A enfermeira disse que estava cansada, que ontem ela chorou muito.

— Talvez sejam lágrimas de arrependimento.

— Ou pelas pessoas de quem sente falta...

— É, talvez sejam as duas coisas. Ela está contente de estar com vocês duas?

— Sim, acho que sim.

Os dois ficam em silêncio por um momento. Jenny escuta um bocejo. Toma coragem.

— Willie, você pode me ajudar com uma coisa? Eu preciso rastrear um homem chamado Allan Smith, Allan com dois *eles*. Ele deve ter nascido mais ou menos na mesma época que Doris, por volta de 1920, e deve ter morado em Nova York ou adjacências. Ou na França. A mãe dele era francesa e o pai, americano. Isso é tudo que eu sei.

Willie não diz nada por um bom tempo; nem boceja. Quando por fim fala, sua reação é exatamente a que Jenny esperava.

— Desculpe, o que você disse? Quem? Allan Smith?

— Sim. Esse é o nome dele.

— Você deve estar brincando. Como é que eu vou localizar um Allan Smith de 1920? Você sabe quantas pessoas têm esse nome, mesmo com os dois *eles*? Deve haver centenas!

Jenny sorri, mas não sem deixar transparecer em sua voz.

— E o seu amigo Stan, que trabalha na polícia de Nova York? Pensei que talvez você pudesse ligar e pedir para ele verificar. Se Allan morar nas imediações de Nova York, isso deve funcionar. Diga a Stan que é importante.

— Importante em comparação com o quê? Com assassinatos em Manhattan?

— Pare com isso. Não, claro que não. Mas é importante para nós, para mim.

— Você tem certeza de que ele ainda está vivo?

— Não, não exatamente certeza... — Ignora a bufada de Willie, apesar de ter sido bem alta. — Mas acho que talvez esteja. Ele foi muito importante para Doris, o que torna isso importante para mim. Muito importante. Por favor, dá uma olhada nisso. Por mim.

— Então você quer que eu rastreie um homem com quase cem anos, que talvez esteja vivo e que talvez more em Nova York ou nas imediações?

— Exatamente. Acho que é só isso.

— Eu não consigo entender você. Não pode simplesmente voltar para casa? Nós sentimos sua falta, precisamos de você.

— Eu volto assim que puder. Até antes, se você me ajudar com isso. Mas nesse momento Dossi precisa de mim mais do que vocês aí. E nós duas precisamos descobrir o que aconteceu com Allan Smith.

— Tudo bem, mas você não tem mais informações sobre ele? Um endereço antigo? Uma fotografia? O que ele fazia?

— Ele era arquiteto, acho. Pelo menos era, antes da guerra.

— Antes da guerra? De qual guerra estamos falando? Não a Segunda Guerra Mundial, espero. Por favor, não me diga que ela não tem notícias dele desde a Segunda Guerra.

— Não muitas, não.

— Jenny... Não muitas ou nenhuma?

— Nenhuma.

— Você imagina como são pequenas as chances de encontrar esse homem?

— Sim, mas...

— Stan vai rir de chorar. E você quer que eu ligue para ele e peça para localizar um homem que desapareceu durante a Segunda Guerra Mundial?

— Você não entendeu, ele não desapareceu. Doris só não teve notícias. Ele deve ter voltado, tido dois filhos, vivido uma vida longa e feliz, e agora está pegando leve numa cadeira de balanço numa varanda em algum lugar, esperando a morte. Assim como Doris. E pensando em Doris, como ela pensa nele.

Jenny ouve a respiração de Willie. Quando ele volta a falar, parece resignado.

— Allan Smith, você disse.

— Allan Smith. Sim. Com dois *eles*.

— Vou fazer o possível. Mas não fique muito animada.

— Eu te amo.

— Eu também te amo. Claro! — A risada calorosa do marido a faz sentir saudade de casa.

— Como estão os meninos?

— Não se preocupe. Fast food é o que não falta. Deus abençoe os Estados Unidos.

— Eu vou voltar para casa assim que puder. Amo você.

— Volte logo. Nada funciona quando você não está aqui. E eu também amo você. Diz um oi para Dossi.

Jenny dá uma olhada para dentro do quarto onde está Doris e a vê se remexendo embaixo das cobertas.

— Ela está acordando, eu vou desligar. — Dá um tchau em voz baixa para seu amor que está esperando em casa e começa a andar na direção da dolorosa espera pela morte.

A caderneta de endereços vermelha
J. ~~JONES, PAUL~~ MORTO

FIQUEI DEITADA LÁ POR DIAS, talvez semanas. Deixei o tempo passar, olhando para o teto e vivenciando todas as alterações hormonais: os seios inchando com o leite, o útero se contraindo. Mas por fim comecei a ficar entediada. Porém, não desci logo para ver Paul; comecei explorando o sótão, as coisas escondidas nas caixas e nos armários. O quartinho do penico estava trancado, mas um dia eu resolvi tentar abri-lo à força. Encontrei um recipiente cheio até a borda com carrinhos de brinquedo extravagantes. As paredes internas estavam cobertas de traços apagados de giz vermelho, com curvas ondulando para cima e para baixo, um emaranhado de linhas que só uma pessoa muito pequena conseguiria ter desenhado. Os carrinhos estavam muito amassados, com a pintura desbotada. Examinei cada um deles, alinhei todos em uma fileira no chão e imaginei as corridas que devem ter sido feitas nas tábuas ásperas de madeira. Onde aquela criança estaria agora? Olhei dentro dos baús. Em um deles encontrei um bom número de vestidos, dobrados e presos com uma linha de pesca verde. Conjecturei de quem seriam. O que teria acontecido com a mulher que os usava e com a criança?

Finalmente a curiosidade me fez voltar para o andar de baixo. Minha barriga doeu quando desci a escada. Ainda estava grande, e minhas costas doíam, como nas primeiras semanas de gravidez. Paul sorriu quando me viu, chegou a dizer que tinha sentido minha falta. Ele me fez sentar à mesa, aqueceu um pouco de sopa e me deu um pedaço de pão seco. Mas quando perguntei de quem eram os carrinhos, sua boca enrijeceu e ele balançou a cabeça. Não quis me dizer. Talvez não conseguisse. Quem sabe dos pesares que as pessoas sentem? Não perguntei mais, porém passei a pensar na mulher e na criança, dando nomes a elas e imaginando como seriam. Escrevi histórias curtas sobre suas características e aventuras num velho caderno escolar. Quando comecei a conversar com elas à noite, percebi que estava na hora de seguir em frente.

Escrevi para Gösta, um pedido de ajuda. A resposta dele chegou pelo correio duas semanas depois. Explicando que estava preocupado já havia algum tempo, que tinha estranhado não receber mais notícias minhas. Agora eu finalmente podia ir morar com ele. Incluiu um nome e um endereço no envelope. O amigo de um amigo tinha recebido uma pintura em troca de me levar para casa num navio cargueiro. Parti do chalé de Paul algumas noites depois. Vi seu queixo barbado estremecer, notei que mordeu o lábio. Acho que só conheci realmente Paul naquele momento. Durante os nossos dois anos juntos, foram raras as vezes em que ele me olhou diretamente nos olhos. E naquele momento finalmente entendi por quê. Porque a despedida seria dolorosa.

Paul e eu trocamos cartas durante anos. Nunca deixei de querer saber notícias dele. Paul, o recluso, vivendo no seu templo de recordações. Quando ele morreu, fui até a Inglaterra para enterrá-lo ao lado da urna com as cinzas de Rox, seu adorado cachorro, que tinha morrido alguns anos antes. Só três pessoas apareceram no funeral de Paul. O padre, o vizinho mais próximo e eu.

A caderneta de endereços vermelha
N. NILSSON GÖSTA

Nosso reencontro foi exatamente como Gösta tinha imaginado em suas cartas. Os marinheiros jogaram as cordas na praia; os trabalhadores portuários amarraram as cordas nas estacas do píer. O passadiço de ferro rolou pelo terreno desigual. Caía uma chuva leve, e Gösta estava esperando nas docas, embaixo de um grande guarda-chuva preto. Andei até ele. Eu não era mais uma menina bonita, não era mais a pessoa cuja memória ele estimava. Não tinha uma peça de roupa intacta, nem um bom par de sapatos. Meu cabelo estava escorrido, e os anos haviam deixado marcas na minha pele, tornando-a áspera. Mesmo assim, ele estendeu os braços para mim, e eu me atirei neles sem um momento de hesitação.

— Ah, Doris! Finalmente você está aqui! — murmurou, recusando-se a me soltar.

— Sim, há quanto tempo, Gösta querido — respondi, fungando.

Ele deu risada. Deu um passo para trás e segurou os meus ombros.

— Deixe-me ver você.

Sequei as lágrimas e olhei em seus olhos, meio insegura. Foi o suficiente para recuperar o sopro de vida da nossa amizade. De repente, voltei a ser aquela garota de treze anos, e ele era o artista infeliz.

— Você está com rugas. — Deu risada, acariciando a pele ao redor dos meus olhos com os dedos.

— E você é um velho — repliquei, sorrindo, pondo a mão em seu abdome arredondado. Ele sorriu.

— Estou precisando de uma governanta melhor.

— E eu preciso de um emprego.

— Então, o que você acha?

Eu ainda segurava firme a minha sacola, com algumas lembranças da Inglaterra.

— Vamos fazer isso? Quando você pode começar?

Ergui os olhos e sorri.

— Que tal agora mesmo?

— Agora mesmo está ótimo.

Ele estendeu os braços e nos abraçamos, desta vez para selar um afetuoso acordo de negócios. Em seguida, saímos andando pelas ladeiras de Södermalm até Bastugatan. Quando avistei o prédio de Madame mais à frente na rua, meu estômago revirou. Aproximei-me com cautela, parando na frente para ler os nomes na porta.

— Agora mora aí uma jovem família. Eles têm quatro filhos, que gritam e fazem baderna, perturbando Göran no apartamento de baixo. Ele diz que está ficando maluco com isso.

Aquiesci, mas não disse nada. Estendi a mão para pegar a maçaneta que havia usado com tanta frequência. Pensando que a minha mão já estivera lá, pensando que pela primeira vez...

— Venha, vamos para casa, pôr um pouco de comida dentro de você. — Gösta apoiou a mão no meu ombro. Eu concordei.

O corredor cheirava a terebintina e poeira. Quadros se empilhavam apoiados nas paredes, formando fileiras compridas. Respingos de tinta salpicavam o assoalho de pinho e lençóis brancos cobriam os móveis na sala de estar. Moscas voavam ao redor de pilhas de pratos sujos na cozinha.

— Você precisa mesmo de uma governanta.

— Eu avisei.

— Bem, agora você já tem uma.

— Você sabe o que isso implica. Nem sempre eu estou no melhor dos humores.

— Eu sei.

— E preciso de total discrição em relação a...

— Eu vou ficar fora da sua vida pessoal.

— Ótimo.

— Nós temos algum dinheiro?

— Não muito.

— Onde eu vou dormir?

Ele me mostrou o alojamento de empregada. Um quarto pequeno com uma cama, uma mesa e um closet. Vi algumas revistas femininas, rastros da presença de alguma mulher. Virei para ele e lhe lancei um olhar indagador.

— Elas sempre pedem demissão quando ficam sabendo...

Gösta nunca usava a palavra *homossexual*. Nós nunca falamos sobre isso. Quando ele recebia suas visitas noturnas, eu enfiava bolas de algodão nos ouvidos para não escutar nada. Durante o dia, ele era apenas o Gösta, meu amigo. Eu cuidava das minhas coisas, ele cuidava das próprias coisas, e à noite jantávamos juntos. Quando estava de bom humor, conversávamos um pouco. Às vezes sobre arte. Às vezes sobre política. Nosso relacionamento nunca foi de empregador e empregada. Para ele eu era apenas Doris, a amiga de quem sentiu saudade por muitos anos e que finalmente tinha voltado.

Uma noite mostrei a ele as histórias curtas que havia escrito no chalé de Paul, sobre a mulher e a criança. Ele leu com atenção, de vez em quando passando duas vezes pela mesma página.

Pareceu surpreso quando finalmente falou.

— Você escreveu tudo isso?

— Sim. É ruim?

— Doris, você é talentosa. Tem o dom das palavras... eu sempre disse isso. Você precisa aproveitar isso ao máximo.

Gösta me comprou um caderno escolar, e comecei a escrever nele todos os dias. Contos combinavam melhor com o meu estilo, pois eu nunca tinha energia para estruturar algo mais longo de forma adequada. Minhas histórias se tornaram um modo de termos mais comida na mesa. Eu as vendia para revistas femininas; elas compravam qualquer coisa que falasse de amor. Era o que eu vendia. Paixão. Romance. Finais felizes. Eu e Gösta nos sentávamos no seu sofá de veludo roxo-escuro, rindo das banalidades que eu inventava. Nós, tão marcados pela vida, ríamos dos que acreditavam em finais felizes.

26

— Você pode me dar um pouco de água? — Doris estende a mão na direção do copo. Jenny o segura enquanto Doris se apoia em seu pulso para levá-lo aos lábios.

— Você quer alguma coisa além de água? Uma Coca-Cola? Soda? Suco?

— Vinho? — Os olhos de Doris reluzem com malícia.

— Vinho? Você quer vinho?

Doris faz que sim com a cabeça. Jenny sorri.

— Bom, claro que você pode tomar vinho. Branco ou tinto?

— Rosé. Gelado.

— Deixa comigo. Vai levar certo tempo, mas enquanto isso você pode descansar.

— E morangos.

— E morangos. Mais alguma coisa? Chocolate?

Doris assente e tenta sorrir, mas a boca a impede. Somente o lábio superior se contrai sobre os dentes, transformando o sorriso em uma careta. Sua respiração é difícil, faz seu peito chiar. Parece muito mais cansada que no dia anterior. Jenny se debruça e encosta o rosto no de Doris.

— Eu volto logo — cochicha, pensando: "Não morra enquanto eu não voltar. Por favor, não morra."

Jenny anda depressa pela neve derretida na escuridão nórdica em direção à fachada marrom do centro de compras de Mörby. Tyra ri e aponta as rodas espirrando água enquanto as duas passam pelas poças. Jenny sente os pés se encharcando nas botas de couro; as solas são finas demais para o inverno sueco. Nunca mais vão se recuperar; Jenny se esqueceu de tratar o couro.

No supermercado, descobre que não se pode comprar álcool naquele estabelecimento — só na Systembolaget, a loja de bebidas do Estado. Jenny prague ja e corre para lá. Ela nutre sentimentos profundos pela Suécia, o lugar onde sua avó e sua tataravó cresceram, tendendo a pôr o país em um pedestal. Mas não passou tempo suficiente lá para lidar bem com as coisas básicas da vida cotidiana. Solta um suspiro e se senta no balcão de informações da Systembolaget. Cinco minutos depois, um homem com uma camisa xadrez verde se aproxima.

— Oi! Em que posso ajudar?

— Oi. Eu quero duas garrafas de vinho rosé, um bom vinho — diz.

O homem assente e a leva até uma prateleira de vinhos rosé. Faz diversas sugestões, perguntando com que tipo de comida ela pretende servir a bebida.

— Com chocolate e morangos — responde Jenny, meio cansada.

— Ah, nesse caso talvez você prefira algo gaseificado? Ou talvez...

Jenny o interrompe.

— Não, um vinho rosé comum. Escolha um como se fosse para você.
— Tem vontade de gritar "Eu só quero uma porra de um vinho rosé!", mas consegue se controlar e assentir com educação quando ele lhe apresenta duas garrafas. Quando ele sai de perto, Jenny olha de relance para outra garrafa, com um rótulo mais simpático, e discretamente faz uma troca.

— Você vende taças de vinho? — pergunta para a mulher no caixa, mostrando seu passaporte americano.

A mulher balança a cabeça.

— Tente o supermercado, lá eles têm copos de plástico.

Jenny suspira e volta ao mercado.

O carrinho fica preso na lama três vezes no caminho de volta para o hospital, e Jenny chega exaurida, com as bochechas coradas. Tyra está dormindo. Ela tira o casaco e o pendura no carrinho, fazendo as garrafas baterem uma na outra dentro da sacola. Doris está acordada, e abre um sorriso mais convincente ao escutar aquele som. Seu rosto não parece mais tão acinzentado.

— Ufa, andar esquenta o corpo. — Jenny pega um jornal para se abanar. — Você parece mais animada!

— Mor-fi-na — responde Doris com a voz arrastada, sorrindo. — Eles me dão quando a dor fica muito forte.

Jenny franze as sobrancelhas.

— Você está sentindo dor? Onde?

— Aqui e ali. Em toda parte. No quadril, na perna, no estômago. É uma dor nova. Quase como se irradiasse de dentro. Como se todo o meu esqueleto estivesse cheio de milhares de agulhas.

— Nossa, Dossi, isso parece terrível! Eu queria poder fazer alguma coisa!

— Você pode. — Doris sorri.

— Quer um pouco de vinho? Tudo bem, mesmo depois de ter tomado morfina?

Doris assente, e Jenny pega a sacola de debaixo do carrinho. Põe as duas garrafas na mesa e amassa a sacola vazia.

— Não faz diferença. Eu vou morrer de qualquer jeito.

— Não. Eu não quero ouvir uma palavra sobre isso. — Jenny morde o lábio.

— Meu amor, não vou mais sair desta cama. Você sabe disso, não sabe? Você entende?

Jenny concorda, obediente, sentando-se ao lado de Doris, que também se aproxima. Faz uma leve careta ao mexer a perna.

— Ainda dói, mesmo com a morfina?

— Só quando eu me mexo. Mas agora vamos falar de outra coisa. Estou farta de sofrer. Fale alguma coisa sobre Willie. E sobre David e Jack. Sobre a casa.

— Com prazer. Mas, antes, vamos brindar. — Jenny serve o líquido rosado em dois copos plásticos, a coisa mais próxima de uma taça que conseguiu encontrar no supermercado. Jenny aperta o botão para erguer a cabeceira da cama. Doris escorrega um pouco. Jenny levanta a cabeça dela pelo pescoço e vira o copo em sua boca com cuidado. Doris suga algumas gotas, fazendo barulho.

— Como uma tarde de verão na Provence — murmura, fechando os olhos.

— Provence? Você esteve lá?

— Muitas vezes. Eu ia muito quando morava em Paris. Nas festas nos vinhedos.

Jenny dá um imenso morango vermelho a ela.

— Era bonito?

Doris suspira.

— Maravilhoso.

— Ontem à noite eu li sobre as suas aventuras em Paris. Você escreveu mesmo tudo aquilo para mim?

— Sim, eu não queria morrer com tudo na cabeça. Imaginar que minhas lembranças se perderiam comigo era doloroso demais.

— Como era a Provence naquela época? E as festas? Quem mais estava lá?

—Ah, era divertido. Muitas grandes figuras. Escritores, artistas, designers. Todos com as roupas mais lindas que você possa imaginar. Os tecidos eram diferentes naquela época. Tinham brilho, qualidade. Nós estávamos no meio do mato, mas todo mundo se vestia como se estivesse indo para a cerimônia do Prêmio Nobel. Saltos altos, colares de pérolas e diamantes imensos. Vestidos de seda farfalhando.

Jenny dá um suspiro.

— E você era uma manequim viva! Que coisa! É por isso que nunca ficou impressionada pelo simples fato de eu trabalhar quando era mais nova. Mas por que nunca falou sobre o seu trabalho, Dossi? Não consigo me lembrar de você mencionar nada a respeito.

— Sim, é possível que eu não tenha mencionado. Mas agora escrevi sobre isso para você, e você vai saber tudo. Foi um período tão breve de uma vida muito longa. Você sabe como é. Falar sobre isso quando a gente é mais velha só provoca expressões de surpresa. Quem acreditaria que uma velhota já foi modelo? Além do mais, eu acabei voltando ao mesmo lugar em que comecei. Como uma simples governanta. Nada mais, nada menos.

— Conte mais, eu quero saber tudo. O que você vestia nessas festas?

— Aquelas criações magníficas eram sempre algo fora do comum. Era por isso que eu estava lá. Para mostrar os vestidos. Deslumbrar a sociedade.

— Uau, que interessante! Doris, eu queria ter sabido disso antes. Eu sempre a admirei por sua beleza, por isso não estou muito surpresa, e acho que ninguém ficaria. Quando eu era jovem, sempre quis ser igual a você quando crescesse, lembra?

Doris sorri, acariciando a bochecha de Jenny. Respira fundo.

— É, a vida era mais fácil antes da guerra. E é sempre mais fácil ser jovem e bonita. Você recebe muita coisa de graça.

— Eu sei como é. — Jenny ri alto e puxa a pele do pescoço. — Como isso aconteceu? Quando foi que virei uma mulher enrugada de meia-idade?

— Ah, que bobagem. Não quero ouvir você falando assim de si mesma. Você ainda é jovem e bonita. E tem metade da vida pela frente, pelo menos.

Jenny olha para Doris.

— Você tem alguma foto daquela época?

— Tenho poucas; não consegui levar muitas comigo de Paris. As que eu tenho estão em duas caixas de metal no armário.

— É mesmo?

— Sim, deveriam estar em algum lugar embaixo das minhas roupas. Duas caixas de metal amassadas e enferrujadas, que tive a sorte de recuperar em Nova York. Elas atravessaram meio mundo, e dá para perceber. Uma delas era uma caixa de chocolates que Allan me deu, que eu nunca quis jogar fora. É graças a ele que gosto de guardar lembranças em caixas de metal.

— Vou procurar essas caixas hoje à noite. Que legal! Se eu encontrar fotografias, trago amanhã para você me falar de todos que estão nelas. Quer outro morango?

Tyra choraminga e agita os braços no ar. Logo o resmungo vira um acesso de raiva. Jenny a pega no colo e aperta o corpinho da filha contra o seu, beijando-a na bochecha e fazendo-a pular em seu colo, para animá-la.

— Ela deve estar com fome; vou até a lanchonete com ela. Nós já voltamos. Descanse um pouco, depois quero que me conte mais sobre Paris.

Doris concorda, mas suas pálpebras começam a cair antes mesmo de Jenny virar as costas. Jenny a observa por um instante. Doris está enrolada em um dos cobertores amarelos do hospital, parecendo magra como um passarinho. O cabelo está liso e ralo, com a pele do escalpo aparecendo entre as mechas. A beleza que a acompanhou por toda a vida já se foi. Jenny resiste ao impulso de abraçá-la mais uma vez e segue depressa para a lanchonete. "Não morra, por favor, não morra enquanto eu não voltar", pensa de novo.

A caderneta de endereços vermelha
N. NILSSON, GÖSTA

ELE ERA UM COMPLETO PERFECCIONISTA, com uma intensidade quase maníaca. Eu nunca tinha visto nada igual, e também nunca vi depois. Quando pintava, podia passar semanas numa só tela. E ficava inacessível o tempo todo. Não comia muito, não falava. Direcionava toda a sua energia para as áreas de cores e para a criação de suas composições. Era um caso de amor, uma paixão que dominava seu corpo e sua consciência. Não podia fazer nada a respeito, segundo dizia. Era uma questão de seguir seus sentidos e deixar o quadro tomar forma.

— Não sou eu que pinto. Sempre fico surpreso quando vejo a peça concluída. As imagens simplesmente chegam até mim, como se outra pessoa tivesse tomado o controle — explicava, sempre que eu perguntava a respeito.

Eu costumava observá-lo de longe. A maneira como ele conseguia manter sua energia criativa me fascinava, mesmo enquanto os críticos o derrubavam. Alguns diziam que o compreendiam, e compravam seus quadros para ele não morrer de fome. Gente com muito dinheiro e um fervoroso interesse por arte.

O apartamento na Bastugatan tinha um interior que mostrava sinais dos nossos sonhos com Paris. As paredes do estúdio eram forradas de imagens da nossa adorada cidade. Algumas pintadas pelo próprio Gösta, outras recortadas de jornais; e alguns cartões-postais que eu tinha enviado a ele. Falávamos bastante sobre a cidade pela qual ambos ansiávamos, e ele ainda queria voltar para lá. Fantasiávamos em voltar juntos um dia.

Quando a guerra chegou ao fim, em 1945, nós dois fomos a Kungsgatan comemorar com o restante das pessoas. Era raro ver Gösta em meio a multidões, mas ele não quis perder aquele momento. Caminhava com a bandeira da França na mão, e eu com a da Suécia. A euforia era palpável — as pessoas celebravam o fim do conflito com risos, cantorias, gritos e jogando confetes.

— Doris, você sabe o que isso significa? Agora podemos ir, finalmente podemos ir. — Nunca vi Gösta rir tão alto como ria enquanto agitava a bandeira francesa. Normalmente tão amargo e desconfiado em relação ao futuro, por fim ele pareceu esperançoso.

— Inspiração, minha querida, eu preciso voltar a ter inspiração. Está lá, não aqui. — Arregalava os olhos com a ideia de rever seus amigos artistas de Montmartre.

Mas nós nunca tivemos dinheiro suficiente. Tampouco coragem para fazer o que é natural para os jovens — simplesmente aprontar as malas e partir. Paris continuou sendo um sonho. Como todos os amores perdidos, aquela cidade se tornou cada vez mais preciosa em nossos pensamentos. De certa forma, fico feliz por Gösta nunca ter conseguido voltar. A decepção de encontrar a realidade de Paris, depois de idealizá-la por tanto tempo, poderia ter sido demais para ele. Uma descoberta dolorosa — afinal, sua inspiração não estava tão fortemente ligada a algum lugar específico. Estava dentro dele, e cabia a ele encontrá-la e colocá-la em prática, por mais lento e difícil que fosse o processo. E fazer isso vezes e mais vezes.

A cidade pairava sobre nós como uma constante sombra do passado, quando tudo parecia tão melhor. Na verdade, continua pairando até hoje. Nos móveis, nos livros franceses, nas pinturas. Paris é a cidade que capturou as nossas almas.

Quando Gösta estava de bom humor, eu falava com ele em francês. Ele entendia só algumas palavras, e eu tentava ensinar mais. Ele adorava.

— Um dia nós vamos, Doris. Você e eu — repetia, mesmo quando já devia ter percebido que aquilo jamais aconteceria.

Eu sempre assentia e sorria.

— Sim, um dia, Gösta. Um dia.

27

Jenny serve a comida de bebê, dessa vez um ensopado com batatas, do jarro de vidro com etiqueta colorida. Orgânico. O molho suja a boca de Tyra, que Jenny limpa com a colher entre mastigadas. A pequena mastiga ruidosamente, pega a colher e aponta para o ar. Jenny faz que não com a cabeça e afasta a mão de Tyra.

— Precisamos ir logo. Rápido, rápido. Coma depressa — diz Jenny com voz de bebê, fazendo sons de avião enquanto leva a colher à boca da menina.

Tyra abre a boca para o avião, mas fecha de novo e volta a tentar pegar a colher, protestando. As pessoas na mesa ao lado na lanchonete olham para elas quando os resmungos se tornam um grito penetrante. Jenny desiste e dá a colher para Tyra. Ela imediatamente se acalma e bate o talher no prato, espalhando o molho. O pessoal ao lado olha de novo. "Desisto, pelo menos ela não está chorando", pensa Jenny, enxugando a mesa com um guardanapo para limpar o grosso da bagunça.

— Mamãe volta num minuto. — Levanta-se e corre até o balcão, onde compra um sanduíche. Sem tirar o olho da menina na cadeira infantil. Antes de voltar à mesa, já deu duas mordidas no pão seco. Faz uma pausa e deixa o gosto do presunto sueco encher sua boca. Surge uma lembrança. Os sanduíches que Doris preparava para ela levar à escola — os primeiros sanduíches que teve na lancheira. Antes disso, eram sempre biscoitos, talvez com uma ou duas maçãs.

Jenny consegue se lembrar exatamente de onde estava quando elas se conheceram. Sentada no canto do sofá vermelho, assistindo à instável imagem da televisão. Com um cobertor bem apertado no corpo. Jenny tinha quatro anos. Doris havia batido à porta e, sem avisar, adentrou numa moradia caótica. A mãe de Jenny dormia no tapete da cozinha, babando pelo canto da boca. Sua saia não chegava nem até as coxas, e as meias estavam rasgadas logo abaixo do joelho. A pequena Jenny tinha visto a mãe cair. Um rastro de sangue seco mostrava que ela havia se cortado de algum jeito.

Jenny estremece. A lembrança do medo. A lembrança de como se encolheu quando a senhora desconhecida que falava inglês com sotaque entrou na sala. Achou que Doris fosse alguém do Serviço Social chegando para levá-la embora; a mãe sempre a ameaçava com essa possibilidade. Cobriu metade do rosto com o cobertor, com a respiração umedecendo o tecido. Quando viu Elise, Doris a virou de lado e ligou chamando uma ambulância. Ficou acariciando a testa dela enquanto esperavam ajuda. Enquanto Elise era levada pela noite fria por dois musculosos paramédicos, Doris sentou-se ao lado de Jenny no sofá. Seu cabelo estava úmido do suor das têmporas, o coração batia tão forte que Jenny conseguia sentir a sua pulsação. Doris estava chorando, e de alguma forma aquelas lágrimas a fizeram parecer menos perigosa. Jenny batia os dentes; olhava direto para a frente, tremendo. Não conseguia parar de tremer. Carinhosamente, Doris pôs uma das mãos quentes embaixo do queixo da menina e usou a outra para lhe afagar as costas. Reconfortando-a, dizendo *está tudo bem, está tudo bem, calma*, por tanto tempo que suas palavras se tornaram uma melodia que preencheu o silêncio da sala. Ficaram assim por horas. Doris não tentou conversar com ela. Não naquele momento. Jenny adormeceu no colo dela aquela noite, com a mão cálida de Doris encostada em sua bochecha.

Um baque tira Jenny de seus pensamentos. Tyra jogou o pote de vidro no chão, sujando de comida o rosto e a camiseta. Jenny tira a camiseta da menina, limpa seu rosto com o lado limpo da roupa, joga a peça na sacola de roupas e pega outra. Tyra já deu um jeito de encostar a palma das mãos pegajosas na barriga redonda. Com um sorriso satisfeito, observa o purê espalhado e bate palmas, para garantir que a bagunça se espalhe por uma área ainda maior de sua pele.

— Ah, não, Tyra. Nós precisamos ir logo, vamos, vamos. — Passa um lenço de papel umedecido na barriga, no pescoço, no rosto e nas mãos da menina e a transfere, seminua, para o carrinho. Põe a camiseta limpa de um lado. Deixando um cenário de caos na mesa, Jenny sai empurrando o carrinho depressa. Precisa voltar para Doris. Precisa saber tudo antes de Doris morrer. Passa voando pelo corredor e entra no quarto empurrando o carrinho.

— Como aconteceu de você aparecer naquele momento?

Doris desperta com um sobressalto e esfrega os olhos. Tyra espirra e solta um gemido alto. Jenny a veste com a camiseta limpa, os olhos fixos em Doris.

— Quem a chamou? Quando você salvou a vida da minha mãe, na primeira vez que nos vimos? Como você ficou sabendo?

— Foi... — Doris pigarreia, sem conseguir falar. Jenny pega o copo de água na mesa de cabeceira e a ajuda a beber. — Ela ligou — continua Doris.

— Minha mãe?

— Sim. Fazia anos que não nos víamos, desde que você era bebê. Às vezes Elise escrevia, eu telefonava de vez em quando. Era caro telefonar naquela época, e ela raramente atendia.

— Mas o que ela disse quando ligou? O que fez você viajar para os Estados Unidos?

— Querida...

— Pode me contar tudo. Ela já morreu. Eu quero saber a verdade.

— Sua mãe disse que ia dar você para alguém.

— Me dar? Para quem?

— Para qualquer um. Falou que ia levar você até algum bairro rico de Nova Jersey e ia deixá-la na calçada. Que qualquer coisa seria melhor do que viver com ela.

— E provavelmente ela estava certa. Até onde me lembro, eram as drogas que dominavam a minha vida, não ela. Quase qualquer coisa seria melhor do que aquilo.

— Eu fui imediatamente, peguei um avião em Estocolmo na mesma noite.

— E se...

— Sim, e se...

— E se ela tivesse morrido naquele momento? Eu podia ter tido uma vida diferente.

— Sim, acho que era exatamente isso que ela estava tentando fazer. Elise não queria mais viver, não aguentava mais.

— Foi graças a você que ela sobreviveu.

— Tudo é uma questão de sincronia. — Doris aperta de leve a mão de Jenny para mostrar que está brincando, mesmo no meio daquela lembrança sombria.

— Eu ficar a noite toda brincando de "e se".

— E se eu não tivesse ido encontrar vocês?

— Não, isso eu nem consigo imaginar, nem de brincadeira. Você tinha que ser parte da minha vida, Doris. Não sei se vou aguentar sem você. — Jenny começa a chorar. — Você salvou a minha vida!

— Você vai aguentar, Jenny. Você é forte. Sempre foi.

— Eu não fui forte naquele dia, quando você teve que segurar meu queixo para meus dentes pararem de bater.

— Você tinha quatro anos, meu amor. E você era forte, mesmo naquela época. E corajosa. Você viveu seus primeiros anos no meio de um caos total, e mesmo assim conseguiu sobreviver e se tornar a pessoa que é hoje. Não consegue ver isso?

— Mas o que eu sou hoje? Uma mãe desmazelada de três filhos, sem nenhuma carreira.

— Por que você diz isso? Por que se vê como desmazelada? Você é mais bonita que a maioria das pessoas. E mais inteligente. Você sabe disso. Você também foi modelo. E também fez faculdade.

— Meu rosto parece uma página em branco. E meu corpo é alto e esguio. Isso é beleza? Não. Isso é alguém que consegue se adaptar às exigências das constantes mudanças do ambiente. Alguém que consegue agradar. É isso que a moda quer. Além do mais, eu nunca me formei. Conheci Willie. E me tornei mãe.

— Deixe de se botar para baixo. Nunca é tarde demais. — Doris olha para ela com firmeza.

— Quem disse que nunca é tarde demais? Você mesma disse que é mais fácil ser jovem e bonita.

— Você é bonita. E é talentosa. Isso basta. Concentre-se em alguma outra coisa. Comece a cultivar seus talentos, em vez de passar a vida achando que não consegue fazer mais nada. Volte a escrever. Valorize-se. No fim, isso é tudo que importa de verdade. Ninguém nunca é mais do que a própria alma.

Jenny dá um longo suspiro.

— Escrever. Você sempre insistiu nisso.

— Quando você vai perceber que é talentosa? Você ganhou concursos na faculdade. Já se esqueceu?

— É, eu posso ter ganhado alguns concursos. Mas escrever sobre o quê? Não tenho nada para escrever. Nada. Minha vida é uma chatice. Perfeita, talvez, aos olhos dos outros, mas uma chatice. Sem paixões. Sem aventuras. Eu e Willie somos como dois amigos administrando um negócio, que é a nossa família. Nada mais, nada menos.

— Então invente alguma coisa.

— Inventar alguma coisa?

— Sim, imagine a vida que você quer viver. E... — faz uma pausa nesse ponto, recuperando o fôlego, antes de continuar em voz baixa — ... escreva tudo isso. Não perca essa chance. Não desperdice as suas lembranças. E, pelo amor de Deus, não desperdice o seu talento!

— *Você* desperdiçou?

— Sim.

— E se arrepende?

— Sim.

De repente, Doris estremece e afunda o queixo no peito. A boca se contorce e ela fecha bem os olhos. Jenny grita pedindo ajuda e uma enfermeira entra correndo. Aperta o botão de alarme e logo três mulheres vestidas de branco se debruçam sobre Doris.

Jenny tenta espiar por cima delas.

— O que está acontecendo? Ela está bem?

A expressão de Doris volta ao normal. A boca está mais relaxada, mas a pele adquiriu um tom azul-arroxeado.

— Precisamos levar Doris de novo para a UTI. — Uma das enfermeiras afasta Jenny para um lado e solta o freio do leito.

— Posso ir junto?

Outra enfermeira, baixa e de cabelos pretos, balança a cabeça em negativa.

— Ela precisa de repouso. Vamos manter você informada.

— Mas eu quero estar lá se... quando... se ela...

— Você vai estar lá, prometo. Agora ela parece estável, mas o coração está um pouco fraco. É normal. Sabe, assim tão perto do fim.

Põe a mão no ombro de Jenny e se vira para as outras, que já estão empurrando a cama pelo corredor. Jenny fica onde está, olhando para as enfermeiras. Não consegue ver Doris na cama de madeira e aço. Fecha os punhos e abraça a si mesma.

28

Jenny encontra as caixas de metal com as fotografias no fundo do armário. Uma delas está envolvida por uma grossa camada de fita adesiva, a outra, não. Corta a fita com uma faca de cozinha e abre as duas latas, espalhando os retratos num leque na mesa da cozinha. Lembranças de Paris misturadas com lembranças de Nova York. Bem no meio da pilha, ela vê a si mesma. Uma garotinha de cabelos cacheados dançando, a saia flutuando ao seu redor. Sorri e a deixa de lado; vai guardá-la para mostrar a Willie depois. Uma das poucas imagens de sua infância. Várias fotografias são ainda mais antigas. Numa delas, Doris está encostada numa parede com uma das mãos no chapéu. A cabeça está de perfil, com os olhos voltados para a Torre Eiffel. Está com uma saia plissada preta e o que parece ser uma blusa combinando, de colarinho branco e botões de tecido. Os cachos suaves lhe emolduram o rosto. Outra foto é um *close-up*. As sobrancelhas de Doris são finas e pontudas, pintadas de preto. A pele está maquiada com pó de arroz e os lábios reluzem com o batom. Os cílios são compridos e o olhar é vago, como se estivesse sonhando com algo distante. Jenny pega a imagem em preto e branco e a observa com mais atenção. A pele de Doris é suave e macia, sem nenhum vestígio de rugas ou marcas de sol. O nariz é reto e fino, os olhos são grandes, e o rosto é arredondado como o de uma adolescente. Ela parece tão jovem, e tão incrivelmente linda.

Jenny observa as fotos. É como visitar outra era. As palavras escritas por Doris ganham um novo peso, agora que pode ver como as coisas eram de fato. Pega uma foto de Doris com sandálias de salto com tiras, um vestido com saia sino e uma lapela larga caindo do pescoço. Com um chapéu redondo, como um gorro de lã, na cabeça. Está posando com uma das mãos meio afastada do corpo. Com o queixo erguido e uma expressão determinada no rosto. Os olhos não estão fitando a câmera.

Não tem nada a ver com as fotografias de moda dos anos 1980, quando Jenny posou para as câmeras. Naquela época, a modelo precisava fazer beicinho, ou mesmo abrir a boca. Dizia-se que os olhos tinham que "fazer amor com a câmera", e os decotes profundos expunham reluzentes seios untados com óleo. Usando ventiladores imensos, os fotógrafos tentavam passar a impressão de que os cabelos da modelo flutuavam ao vento, mas o resultado nunca era muito bom: as mechas soltas cobriam o rosto, entravam nos olhos ou se arrepiavam na cabeça. Se havia uma coisa que enfurecia os estilistas nos anos 1980 eram aqueles ventiladores. Jenny sorri com a lembrança. Algum dia ela vai mostrar aos filhos as fotos guardadas no sótão. Ainda estão no portfólio de modelo que ela tinha que ter sempre à mão, para mostrar aos fotógrafos e às agências de publicidade quando estava procurando trabalho. Willie já tinha visto as fotos, mas as crianças não; elas não sabem nada sobre aquela época de sua vida. É melhor ela mesma contar. Assim eles não vão precisar passar pelo mesmo que ela. Doris deveria ter contado sua história muito tempo atrás.

O telefone toca e Jenny atende correndo, para Tyra não acordar com o barulho.

— Oi, Willie!

— Eu só vou dizer isso uma vez, tá? Por favor, volte para casa!

Jenny fica surpresa com a intensidade do pedido. Vai até a cozinha e encosta a porta do quarto, mas a deixa entreaberta para escutar Tyra caso ela precise.

— O que aconteceu?

— Jenny, eu vou perder meu emprego se isso continuar desse jeito.

— Continuar desse jeito? De que jeito? Diga o que está acontecendo.

— Caos. Caos é o que está acontecendo.

— Os meninos andaram brigando?

— Isso é um eufemismo. Eles brigam o tempo todo. Não consigo fazer meu trabalho *e* cuidar deles *e* tomar conta da casa. Não funciona. Não sei como você consegue!

— Calma! Por favor, fique calmo, não é tão ruim. Nós podemos dar um jeito nisso, você só precisa de um pouco de ajuda.

— Quanto tempo mais ela ainda vai durar?

Jenny sente alguma coisa romper por dentro; agora é *ela* quem não aguenta mais.

— Quanto tempo? Espere um pouco, eu vou perguntar para a mulher de ancinho e capuz, ela está bem aqui fungando na minha nuca. Como diabos vou saber? Mas obrigada por finalmente perguntar como ela está. Não muito bem, é a resposta. E não vai durar muito tempo. E eu também não estou me divertindo aqui, caso esteja interessado. Eu amo a Doris. Ela é a única avó que eu tive na vida. Não, mais do que isso, ela é como uma mãe. Salvou a minha vida uma vez, e não vou deixar que ela morra sozinha. O fato de você ser capaz de me perguntar algo assim...

Willie fica sem dizer nada por um bom tempo. Quando volta a falar, sua voz parece envergonhada, arrependida.

— Desculpe, amor. Desculpe. Eu fui longe demais. Mas estou completamente desesperado. Estou falando sério, como você consegue viver esse dia a dia? É terrível.

— Consigo porque amo todos vocês. Não é mais simples nem mais complicado que isso.

Jenny espera o marido dizer alguma coisa, quase consegue ouvir o sorriso de Willie.

— Qual era o nome daquela garota que contratamos recentemente como babá?

— A que mora na Parkway Drive? Sophie.

— Você acha que ela poderia ajudar, fazer o almoço dos garotos, estar aqui à tarde quando eles voltam da escola?

— Talvez. Ligue para ela e pergunte. Eu posso mandar o telefone para você.

— Obrigado. Eu já disse que você faz um trabalho fantástico?

— Não. Na verdade, é a primeira vez que você diz isso.

— Desculpe. Eu sou tremendamente egoísta.

— Tremendamente.

— Mas você gosta de mim assim mesmo, né?

Jenny fica em silêncio por um instante, adiando a resposta.

— Sim. Às vezes. Você tem seus pontos positivos.

— Eu estou com saudade.

— Eu não. Não quando você age dessa maneira. Você precisa entender que é importante para mim estar aqui. E que já é muito difícil do jeito que está.

— Desculpe. De verdade.

— Tudo bem.

— Desculpe, desculpe, desculpe.

— Vou pensar a respeito. Você soube alguma coisa do Allan?

— O quê? De quem?

— Allan Smith. Dois *eles*. Você ia verificar com Stan. Não me diga que esqueceu! Nós precisamos encontrar esse homem!

— Poxa, Jenny! Com todo esse caos por aqui, eu esqueci completamente.

— Como você pôde esquecer! É muito importante! Muito importante para mim e para Doris.

— Desculpe de novo! Eu sou uma pessoa horrível. Vou ligar para Stan agora mesmo. Neste instante! Eu te amo, a gente vai se falando!

A caderneta de endereços vermelha
A. ANDERSSON, ELISE

Um vestidinho vermelho com saia comprida. Cachos louros encrespados nas têmporas. Braços erguidos. Você sempre adorou dançar, Jenny. Ao redor das minhas pernas. Eu tentava pegá-la e você ria. Aí eu a segurava pela mão, puxava você para mais perto e nós ríamos juntas. Eu fazia cócegas com a boca em sua barriga. Sua barriga quente e macia... Você puxava as minhas orelhas, segurava os lóbulos entre os dedos. Doía quando você fazia isso, mas eu nunca quis pedir para você parar. Não queria que se afastasse, agora que estava tão perto.

Aqueles nossos momentos foram os melhores da minha vida. Eu nunca vivi as alegrias da maternidade. Talvez tenha sido melhor assim. Mas tive você. Pude fazer parte da sua vida. Proporcionar um amor incondicional. Estar com você quando sua mãe se ausentou. E me sinto tão feliz por isso. Por ter conseguido ajudar. Para mim foi um presente, e até hoje me envergonho pelo alívio que às vezes sentia por ela ter se ausentado. Eu podia preparar sua lancheira, levar você para a escola, beijá-la na hora da despedida. Podia ajudá-la com a sua lição de casa. Levar você ao zoológico, falar sobre todos os animais e tomar sorvete.

Você nunca queria comer carne depois das nossas visitas ao zoológico. Ficava sentada na sua cadeira e apertava os lábios quando eu tentava dar um pedaço de presunto, de frango ou de peixe.

— A galinha é viva e é feliz — você dizia com firmeza. — Eu quero que ela viva. Todos os animais deveriam viver!

Então passávamos algumas semanas comendo arroz e batatas, até que, como acontece com as crianças, você se esquecia dos animais e começava a comer carne de novo. Você tinha um bom coração, mesmo quando era criança, Jenny querida. Era amiga de todo mundo. Até da sua mãe, que a decepcionava o tempo todo. Elise não estava presente. Elise não entendia as suas necessidades. Ela não teve uma vida fácil, e nem você. A vida dela não era fácil para ninguém.

Ela lhe mandava presentes da clínica de reabilitação. Brinquedos imensos que tínhamos que buscar no correio. Barracas de brinquedo, casas de boneca, ursos de pelúcia maiores que você. Lembra? Você ficava ansiosa esperando as entregas. Mais do que para ver sua mãe. Nós brincávamos com os presentes durante horas. Éramos só eu e você naquela época. Eu, você e os nossos jogos. Nós duas nos sentíamos seguras.

29

No fundo das caixas de metal, Jenny encontra uma série de cartas. Envelopes finos com o endereço de Doris e selos dos Estados Unidos. Lê as datas manuscritas. Suas mãos largam as cartas, que caem no chão.

O jato de água do chuveiro a aquece, mas ela não consegue parar de tremer. Fica agachada num canto, com o esguicho entre os joelhos. Pode ver o próprio reflexo no metal polido. Jenny observa os próprios olhos — parecem tão cansados, rodeados de rugas. Deveria dormir um pouco, deitada ao lado de Tyra. Mas prefere se enrolar na camisola cor-de-rosa de Doris, sentar-se no chão e continuar olhando as cartas. Será que entre elas estaria a carta em que sua mãe falou que queria se livrar dela?

Por fim, ela toma coragem e retira as cartas dos envelopes.

Oi, Doris, eu preciso de dinheiro. Você pode mandar mais?

Uma depois da outra. As cartas não mostram nenhum afeto, não fazem perguntas sobre como está Doris.

Os livros que você mandou chegaram. Obrigada. Livros escolares são bons, mas preciso de dinheiro também. Precisamos de dinheiro para comida e algumas roupas novas para a pequena. Obrigada pela compreensão.

Jenny organiza os envelopes pela data de postagem, colocando-os em ordem. No começo, todos tratam de dinheiro. Mas depois o tom muda.

Doris, eu não consigo aguentar ela em casa. Você quer saber como fiquei grávida dela? Nunca contei isso para você. Eu estava doidona. Com o de sempre, heroína. Nem sei como ele era. Só que apareceu de algum lugar e trepou comigo a noite inteira. Eu estava coberta de hematomas. Que criança iria querer chegar ao mundo desse jeito? Ela nasceu doidona. Gritava sem parar. Por favor, volte e me ajude.

Jenny continua lendo.

Ela não dorme desde que você partiu. Só para de chorar quando adormece. Todas as noites. Eu não vou ficar com ela. Vou dar para a primeira pessoa que eu vir amanhã. Eu nunca quis ficar com ela.

— Alô? Alô?
Jenny está com o celular na mão, vendo a imagem de Willie na tela.
— Jenny, Jenny, é você? Aconteceu alguma coisa? Doris morreu?
— Ela nunca me amou.
— Quem? Doris? É claro que amou. É claro que amou, querida!
— Minha mãe.
— Como assim? O que aconteceu? O que a Doris falou?
— Doris não falou nada. Eu encontrei umas cartas. Cartas em que minha mãe escreveu que me odiava. Que eu nasci doidona de heroína.
— Mas isso você já sabia, não?
— Ela foi estuprada. Foi assim que fui concebida. Eu preferia nunca ter lido essas cartas.
— Você sabia que eram dela antes de abrir?
— Eu reconheci a caligrafia. Não consegui me conter. — Jenny perde o controle e começa a gritar. — Maldita infância de merda!
— Agora você é adulta, tem uma vida boa. Tem a mim e as crianças. Elas amam a mãe. E eu amo você mais do que tudo na vida, mesmo sabendo que tenho me comportado mal ultimamente.

Jenny suspira, esfrega os olhos. Passa a mão pelo cabelo.

— Sim, eu tenho você. E as crianças.

— E teve Doris a sua vida inteira. Imagine se ela não estivesse presente.

— Provavelmente minha mãe teria me dado a Deus sabe quem.

— Doris chegou quando sua mãe precisou ir para a clínica de reabilitação. Com certeza ela escreveu essas cartas quando estava doidona. Os telefonemas custavam caro naquela época. Deve ter escrito as cartas e posto no correio sem pensar. Doris não deveria ter guardado essas cartas. Você também teve bons momentos.

— E o que é que você sabe a respeito disso?

— Não fique brava comigo. Eu estou tentando consolar você. E sei porque você me contou.

— E se eu tiver inventado tudo? Para parecer normal.

— Você inventou?

— Talvez, um pouco. Eu não me lembro.

— Jogue essas cartas fora. É história antiga. Não interessa mais. Tente dormir um pouco, se puder.

— É claro que interessa! Eu passei a vida inteira vivendo de esperança.

— Como assim?

— De esperança que talvez ela me amasse, apesar de tudo.

— Ela amava. Mas estava fora de si quando escreveu essas coisas. E você é amada. Eu amo você. Mais do que tudo no mundo. As crianças amam você. Você é muito importante para muita gente. Nunca se esqueça disso. Não foi culpa sua.

— Não foi culpa minha.

— Não, não foi culpa sua. Nunca é culpa dos filhos quando os pais não fazem a sua parte. Foram as drogas.

— E o estupro.

— Você não foi responsável por isso. Você precisava chegar ao mundo. Para ser a pessoa forte e linda que é. Com uma risada que faz o tempo parar quando a escuto. E ser a minha mulher, e ser a mãe maravilhosa dos nossos filhos.

Lágrimas correm pelas faces de Jenny de novo.

— Doris vai morrer logo.

— Eu sei que é difícil. Sinto muito por ter pensado só em mim quando disse que você precisava voltar para casa.

— Então você não acha que eu preciso voltar para casa?

— Não. Eu estou com saudade, eu te amo, preciso de você, mas agora eu entendo. E queria estar aí para te dar beijos de boa-noite.

— E me abraçar.

— É, e abraçar você. Tente dormir um pouco agora. As coisas vão melhorar. Eu te amo. Mais do que tudo.

Jenny desliga e continua olhando para os envelopes. Ela não quer, não deveria, mas não consegue se conter. Volta a ler aquelas palavras muitas e muitas vezes. Palavras de uma mãe ausente. Que não era uma mãe de verdade.

30

NÃO É A DOR OU O ENJOO. Não é a tristeza nem o anseio pela família que a espera em casa. São as lembranças, que pareciam esquecidas havia muito tempo, que continuam vindo à tona. Surgindo à sua frente, uma depois da outra. Tudo que ela reprimiu. Lembranças que a mantêm acordada na noite escura e silenciosa de Estocolmo. São tantos os pensamentos nadando em sua cabeça que ela deixa Tyra na cama e vai se sentar à mesa da cozinha enrolada num cobertor, apoiando o queixo nos joelhos encolhidos. A pilha de papéis de Doris está à sua frente, a história de uma vida. Jenny começa a ler, em busca de boas lembranças. Mas não consegue se concentrar; as letras se embaralham na página. De repente não consegue mais entender as palavras em sueco.

Todas as suas piores lembranças são em inglês. As piores lembranças vêm dos Estados Unidos. A Suécia representa segurança. Doris significa amor. Chegou quando Jenny mais precisou dela e ficou o tempo necessário. Meses até. Mesmo depois de Elise sair da reabilitação. Doris representava normalidade, e para uma criança que nunca conheceu isso, a não ser em vislumbres na vida de seus amigos, normal era a coisa mais linda que uma pessoa podia ser. Sanduíches numa lancheira, lembretes sobre as roupas de ginástica e a lição de casa, formulários assinados para devolver ao professor, duas tranças nos cabelos compridos, roupas limpas e comida quente em pratos de verdade.

Diferente da vida com a mãe, quando ela ia para a escola com sapatos rotos. Lembra-se de um par com um buraco imenso numa das solas. Arrastando aquele pé para que as amigas não rissem dela ao ver a meia toda suja. Por causa disso Jenny desenvolveu um jeito próprio de andar, uma passada de manca que até hoje volta de vez em quando.

As noites mais difíceis eram quando Doris anunciava que Elise ia para casa. Jenny ficava muito ansiosa. Doris sempre prometia ficar um pouco mais em casa, e cumpria a promessa. Ela jamais faltaria com um compromisso. Dossi, maravilhosa e reconfortante.

Jenny volta para a cama e se deita, encontrando o corpo quentinho e macio de Tyra. Acaricia seus cabelos claros e enxuga as próprias lágrimas no travesseiro. Jenny não consegue respirar pelo nariz, que está entupido e inchado. "Preciso de um descongestionante nasal", pensa, levantando-se para ir ao banheiro. Procura entre as coisas de Doris. Encontra um spray de cabelo, uma loção e um condicionador. O cabelo de Doris sempre foi importante para ela, Jenny sabe disso; costumava passar a escova pelo menos cem vezes por dia. Quando Jenny a conheceu, o cabelo de Doris ainda era cheio e comprido, com poucas mechas grisalhas que se misturavam ao louro em faixas prateadas. Deixou os cabelos envelhecerem naturalmente, sem nunca tingi-los. Agora estavam brancos e muito finos, e muito curtos, num estilo que Jenny sabia que Doris devia detestar. Ela se esquece completamente do descongestionante, e pega a loção, os bobes e o condicionador. Guarda tudo na sacola de Tyra.

Doris não deveria morrer feia. Ela sempre foi a pessoa mais linda do mundo. Jenny examina a maquiagem. Encontra rímel, um blush vermelho-ferrugem e um pouco de pó de arroz. Batom. Imediatamente se sente mais revigorada e começa a examinar os vestidos guardados no armário. Doris não pode morrer com aquela roupa de hospital, sempre abrindo e mostrando sua pele enrugada. Mas aqueles vestidos do dia a dia em formato de saco também não servem. São muitos itens de cores escuras competindo por espaço nos cabides, sem coisas coloridas. Jenny vai ter que comprar um vestido novo. Um vestido moderno e alegre. Amarelo, verde ou cor-de-rosa. Bonito e confortável.

Vestido.

Escreve a palavra num bilhete e o deixa em cima da sacola de Tyra.

São quatro da manhã quando ela finalmente volta para a cama. Os postes projetam suaves fachos de luz pelas fendas entre a janela e a persiana. Jenny fecha os olhos, transportada para a Nova York de sua juventude. Não é mais Tyra quem está ao seu lado, fazendo-lhe companhia. É Doris. Tranquilizando-a, amando-a. Passando a mão nos seus cabelos quando ela está com medo. Fazendo-a se sentir segura e a ajudando a dormir. Em voz baixa, Jenny começa a cantarolar a melodia que Doris sempre cantava para ela.

É verão, e viver é fácil. Os peixes estão pulando e o algodão está alto.[*]

Sem ser amada. Solta um longo suspiro.

Não. Amada. Doris estava lá. É Doris que importa. Continua cantarolando, agora mais depressa, e adormece, exausta.

---

[*] "Summertime, and the livin' is easy. Fish are jumping and the cotton is high." Trecho da canção "Summertime", composta por George Gershwin.

A caderneta de endereços vermelha
A. ANDERSSON, ELISE

ELA SEMPRE VOLTAVA DA CLÍNICA DE REABILITAÇÃO com as bochechas coradas, o cabelo bem penteado, em nova cor e estilo. Chegava carregada de presentes, brinquedos, roupas e ursos de pelúcia, mas você nem olhava para ela. Ficava escondida embaixo das minhas pernas, agarrada nas minhas coxas. Ela não conseguia se comunicar com você naquela época, e nunca conseguiria. A distância entre vocês duas só aumentou. Conforme foi ficando mais velha, você passou a ter uma porta que podia fechar e amigos com quem desejava brincar. Mas ela tentava, e espero que você se lembre das partes boas. Quando Elise preparava uma bela refeição no meio da semana e convidava os amigos mais próximos para jantar. Ou quando ficava a noite inteira costurando a sua fantasia para o Dia das Bruxas, um caranguejo laranja com garras estufadas. Você se sentia toda orgulhosa andando pela vizinhança com seu baldinho de doces, mas mal conseguia se mexer. A fantasia era tão pesada que você perdia o equilíbrio e caía várias vezes. Imagine se eu tivesse uma foto daquilo, ou um vídeo; tenho certeza de que seus filhos iriam gostar de assistir.

  Elise era diferente das outras pessoas da minha família. Era diferente da minha mãe e da sua avó Agnes. Talvez a fragilidade de Elise tenha vindo da avó por parte de pai. Kristina era ansiosa por natureza. Nunca entendi muito bem esse lado de Elise. Eu dizia para ela se controlar. Muitas vezes ficava zangada com ela. Especialmente quando se deixava levar por alguma de suas ideias bobas, como se prostituir para ganhar mais dinheiro, ou dar você para adoção. Ela dizia essas coisas só para conseguir mais dinheiro ou para me fazer ficar. E acabava funcionando, porque eu ficava. É claro que ficava. Pelo seu bem. Você se lembra daquele verão em que ela decidiu raspar o cabelo, para se libertar? Elise fez aquilo, apesar dos nossos protestos. Houve outra época em que ficava andando pela casa nua, para que você crescesse como uma alma livre. Sim, minha nossa, ela tinha muitas ideias estranhas!

  Mas então de repente ela conhecia um homem, e se adaptava totalmente a ele. Se fosse um músico, ficava obcecada por música; se fosse um advogado, começava a se vestir com mais sofisticação, com terninhos sob medida. Acreditava em Deus, foi budista, foi ateia, ou fosse lá o que fizesse sentido no momento.

Você se lembra de tudo que estou lhe contando, Jenny? Você estava lá; viu tudo. Nós não a conhecíamos. Nem eu, nem você. Provavelmente nem ela mesma se conhecia.

31

— Olha o que eu trouxe. — Jenny abre um sorriso afetuoso para Doris e começa a retirar as coisas da sacola de roupas de Tyra. — Está pronta para o seu tratamento de beleza?

Doris balança a cabeça.

— Você é uma doida — resmunga.

— Minha tia-avó não vai morrer com o cabelo amassado. — Jenny fala de brincadeira, mas morde o lábio quando vê o pânico nos olhos de Doris. — Desculpe, eu não quis dizer... Não... foi uma piada de mau gosto. De muito mau gosto.

— Está mesmo amassado? Eu não me olho no espelho desde que caí.

Jenny ri quando percebe que o pânico nos olhos de Doris não tem nada a ver com a morte.

— Não, não totalmente amassado... mas dá para ficar melhor. Deixa eu fazer a minha mágica.

Jenny penteia os fios finos e brancos com delicadeza. Alguns caem e ficam presos nos dentes do pente vermelho.

— Está doendo?

Doris balança a cabeça.

— Está gostoso. Continue.

Jenny ergue a cabeça de Doris com gentileza para alcançar a nuca, segurando seu pescoço e passando o pente devagar pelo cabelo. Depois enrola nos bobes, uma mecha de cada vez. Jenny só precisa de sete bobes. O cabelo de Doris está muito fino e ralo. Aplica a loção nos bobes e envolve a cabeça da tia-avó com uma toalha de chá xadrez vermelha e branca. A toalha tem um *A* muito bem bordado, num tom um pouco mais claro de vermelho.

— Essa toalha de chá era da minha mãe. Imagine a qualidade! Eu recebi isso e alguns móveis de um antigo vizinho quando voltei da Inglaterra — explica Doris.

— Da Inglaterra? Quando você foi para a Inglaterra?

— Você vai ter que continuar lendo. — Doris boceja e apoia a cabeça no travesseiro.

— É fantástico tudo o que você escreveu. Eu tenho lido um pouco todas as noites. Tem tantas coisas que eu nunca soube.

— Quero que fique com as minhas memórias. Para não desaparecerem.

— Você se lembra de tanta coisa, tantos detalhes.

— É só uma questão de fechar os olhos e lembrar como foi. Quando tudo o que você tem é tempo, os pensamentos se tornam bastante profundos.

— Eu me pergunto do que vou me lembrar. Minha vida não foi tão interessante quanto a sua. Nem de longe.

— Nunca é interessante quando a gente está no meio dos acontecimentos. É difícil. As nuances só ficam visíveis muito tempo depois.

Doris suspira.

— Eu estou tão cansada — continua num sussurro. — Acho que preciso descansar um pouco.

— Você quer alguma coisa?

— Chocolate, um pouquinho de chocolate ao leite seria bom.

Jenny vasculha a sacola, lembrando-se de um pedaço que comeu escondida enquanto Tyra dormia, mas só consegue encontrar a embalagem vazia e alguns restos pegajosos. Olha para Doris, que já adormeceu. Jenny logo põe um dedo perto da boca de Doris. Um leve sopro de ar quente. Relaxa.

— Vamos, Tyra, vamos fazer compras. — Ela tira a menina do carrinho e a deixa andar. Brinca com ela, coça sua barriga e recebe uma risada gostosa como resposta. O contraste entre essa nova vida, tão repleta da alegria das descobertas, e uma vida definhando num leito de hospital é libertador. Jenny pode rir com Tyra, apesar do peso que sente no coração. Põe a menina no colo e a balança de um lado para outro.

— O pequeno corvo do padre... — canta em voz alta, fazendo as enfermeiras que passam pelo quarto sorrirem. Tyra ri e abraça o pescoço de Jenny com os braços gorduchos.

— Mamãe! — grita, afundando o rosto no pescoço da mãe. Jenny consegue sentir o nariz frio encostado em sua pele. Dá uma cotovelada em Tyra sem querer, e ela começa a gritar.

— Mamãe, mamãe! — grita a menina, agitando os braços. Como se tivesse acabado de derrubar a sua posse mais valiosa. Quer se aconchegar no pescoço da mãe, onde é quentinho e seguro. Jenny a puxa para mais perto, a abraça com força e lhe faz carinho nas costas.

— Mamãe está aqui, amor, mamãe está aqui — diz em voz baixa, beijando a menina na testa.

Tyra parece sentir falta da mãe, mesmo quando ela está ao seu lado. Jenny se pergunta como estão seus outros dois filhos, se também sentem saudade dela.

Com Tyra pendurada no pescoço, Jenny percorre os poucos metros até o quiosque e o chocolate.

Quando elas voltam, Jenny acaricia a bochecha de Doris com dois dedos. Ela ainda está em sono profundo. Tyra dá um tapinha na mão de Doris, e Jenny está prestes a impedi-la de fazer isso de novo quando a tia-avó abre os olhos.

— É você, Elise? — murmura. Parece ter dificuldade de focar a visão.

— É Jenny, não Elise. Como você está se sentindo? Meio zonza? — Vira a cabeça em busca de uma enfermeira. — Espera um pouco, vou chamar alguém.

Jenny deixa Tyra no carrinho e vai até o corredor. Não há ninguém por perto. Encontra três enfermeiras no balcão de atendimento, todas com um copo de café na mão. Jenny corre até elas.

— Tem algo errado. Ela está revirando os olhos.

Jenny ouve Tyra chorando alto e volta correndo para o quarto. Quando chega, vê Doris tentando reconfortar a menina, apesar de tão enfraquecida.

Está se esforçando para cantar uma melodia, mas as notas estão erradas, o que faz Tyra gritar ainda mais alto.

— Mamãe! — O rosto de Tyra está cheio de lágrimas. Jenny a pega no colo. Doris fala com uma voz fraca e aflita:

— Desculpe, eu tentei...

Jenny quer abraçar as duas. Manter a mais velha viva e transmitir força para a mais nova. As enfermeiras examinam Doris, com Jenny as observando de longe: o monitor de pressão arterial ativado, o monitor de oxigênio no dedo indicador, o estetoscópio no peito.

— Ela está fraca. Provavelmente foi só uma tontura. — As enfermeiras guardam os instrumentos e saem do quarto.

Provavelmente foi só uma tontura. Provavelmente foi *só* uma tontura. Jenny se sente revoltada com aquelas palavras.

— Será que a gente deve tirar esses bobes? — pergunta, apontando para a cabeça de Doris.

Doris aquiesce.

— Para você ficar bem bonita.

Doris abre um débil sorriso. Jenny deixa as lágrimas se formarem e elas escorrerem para o nariz. Retira os bobes com delicadeza, um por um.

— Ouvi dizer que água salgada faz bem para o cabelo — diz Doris, esforçando-se para falar.

Jenny sorri.

— Eu vou sentir muito sua falta. Eu te amo tanto.

— Eu também te amo, minha criança querida. E você — diz para Tyra, que já se acalmou e agora está ocupada jogando todo o conteúdo do carrinho no chão. Jenny a ergue até a beira da cama para Doris falar com ela, mas Tyra protesta e quer voltar para o carrinho. Pula da cama, e cai em segurança, pois as mãos da mãe estão lá para segurá-la.

— Deixa a menina no chão, Jenny — diz Doris. — Não é muito divertido ficar vendo uma velha morrer.

Agora no chão, Tyra pega um livro ilustrado. Joga contra a cama com tanta força que parte da capa se solta. Jenny não se dá ao trabalho de reclamar com ela. Desde que esteja quieta e feliz, não tem problema. Penteia e borrifa spray nos cabelos de Doris. Os fios finos ganham volume, cobrindo as partes expostas do couro cabeludo. Jenny observa o resultado com satisfação, e volta a atenção para o rosto de Doris. Aplica o pó de arroz com cuidado pelas bochechas enrugadas, passa o blush vermelho na pele em movimentos circulares e batom nos lábios. A maquiagem traz vida para o rosto da mulher idosa. Jenny tira uma foto e a mostra para Doris, que parece contente.

— Os olhos também — diz.

Jenny se abaixa e aplica suavemente uma pequena sombra rosada. As pálpebras de Doris pendem sobre os olhos, deixando apenas metade da íris visível. A cor penetra nas rugas e parece um pouco irregular, mas não importa.

— Eu comprei um vestido para você. Confortável, você pode até dormir com ele, se quiser.

Ela tira uma sacola do compartimento do carrinho e mostra o vestido. De malha, todo cor-de-rosa. De manga comprida e decote arredondado, com um plissado na frente.

— Bonita cor — comenta Doris, estendendo a mão para sentir a qualidade.

— Sim. Eu me lembrei de como você gosta de rosa. Sempre me comprava vestidos cor-de-rosa. Minha mãe detestava essa cor.

— Hippie. — Doris tosse pelo esforço de falar.

— Sim. É verdade. Ela era uma hippie de verdade. Não sei de onde veio isso, mas o jeito como ela vivia quase a matou várias vezes. — Jenny suspira. — Acho que, no fim, foi o que a matou mesmo.

— Drogas são o demônio — murmura Doris.

Jenny não responde. Ajuda Doris com o vestido, uma etapa de cada vez.

— O que você sabe sobre o meu pai? — pergunta em seguida.

Doris ergue os olhos e balança a cabeça.

— Nada?

— Nada.

— Nada mesmo?

— Nós já falamos sobre isso, querida.

— Eu sei que você sabe mais do que está dizendo. Encontrei as cartas da minha mãe. Estavam na caixa, com as fotografias. Ela me odiava.

— Não, amor, não pense isso. Ela não odiava você. Ela usava drogas, precisava de dinheiro. Sua mãe mandava aquelas cartas sem pensar, quando passava por uma de suas fases difíceis; ela nunca tinha dinheiro para me ligar. Não sei por que guardei essas cartas. Burrice.

— Ela foi estuprada.

Doris não responde. Fecha os olhos.

— Você me amava. Eu sei disso. Eu sinto isso.

— Elise também amava você.

— Quando? Quando injetava heroína nas veias? Ou quando deitava no chão da cozinha, vomitando e deixando tudo para eu limpar? Ou quando quis me dar para algum desconhecido?

— Isso foi quando ela estava drogada — a voz de Doris continua fraca.

— Ela sempre prometia que ia parar.

— Ela tentava, mas não conseguia.

— Era por isso que você me amava? Por eu não ter uma mãe?

Doris abre os olhos; estão ficando turvos de novo. Jenny se adianta.

— Desculpe, a gente não precisa falar sobre isso. Eu amo você. Você foi tudo para mim.

— Eu sempre ia quando você precisava de mim — sussurra Doris, e Jenny assente, beijando-lhe a testa. — E eu amava você porque simplesmente amava.

— Agora chega de falar, Dossi. Descanse um pouco. Vou ficar aqui segurando sua mão.

— Onde está Gösta? Ele já tomou café?

— Você está confusa, Doris. Gösta já morreu. Morreu antes de eu nascer. Você se lembra disso, não lembra?

A memória volta, e Doris assente.

— Todo mundo já morreu.

— Não, nem todo mundo morreu. De jeito nenhum.

— Todo mundo que era importante. Todo mundo, menos você.

Jenny acaricia o braço de Doris, sentindo o tecido rosa do novo vestido.

— Não tenha medo — diz Jenny em voz baixa, mas sem resposta.

Doris adormeceu de novo. A respiração é difícil, o peito sobe e os pulmões emitem um som sibilante. Uma enfermeira entra no quarto e levanta as barras laterais da cama.

— Acho que é melhor que Doris durma um pouco agora. Você e a pequena dama também — diz, acenando para Tyra.

Jenny enxuga as lágrimas.

— Eu não quero deixar Doris. Talvez eu devesse dormir aqu.?

A enfermeira balança a cabeça.

— É melhor você ir. Nós somos boas em saber quando o fim está próximo. Ela vai passar por esta noite, nós ligamos se as coisas piorarem.

— Mas você vai me prometer ligar imediatamente se ela piorar. Se qualquer coisa mudar!

A enfermeira concorda, paciente.

— Prometo.

Jenny se afasta com relutância, seguindo em direção ao elevador. Tyra fica impaciente no carrinho; quer sair e andar. As longas horas sem se mexer no quarto de Doris a deixaram de mau humor. Jenny tira a filha do carrinho e a deixa andar ao seu lado. Ela sai cambaleando, segurando firme no carrinho com a mão gorducha. Jenny verifica o celular. Dez chamadas perdidas, todas de Willie. E uma mensagem de texto: *Você não vai acreditar. Allan Smith está vivo. Me liga!*

32

— Está vivo? Sério?

— Está vivo. Se for o mesmo Allan Smith.

— Vá até lá!

— Você está louca? Não posso simplesmente ir para Nova York. Quem vai cuidar dos meninos?

— Leve os meninos junto! Vai logo!

— Jenny, eu estou começando a achar que você perdeu totalmente o juízo.

— Você precisa ir. Sem contar os anos que passou com o artista gay para quem trabalhava, Doris passou a vida inteira sozinha. A vida inteira. Ela teve um amor na vida. Um amor de verdade. E foi Allan Smith. Doris não o vê desde a Segunda Guerra. Você entende? Ela tem que ver esse Allan antes de morrer. Vai! Leva o computador, para usarmos o Skype. Me liga quando tiver chegado.

— Mas a gente nem sabe se é o mesmo Allan Smith. E se for uma pessoa completamente diferente?

— Que idade ele tem?

— Nascido em 1919.

— Deve ser o mesmo.

— Mora em Long Island. Viúvo há vinte anos.

— Pode ser o mesmo. Allan era casado.

— Segundo o e-mail de Stan, ele morou na França de 1940 a 1976. Assumiu a direção de uma fábrica e fez fortuna produzindo malas.

— Doris me disse que ele foi para a França durante a guerra.

— A mãe dele era francesa; o passaporte tem dois sobrenomes. Allan Lesseur Smith.

— Tem que ser o mesmo, a mãe dele era francesa. Vá logo!

— Jenny, você está doida. Os meninos estão na escola. Não posso largar tudo para viajar.

— Que se dane a escola! — Jenny mal consegue controlar a voz. — Que diferença faz se eles perderem uns dias? Isso é mais importante que qualquer outra coisa agora. Doris não tem muito tempo de vida, e precisa ver Allan uma última vez. Talvez seja uma questão de horas. Vá logo! Se não por qualquer outra razão, faça por mim. Eu estou implorando!

— Vou fazer isso por você, e só por você.

— Passe na escola, pegue os meninos, embarque no primeiro voo para Nova York. Se a sua chefe reclamar, diga que um parente próximo está doente. Se me lembro bem, isso é razão para uma falta justificada.

— Falta justificada?

— É, sabe, existem regras sobre quando as crianças podem se ausentar da escola. Algumas circunstâncias são perdoadas, outras não. Mas agora deixe isso para lá, vá logo. E não se esqueça do remédio para asma de David.

— E o que eu faço quando chegar lá?

— Fale com ele. Confira se é o Allan certo, se ele se lembra de Doris. Depois me ligue imediatamente.

— Escute, em que isso vai fazer bem para ela agora, descobrir que ele está vivo? Que esteve vivo durante todos esses anos? Ela vai morrer infeliz. Não é melhor Doris acreditar que ele morreu anos atrás?

— Não, vai ajudar, não importa o que você diga. Agora vá! Eu vou desligar.

— Tudo bem, eu vou, mesmo sem entender. Só não crie muitas expectativas, pode ser outro Allan.

— Sim, eu sei, mas você não precisa entender isso agora. Só estou pedindo para você ir. É a escolha certa, confie em mim. Agora eu vou desligar. Desculpe, mas preciso mesmo desligar.

Jenny encerra a ligação antes de o marido ter tempo de responder, põe o telefone no modo silencioso e o guarda na bolsa. Tyra está no chão do corredor, remexendo nas coisas guardadas no carrinho. Espalhou tudo em um semicírculo. Uma banana, um livro, duas fraldas limpas, algumas calças sujas de cocô e bolinhos de arroz. Jenny junta tudo depressa, acenando para algumas pessoas que passam. Tyra sai cambaleando pelo corredor, e Jenny se apressa para pegá-la. A menina se debate quando Jenny tenta acomodá-la no carrinho e vestir seu casaco e o chapéu; resmunga e chora.

— Agora nós vamos para casa. Vamos para casa comer. Quietinha.

Mas não há como silenciar os seus gritos; Tyra perde o fôlego de tanto gritar e chorar. Jenny deixa que chore. Já está com coisas demais na cabeça. Sai empurrando o carrinho e torce para que o movimento acalme a pequena, amenizando aquela pontada de vergonha que as mães sentem quando a criança tem ataques de birra em público.

A caderneta de endereços vermelha
S. SMITH, ALLAN

Dizem que ninguém esquece o primeiro amor verdadeiro. Que esse amor faz um ninho nas profundezas da memória. É lá que Allan ainda vive. Pode ter tombado como soldado ou ser um aposentado falecido, mas o amor ainda vive dentro de mim. Bem no fundo do meu corpo enrugado. E quando eu for para o meu túmulo, vou levá-lo comigo, torcendo para encontrá-lo no céu. Se soubesse como encontrá-lo aqui na terra, eu o teria seguido minha vida toda. Estou convencida disso.

    Ele dizia que tinha o coração francês e o corpo americano, e que a cabeça era uma mistura dos dois. Que era mais francês que americano. O francês que falava tinha algumas vogais arredondadas do inglês, e eu costumava rir da sua pronúncia enquanto passeava por Paris dançando ao seu lado. Aquela risada dominou o meu coração e se tornou um símbolo da felicidade — uma felicidade que infelizmente nunca mais pude viver. Allan era uma combinação única de perspicácia e descontração. Era tão compenetrado quanto despreocupado, tão alegre quanto responsável.

    Estudou arquitetura, por isso sempre que vejo fotos de prédios novos nas revistas, leio os textos com cuidado, procurando seu nome. Faço isso até hoje. É uma bobagem. Agora eu talvez conseguisse localizá-lo pela internet, mas quando era mais nova uma busca desse tipo era muito mais difícil. Talvez eu não tenha me esforçado o bastante. Mas mandei cartas, pilhas de cartas para a posta-restante, apesar de não fazer a menor ideia de onde ele morava no mundo. Mandei cartas para os correios em Manhattan, em Paris. Ele nunca respondeu. Transformou-se numa espécie de fantasma. Eu passava noites inteiras conversando com ele. Com essa lembrança no meu medalhão. O meu único amor verdadeiro.

Gösta trocou dois de seus quadros por um sofá para nós. Um sofá grande e macio, revestido de veludo roxo-escuro. Nós passamos muito tempo sentados nele durante a noite, dividindo uma garrafa de vinho tinto e todos os nossos sonhos e esperanças. Eram muitos, e cada vez maiores. E nos faziam rir e chorar.

Gösta me fazia muitas perguntas sobre homens. Ele era franco e desinibido, fazia muitas perguntas íntimas. Era a única pessoa que sabia sobre Allan, mas não me entendia, achava que eu era maluca. Gösta fez tudo o que pode para me fazer deixar de amar Allan a distância. Para abrir meus olhos para outras pessoas. Homens ou mulheres. Para Gösta não fazia diferença.

— É a pessoa, Doris. O gênero não é importante. A atração surge quando almas relacionadas se conhecem e se reconhecem uma na outra — costumava dizer. — O amor não diferencia gêneros, e as pessoas deveriam fazer o mesmo.

O maior prazer na vida é poder expressar livremente a própria opinião sem receber nada além de amor em troca, mesmo quando as opiniões divergem. Por isso era tão agradável viver com alguém tão tolerante quanto Gösta. Nós tínhamos tudo. Só faltava a paixão. Uma vez ele chegou a tentar me beijar. Caímos na gargalhada.

— Não, isso não foi bom — disse ele, fazendo careta. Foi o mais perto que chegamos de um romance.

Eu não passei toda a minha vida sozinha. Gösta era minha família. E você, Jenny, é minha família. Minha vida cotidiana era boa e confortável, era mesmo. Infelizmente, Allan continuou fora de alcance, mas eu tive uma vida boa.

Muitas vezes eu pensava nele aqui em casa. Cada vez mais, conforme fui envelhecendo. Não consigo entender como uma pessoa pode entrar na vida de alguém como Allan entrou na minha. Gostaria tanto de saber para onde ele foi. Será que morreu no campo de batalha, ou será que envelheceu? E, se envelheceu, como ficou? Os cabelos ficaram brancos ou grisalhos? Era gordo ou magro? Será que chegou a construir aqueles prédios, como sonhava? Será que pensava em mim? Sentiu pela mulher com quem se casou a mesma paixão que nutria por mim? Será que a amou do mesmo jeito que me amou?

Um fluxo constante de perguntas passa pela minha cabeça. Vai ser assim até eu morrer. Talvez eu me encontre com ele um dia, no céu. Talvez possa enfim relaxar em seus braços. O sonho de vê-lo novamente faz valer a pena acreditar em Deus. Eis o que eu diria a ele:

Oi, Deus. Agora é a minha vez. A minha vez de amar e ser amada.

33

TANTAS FOLHAS DE PAPEL NA PILHA. Tantas palavras. Talvez haja mais ainda no computador, na mesa de cabeceira do hospital. Jenny folheia as páginas e escolhe seções sobre a mesma pessoa. Lê sobre Elaine e Agnes na ordem, sobre Mike e Gösta. Vidas inteiras resumidas em algumas breves linhas.

Tantas lembranças. Tantas pessoas que já morreram. Que segredos terão levado para o túmulo? Jenny folheia a caderneta de endereços, curiosa sobre as pessoas que não são mencionadas nas histórias de Doris. Quem era Kerstin Larsson? Num caderno que encontra ao lado da cama, Jenny escreve o nome em letras grandes. No dia seguinte vai perguntar. Sobre como Kerstin morreu. E que importância teve na vida de Doris.

Jenny acompanha as linhas com o indicador. Seu nome também está lá. Um dos poucos sem uma linha trêmula traçada por cima. Mas o endereço está errado; é de onde morava antes, o alojamento de estudantes em que morou durante o breve período que tentou estudar. Antes de Willie, antes dos filhos. Será que era mais feliz naquela época? Jenny estremece, e se cobre com o cardigã bordado de Doris. Talvez. Risca o endereço e escreve o atual com cuidado. Onde sua família mora, onde a felicidade deveria viver. Onde talvez possa ser encontrada.

Foi Doris quem pagou pelo curso de redação criativa de que participou. Seis meses exercitando a imaginação e lendo em voz alta para um grupo. A parte de escrever em si era maravilhosa, mas as leituras eram terríveis. Ela não sabia lidar bem com as críticas. E então, de repente, lá estava Willie. Forte, bonito e seguro de si. Willie a fazia esquecer todos os pensamentos sombrios. Eles se divertiam tanto juntos: surfando, andando de bicicleta, jogando tênis. Então ela desistiu, abandonou o curso e arranjou um emprego como garçonete num restaurante. O que teria acontecido se ela não tivesse saído, se não tivesse parado de escrever? Doris ainda implica com ela por causa disso. Pergunta como vão os escritos, como se fosse óbvio que Jenny ainda se dedica a isso. A verdade é que ela não escreveu muita coisa desde aquela época.

Outra verdade: o ato de escrever está adormecido dentro dela, como um sonho vago do qual não consegue se lembrar. Jenny sabe que consegue. Sabe que tem talento. No fundo, ela sabe disso. Mas está onde está. Em primeiro lugar, quem tomaria conta das crianças? Quem prepararia as refeições e limparia a casa? Em segundo, é desafiador demais. Só um por cento de todos os manuscritos recebidos pelas editoras se tornam livros. Um mísero por cento. As chances estão contra ela. Por que seu manuscrito seria o felizardo? E se não for talentosa o suficiente? E se fracassar?

Jenny afasta esses pensamentos e pega o celular, procurando o nome de Willie entre as chamadas recentes.

— Oi, amor. Como estão as coisas, você já saiu?

— Não, nós ainda não saímos.

Solta um suspiro.

— Por favor, Willie...

— Eu estou indo. Comprei uma passagem para amanhã de manhã. David está na casa de Dylan, e Jack pode se cuidar até eu voltar.

— Obrigada. — Alívio na voz, lágrimas se formando. — Ah, Willie, muito obrigada!

— Espero que valha a pena — diz com uma voz tensa, de maneira direta.

— O que você quer dizer com isso?

— Eu entendo o que você está fazendo, mas não há razão para querer sujeitar Doris a isso.

— Mas... o que você não entende? Ela está morrendo. Allan foi o amor da vida dela. O que é que você não entende? É óbvio, não é? Ou você nunca esteve apaixonado?

— Meu Deus, Jenny, não seja tão dramática. É claro que sim. Eu sou apaixonado por você, espero que saiba disso.

— Certo.

— Tudo bem. Não fique triste. Eu vou ajudar a encontrar o Allan, vou pegar o voo amanhã.

— Certo.

— Eu amo você. Agora preciso desligar.

— Tudo bem. Tchau.

Encerra a ligação enxugando uma lágrima teimosa. Inspira. Expira.

Jenny está quebrando a cabeça. Faz quinze anos que eles se conheceram. Naquela época, quando se apaixonaram, passavam o dia todo na cama. Faziam amor dez vezes por dia, até a pele ficar esfolada. Aquilo era amor, não era? Mas já faz tanto tempo. Jenny pensa a respeito. Talvez tenha acontecido só uma vez desde que Tyra nasceu. Agora ela está detonada lá embaixo, depois de três filhos, então talvez não seja mesmo uma boa ideia. Não seria muito bom para nenhum dos dois.

Franze a testa.

Só uma vez desde que Tyra nasceu?

Isso não pode ser verdade.

Sobe na cama e deita perto de Tyra, bem ao seu lado. Do jeito que costumava se aninhar ao lado de Willie. Bem perto, com o nariz em seu pescoço. Tyra está com um cheiro ao mesmo tempo doce e azedo. O cabelo na nuca está úmido e ondulado. Como os cachos de Willie. Ele é uma parte dela.

Liga de novo para ele.

— Sim? — ele atende, brusco.

— Eu também amo você.

— Eu sei. É claro que temos um amor verdadeiro. Eu nunca disse outra coisa.

— E ainda estamos apaixonados, não estamos?

— Sim, é claro que estamos.

— Ótimo.

— Agora vá dormir. Descanse.

— Certo, vou fazer isso.
— Eu ligo assim que souber se é mesmo o Allan certo.
— Obrigada!
— Estou fazendo isso por você. Eu faria qualquer coisa por você. Lembre-se disso.
— Isso é amor.
— Sim, é o que estou dizendo.

34

Jenny sente um forte cheiro de urina quando abre a porta do quarto. Doris está deitada na cama, de lado, as enfermeiras estão ocupadas trocando os lençóis.

— Elas derrubaram o saquinho — diz Doris torcendo o nariz, incomodada com o cheiro.

— Vocês derramaram xixi na cama dela? — pergunta Jenny num tom meio ríspido.

— Sim, foi... um acidente. Mas já estamos limpando.

— Ela não vai tomar um banho?

O cabelo de Doris está murcho de novo. O vestido rosa está no chão, amassado. Enquanto ela espera pela camisola do hospital, seu corpo está coberto com uma toalha pequena demais.

— Pelo cronograma, o banho dela está agendado para amanhã.

— Mas ela está toda molhada de xixi!

— Nós vamos limpar com lenços umedecidos. Para tomar banho é preciso mais funcionários.

— Que se danem os funcionários! Se vocês derramaram urina num paciente, basta ignorar o cronograma!

Constrangidas e em silêncio, as enfermeiras começam a limpar Doris. Uma delas para o que está fazendo.

— Desculpe. Você tem toda razão, é claro que ela precisa tomar um banho. Você acha que pode nos ajudar?

Jenny concorda e empurra Tyra, que dorme no carrinho, para perto da parede. Juntas, Jenny e as enfermeiras levantam Doris e a acomodam numa cadeira de banho, que empurram até o banheiro. A cabeça de Doris pende para um lado; ela não tem energia para mantê-la erguida. Jenny passa o sabonete com cuidado em Doris.

— Nós vamos arrumar o seu cabelo de novo.

— A velha não vai morrer feia — cochicha Doris.

— Não, a velha não vai morrer feia. Prometo. Mas você nunca foi feia. Você é a pessoa mais linda que eu conheço.

— Agora você está mentindo. — Doris parece sem fôlego. Quando a acomodam de volta na cama, ela adormece de imediato. Jenny põe a mão em sua testa.

— Como ela está?

— O pulso está fraco. O coração continua lutando, mas talvez não aguente muito mais tempo. Agora deve ser questão de dias.

Jenny se debruça e encosta o rosto no de Doris. Do jeito que costumava fazer quando era criança e as duas ficavam no sofá em Nova York. De repente ela volta a ser aquela menina. Sem raízes, insegura. E Doris é seu colete salva-vidas, mantendo sua cabeça acima da superfície.

— Por favor, você não pode me deixar — murmura, e em seguida lhe dá um beijo na testa. Doris continua dormindo, uma respiração hesitante de cada vez. Tyra acorda e começa a choramingar. Jenny a pega no colo, mas a menina se contorce e ela a põe no chão. Depois deita na cama ao lado de Doris. Bem perto. Respira fundo.

— Você precisa ficar de olho na sua filha. — Uma enfermeira entra no quarto com Tyra nos braços. — Hospitais são cheios de coisas perigosas.

Jenny aquiesce, pedindo desculpas com o olhar. Pega a menina e dá um saco de doces para ela. Tyra estala os lábios, feliz da vida. Jenny a põe de novo no carrinho e a prende com o cinto.

— Fique sentada aí um pouco, por favor. Sentada. Eu preciso...

— Ela está dando trabalho? — pergunta Doris numa voz quase inaudível.

— Oi, você está acordada? Como está se sentindo? Você dormiu depois do banho.
— Muito cansada.
— Nós não precisamos conversar, se quiser descansar.
— Eu quero contar para você. Quero contar tudo que não tive tempo de escrever. E responder às suas perguntas.
— Ah, eu tenho muitas perguntas. Nem sei por onde começar. Você escreveu tão pouco sobre os seus anos com Gösta.
— Vinte anos.
— É, vocês viveram muito tempo juntos. Ele cuidava de você? Era bom? Você o amava?
— Sim, como um pai.
— Você deve ter ficado triste quando ele morreu.
— Sim. — Doris concorda e fecha os olhos. — Foi quase como perder um braço.
— O que aconteceu? Como ele morreu?
— Ficou velho. Morreu faz muito tempo, nos anos 1960.
— Quando eu nasci?
— Um pouco antes. Quando uma pessoa amada morre, outra nasce.
— E você herdou todas as coisas dele?
— Sim. O apartamento, alguns móveis e os quadros. Com o passar dos anos, eu vendi os maiores; aos poucos eles foram ficando mais valiosos. Foi disso que eu vivi por muitos anos depois que ele morreu. Mas continuei escrevendo artigos para revistas femininas aqui e ali. Parte desse dinheiro foi para sua mãe.
— Hoje esses quadros valem milhões.
— Imagine só, se Gösta soubesse.
— Ele teria ficado feliz. Orgulhoso.
— Não sei, ele nunca pintou por dinheiro. Mas ele poderia ter voltado a Paris se os quadros tivessem começado a vender antes. Nós poderíamos ter ido juntos.
— Você teria gostado disso?
— Sim.

— Provavelmente ele sabe que conseguiu ter sucesso. Talvez seja um anjo lá em cima, e você possa se encontrar logo com ele. — Jenny pega um dos anjos de porcelana de Doris da mesa de cabeceira e o estende para ela.

— Gösta tinha tanto medo de morrer. Na época, naquele tempo, diziam que homossexuais não entravam no céu. Ele acreditava nisso.

— Gösta era religioso?

— Não em público. Mas em particular, sim. Como todos nós.

— Se o céu existe, Gösta vai estar lá esperando por você.

— Nós podemos fazer uma festa. — Doris fica sem fôlego quando tenta rir.

— Você é tão maravilhosa. É tão bom ouvir a sua risada. Eu me sinto motivada. Sua risada está sempre presente, dentro de mim. Lembro-me dela sempre que preciso.

— Guerra de puxa-puxa.

— Sim, você se lembra! — Jenny ri com a recordação. — Na cozinha, com aquela mesa que não cabia lá dentro. Eu, você e mamãe. Nós demos tanta risada. E comemos. Tive dor de barriga a noite toda.

— Um pouco de tolice às vezes faz bem.

Jenny concorda e acaricia o cabelo de Doris com a palma da mão. As mechas são macias como as de um bebê.

— Vamos deixar o seu cabelo bonito de novo.

Doris adormece enquanto Jenny enrola seu cabelo nos bobes. A respiração dela é pesada. Tyra terminou o doce, mas Jenny ignora sua inquietação. Continua penteando e enrolando. Só quando uma enfermeira chama sua atenção para a criança chorando que ela finalmente a pega no colo.

35

O CELULAR ESTÁ TOCANDO.

Jenny vasculha no escuro, procurando o aparelho. Tyra balbucia, ainda dormindo.

— Alô? — atende em voz baixa, sonolenta, com medo de que seja uma ligação do hospital.

— Jenny, fique on-line para entrarmos no Skype!

— O quê?

— Eu estou aqui com o Allan. É o Allan *certo*. Está velho e doente, como Doris. Mas ele se lembra dela. Começou a chorar quando contei que ela ainda está viva.

Jenny se senta na cama, sentindo o coração batendo forte e um zumbido no ouvido. Allan!

— Você o encontrou!

— Sim! Você está com Doris? Se não estiver, vá já para o hospital!

— Aqui já é tarde da noite, mas estou indo para lá.

— Pegue um táxi, depressa.

— Certo. Eu ligo quando chegar.

Pula da cama e corre até o banheiro. Joga água fria no rosto, veste as roupas da véspera e chama um táxi. Enfia o laptop na sacola de Tyra e enrola um cobertor ao redor da filha. A menina resmunga ao ser posta no carrinho, mas não acorda. Nem mesmo quando Jenny empurra o carrinho escada abaixo sobre as rodas traseiras. O táxi já está esperando lá fora. Jenny acomoda Tyra no carro enquanto o motorista dobra o carrinho e o coloca no porta-malas. Eles percorrem as ruas da noite de Estocolmo sem se falar. O rádio toca antigas canções românticas. "Purple Rain" — ela conhece a letra de cor, e sorri das lembranças. Houve uma época em que ela e Willie ainda dançavam juntos na cozinha, ele cantarolando essa melodia em seu ouvido. Juntinhos, a ereção dele pressionando seu corpo. Antes dos filhos, antes da rotina. Quando chegar em casa, ela vai tocar essa música para ele. E os dois vão dançar.

— A menina está doente? — pergunta o taxista ao sair da avenida principal.

— Não, nós vamos visitar alguém. Você pode parar na entrada principal?

O taxista assente e estaciona devagar. Quando Jenny sai do carro com Tyra nos braços, ele já tirou o carrinho da mala e o abriu.

— Espero que tudo fique bem.

Jenny agradece rapidamente, mas está tensa demais para sorrir.

Quando entra no quarto, Doris está acordada, com os olhos límpidos e o rosto menos pálido do que antes. Por sorte, Jenny não deparou com nenhuma enfermeira na entrada.

— Você está acordada! — Jenny cochicha, para não despertar os outros pacientes.

— Estou. — Doris abre um grande sorriso.

— Eu tenho uma surpresa para você. Precisamos colocar o seu vestido e ir para o corredor. — Destrava as rodas e empurra a cama na direção da porta. Uma enfermeira aparece, de olhos arregalados.

— O que você pensa que está fazendo?

Jenny pede para ela ficar em silêncio e continua empurrando a cama. A enfermeira segue atrás, nitidamente agitada.

— O que está fazendo? Você não pode... Você sabe que horas são?

— Só deixe a gente ficar aqui um pouco. É importante. E não, isso não pode ficar para mais tarde. Eu sei que os outros estão dormindo; mas aqui nós não vamos acordar ninguém.

Jenny empurra a cama até um canto da sala de espera e abre um sorriso apressado para a enfermeira, que balança a cabeça e dá meia-volta sem dizer nada. Jenny pega o vestido da sacola. Ainda está um pouco úmido desde que ela o lavou à mão.

— O que estamos fazendo, Jenny? Indo para uma festa?

Jenny dá risada.

— É uma surpresa, eu já disse. Mas sim, dá para dizer que sim.

Penteia o cabelo de Doris com carinho, aplica um pouco de blush nas faces.

— Batom também. — Doris junta os lábios.

Jenny mistura rosa com bege até encontrar um tom que sabe que Doris vai gostar e passa o batom em seus lábios finos e ressecados. Senta-se na beira da cama com o laptop no joelho. Jenny não consegue mais se conter.

— Dossi, ele está vivo!

— O quê? Quem está vivo? Do que você está falando?

— A gente conseguiu. Na verdade, foi Willie quem conseguiu... Nós encontramos o Allan!

Doris leva um susto e olha para Jenny.

— Allan! — Ela parece apavorada.

— Ele quer ver você, falar com você pelo Skype. Willie está com ele. Eu só preciso ligar para eles. — Abre a tampa prateada do laptop.

— Não! Ele não pode me ver desse jeito. — Doris olha de um lado para outro, nervosa, com o rosto corando. Pelo visto, o blush não era necessário.

— Ele também está velho, e morrendo. Esta é a sua última chance. Você precisa ser corajosa e aproveitar.

— Mas e se...

— E se o quê?

— E se ele for diferente do que eu me lembro? E se eu ficar decepcionada? Ou ele?

— Só tem um jeito de descobrir. Arriscar. Eu vou ligar para eles agora.

Doris ergue o cobertor até o queixo. Jenny o puxa para baixo.

— Você está linda. Confie em mim.

Clica no nome de Willie e o aplicativo faz a ligação. Ele atende na hora.

— Jenny, Doris, oi. — Willie sorri e acena para elas. As olheiras escuras demonstram que ele tem dormido pouco. — Vocês estão prontas?

Jenny confirma. Willie vira a tela do computador para um homem sentado numa poltrona marrom-escura. Doris olha para a tela. As mãos dele estão entrelaçadas no colo. Os pés descansam sobre um banquinho, com um cobertor vermelho lhe cobrindo as pernas. Ele tem rugas profundas, o rosto afilado. O casaco pende desigual sobre os ombros magros. Do jeito que ele usava em Paris. A camisa está abotoada até o alto, e a pele do pescoço pende solta sobre o colarinho. Ele sorri e acena com a mão nodosa, forçando os olhos na direção da tela. Willie se aproxima.

— Ligue a câmera, Jenny — diz, ajeitando o laptop sobre os joelhos do homem.

Jenny olha para Doris, que olha fixamente para o rosto de Allan, com a boca entreaberta. Quando Jenny pergunta se está pronta, ela assente com convicção.

Allan leva um susto quando vê a mulher magra no leito do hospital.

— Ah, Doris. — Engasga, com a voz pesarosa. Estende a mão trêmula, como se quisesse tocá-la.

Os dois ficam em silêncio por um tempo. Jenny gesticula, impaciente, fora do ângulo de visão da tela, instando Doris a falar. Mas é Allan quem rompe o silêncio.

— Eu nunca me esqueci de você, Doris. — Lágrimas escorrem pelo seu rosto.

Doris procura o medalhão que Jenny pendurou em seu pescoço. Tenta abri-lo mas seus dedos estão fracos demais. Jenny a ajuda, e Doris estende a foto para Allan ver. Ele força os olhos, e dá uma boa risada.

— Paris — murmura.

— Aqueles poucos meses foram os melhores da minha vida — diz Doris, e seus olhos se enchem de lágrimas. — Eu também nunca me esqueci de você.

— Você continua incrivelmente linda.

— Os melhores meses da minha vida. Você... — Sua voz esmaece. Os olhos perdem o foco. Jenny põe a mão no pulso dela, para verificar os batimentos. Estão fracos.

— Eu procurei você — ela consegue sussurrar.

— Eu também procurei você. Escrevi.

— O que aconteceu? Onde você esteve?

— Eu fiquei em Paris depois da guerra. Muitos anos.

Doris enxuga os olhos.

— E a sua esposa?

— Morreu no parto. O bebê também. Acabei me casando de novo, depois de muitos anos. Procurei por você em toda parte, viajei para Nova York, escrevi cartas. Até não restar mais nenhum lugar para procurar. Para onde você foi, onde esteve durante todos esses anos?

— Eu saí de Nova York por sua causa, viajei para a Europa. Meu plano era chegar a Paris, mas a França ainda estava em guerra, e foi uma época difícil. Acabei indo parar na Suécia, em Estocolmo.

— Eu nunca deixei de pensar em você. Nos nossos jantares, nas nossas caminhadas... na viagem de carro para Provence.

Doris fica em silêncio, sorrindo enquanto rememora aqueles momentos. Jenny vê a alegria no rosto da mulher idosa. Seus olhos voltaram à vida. Doris lança um beijo trêmulo para Allan e continua:

— Aquela noite embaixo das estrelas, lembra? Aquela noite maravilhosa!

— Quando eu sequestrei você do desfile de moda.

— Ah, não é verdade. Você esperou pacientemente até eu terminar; ficou dormindo na grama em frente ao castelo. Lembra? Eu acordei você com um beijo.

— Lembro. Eu me lembro de todos os passos que dei com você. Foi a melhor época da minha vida.

A voz de Doris enfraquece de novo, parecendo mais triste.

— Você partiu meu coração em Nova York. Por que você fez aquilo, se me amava tanto?

— Eu não tive escolha, meu amor. Foi por sua causa que fui para a Europa.

— O que quer dizer com isso? Você disse que estava indo por causa da guerra. E me deixou para trás!

— Eu fugi. Não consegui mais olhar minha mulher nos olhos quando soube que você estava na mesma cidade. Não conseguia parar de pensar em você. Deixar vocês duas foi o meu jeito de escapar.

Eles se olham em silêncio. Ouvem Willie pigarrear. Jenny se aproxima para ver se ele está aparecendo na tela, mas só consegue ver Allan. Pega o celular e manda um coração vermelho para Willie.

— E você ainda está vivo. Não consigo acreditar. — Doris toca na tela. Allan estende a mão.

— Ah, meu amor — diz em voz baixa.

— Você está tão longe, por que está tão longe? — Doris suspira. — Eu queria estar nos seus braços por uma última vez. Queria que me abraçasse. Me beijasse.

— Não acredito que você ficou com a minha foto no seu medalhão todos esses anos. Se eu soubesse... nós poderíamos... nós deveríamos... Ah, Doris... todos os filhos que teríamos. A vida que teríamos juntos. — Ele abaixa a cabeça entre as mãos, mas a ergue novamente. Tenta sorrir em meio às lágrimas, cobrindo o rosto com os dedos. — Nós vamos nos encontrar no céu, meu amor. E vou cuidar de você lá. Eu amo você, Doris. Eu amo você todos os dias desde que a vi pela primeira vez. Sempre fomos nós dois, no meu coração sempre fomos nós dois.

As palavras de Allan ecoam pelo corredor vazio. A cabeça de Doris repousa sobre o travesseiro, ela se esforça para manter os olhos abertos. Tenta falar, mas engasga com as palavras.

Atrás da tela, Jenny enxuga as lágrimas. Aproxima-se da câmera do computador.

— Oi, Allan. Desculpe, ela está muito fraca, acho que não consegue muito mais do que isso.

— Consigo, sim. — Doris encontra a própria voz.

— Durma, meu amor. Eu vou ficar aqui até você dormir. Você continua tão linda. Tão linda quanto me lembro. A mais linda.

— E você é o mesmo de sempre, cheio de palavras bonitas. — Doris sorri, apesar do cansaço.

— Quando se trata de você, não existem palavras suficientes. Nada poderia ser mais lindo do que você. Nada nunca foi.

— Eu sempre te amei, Allan. Sempre. Todas as horas de todos os dias de todos os anos. Sempre fomos nós dois.

— E eu sempre amei você. E sempre vou amar.

Doris suspira e adormece, ainda com o sorriso nos lábios. Allan olha para ela em silêncio. Lágrimas correm pelo seu rosto. Ele não tenta mais enxugá-las.

Jenny entra em cena de novo.

— Vocês podem se falar de novo amanhã.

— Não, não, por favor, não desligue. Por favor. Preciso ficar olhando mais um pouco para ela.

Jenny sorri, tentando manter a compostura.

— Vou deixar o computador ligado; você pode desligar quando quiser. Eu entendo. Eu entendo.

36

Jenny observa Doris com atenção e vê de relance Allan na tela. Sentado na poltrona com os olhos fechados; logo mais também vai estar dormindo. O telefone de Jenny toca no bolso. Seu coração bate mais forte ao ver o rosto de Willie na tela.

— Entendi — diz ele, com afeto. — Agora eu finalmente entendi.

— É, meu amor. Eu queria dar isso para Doris. Não queria que ela morresse com um amor infeliz no coração.

— Eu sei, entendi. E eu amo você. Você é fantástica; sempre entende esse tipo de coisa. Fico tão agradecido por não ter perdido você. Por poder viver ao seu lado. Desculpe por ser um idiota às vezes.

— Fico feliz de você admitir isso.

— O quê? Que sou um idiota ou que eu te amo?

— As duas coisas — sorri.

— Queria que você estivesse aqui agora, para poder abraçá-la. Por muito tempo. Sei que isso deve ser muito difícil para você. Desculpe mais uma vez. Eu não queria ser tão insensível.

— Eu sei. Também queria que você estivesse aqui. Que pudesse se despedir dela.

Doris dá um gemido e Jenny fala em voz baixa:

— Eu tenho que ir, te amo, tchau. — Allan parece estar dormindo, e Jenny fecha a tampa do computador para não acordá-lo. Senta-se na beira da cama e põe a mão na testa de Doris. A pele não está quente, mas parece úmida. Os olhos de Doris se abrem e começam a vagar; parece não conseguir focar. Jenny sai às pressas em busca da enfermeira.

— Allan! — grita Doris. — Allan!

Uma enfermeira vem correndo, abaixa o vestido de Doris e ausculta o seu coração.

— O coração dela não parece bem. Vou chamar um médico.

— Nós ligamos para um velho amigo dela. Talvez eu não devesse ter feito isso, não assim, no meio da noite.

Jenny está chorando. Sentindo-se abalada.

— Doris vai partir independentemente do que você fizer, querida. Ela está velha. — A enfermeira se aproxima de Jenny e coloca um braço ao seu redor, passando a mão em suas costas para confortá-la.

— Doris! Doris, por favor, acorde! Por favor, fale comigo...

Doris se esforça, mas só consegue abrir um olho. Retribui o olhar de Jenny. Seus lábios estão azulados.

— Eu... desejo a você... muito... — murmura, exausta, e fecha o olho.

— Muito sol para iluminar os seus dias, muita chuva para apreciar o sol... Muita alegria para fortalecer sua alma, muita dor para apreciar os pequenos momentos de felicidade da vida, muitos encontros para você poder... dizer adeus... — Jenny recita, com os lábios tremendo, as palavras que ouviu Doris dizer tantas vezes.

A respiração arquejante se altera. Um pigarro profundo assusta Jenny e a enfermeira. Doris abre os olhos de repente, olha Jenny com atenção.

E morre.

37

Com lágrimas escorrendo pelo rosto, Jenny pega uma caneta e risca o nome na contracapa com uma linha fina e trêmula. Doris Alm. Ao lado, ela escreve a palavra que a própria Doris escrevera tantas vezes. morta. Escreve a palavra duas vezes, três vezes, quatro vezes, até preencher toda a contracapa.

Na mesa à sua frente estão os pertences de Doris, entregues pelo hospital. Algumas joias. O medalhão. O vestido cor-de-rosa. As roupas que usava quando foi internada, uma velha túnica azul-marinho e a calça de lã cinza, aberta por um corte. Uma mala de mão contendo a bolsa e o celular, que ainda está ligado. O laptop. O que deveria fazer com tudo aquilo? Não pode jogar nada fora. O apartamento tem de ficar do jeito que está. Pelo menos por enquanto. Olha em volta e passa a mão pela superfície áspera da mesa, a mesma mesa que Doris sempre teve. Nada mudou no apartamento.

De repente, lembra o que Doris escreveu a respeito das cartas. Deve haver mais cartas, além das duas que Jenny encontrou até agora. Corre até o quarto e fica de quatro ao lado da cama. Lá, bem no fundo, consegue ver uma caixa de metal enferrujada, que puxa em sua direção. Sopra a camada grossa de poeira, abre a caixa e leva um susto. Tantas cartas. Vai ler todas durante a noite.

Na cozinha, Tyra está batendo panelas e rindo do barulho. Jenny a deixa em paz, ficando de costas para a filha, para a menina não ver a mãe chorando. A pobre garota não recebeu muita atenção nesses últimos dois dias, mas não vai se lembrar disso. Por sorte, é nova demais para entender.

Jenny está cansada. Já está sem dormir há uma noite e um dia, e agora que anoitece sua pele parece esticada, os olhos cansados. Esfrega o rosto e apoia a cabeça nas mãos. A criança dentro de Jenny perdeu sua única fonte de consolo. Ela não quer ser mãe. Não quer ser adulta. Só quer ficar deitada em posição fetal e chorar até acabarem as lágrimas, até Doris voltar e abraçá-la. As fungadas começam a virar soluços, que Jenny já não consegue mais conter.

— Mamãe triste. — Tyra dá umas palmadas fortes na perna dela e puxa sua blusa para chamar a atenção. Jenny a pega no colo e a abraça com força. A menina enlaça os braços gorduchos no seu pescoço.

— Hum, a mamãe está sentindo muito a falta da Dossi, querida — murmura, beijando-a na bochecha.

— Hospital — diz Tyra, querendo voltar para o chão. Corre até o carrinho, mas Jenny balança a cabeça.

— Não, agora não, Tyra, brinque um pouquinho com isto — diz, mostrando o celular. — Nós não vamos mais para lá — fala para si mesma.

Abre o laptop de Doris, aperta o botão para ligar e vê os ícones aparecerem na tela. Há duas pastas. Uma com o nome *Jenny* e a outra, *Notas*. Clica em *Jenny* e verifica os documentos. Já leu a maior parte; estão impressos nas páginas que tem lido, mas dentro dessa pasta existe outra, como o nome *Morta*. A palavra a faz estremecer. Para por um instante e clica na pasta. Dentro há dois documentos. Um é o testamento de Doris. É curto. Ela diz que tudo fica para Jenny, que já guardou uma cópia impressa e registrada embaixo da mesa. Doris quer rosas vermelhas em seu caixão, e jazz, em vez de hinos. Com uma breve mensagem:

Não tenha medo da vida, Jenny. Viva. Valorize-se. Ria. A vida não está aqui para entreter você; você precisa entreter a vida. Aproveite as oportunidades de onde quer que elas venham, e faça algo de bom com elas.

Eu amo você mais do que tudo, e sempre amei, nunca se esqueça disso. Minha querida Jenny.

Depois, um pouco mais abaixo:

P.S.: Escreva! É o seu talento. Talentos devem ser aproveitados.

Jenny sorri, apesar das lágrimas. Na verdade, escrever era o talento de Doris, agora ela sabe disso, depois de ter lido suas memórias. Escrever era o sonho de Doris, mas também o de Jenny. Finalmente consegue admitir isso para si mesma. Abre o segundo documento e começa a ler devagar. Palavra após palavra. O último eco de Doris.

A caderneta de endereços vermelha
N. ~~NILSSON, GÖSTA~~ MORTO

Agora quase todos já morreram. Todos sobre cujas vidas comentei com você. Todos que já tiveram alguma importância. Gösta morreu na cama, comigo sentada ao seu lado. Com a mão dele na minha. Estava quente, mas foi esfriando, cada vez mais fria. Não larguei até saber que toda a vida tinha se esvaído dele, deixando apenas uma casca para trás. Foi a idade avançada que o matou. Gösta foi o segundo grande amor da minha vida. Um amor platônico. Um amigo em que pude me apoiar. O homem que enxergou a criança em mim quando eu vivia com Dominique e que continuou vendo a criança dentro de mim mesmo quando meus cabelos ficaram brancos.

    Agora vou contar o segredo de Gösta. Prometi que não diria nada enquanto ele ainda estivesse vivo, e cumpri minha promessa. Mas não quero levar mais nenhum segredo para o túmulo, por isso vou passá-los aos seus cuidados.

Meu apartamento tem um cômodo secreto. De dois metros por dois metros, atrás do closet do quarto de empregada. Você consegue entrar afastando o rodapé da parede do fundo.

    Gösta escondeu seus quadros de Paris lá, seu verdadeiro baú do tesouro. Eles continuam lá até hoje. Pinturas lindas do lugar que considerava como o mais precioso. Paris era a cidade de Gösta.

    Agora esses quadros são seus. Se quiser colocá-los em exposição para o mundo inteiro ver, faça isso num museu em Paris. Gösta ficaria orgulhoso.

A caderneta de endereços vermelha
A. ~~ANDERSSON, ELISE~~ MORTA

AGORA O ÚLTIMO CAPÍTULO. A sua mãe. O destino dela atormentou você desde as suas primeiras lembranças. Nada que eu possa escrever vai mudar a sua imagem de uma mãe que tentou muitas e muitas vezes, mas que sempre fracassou. Nada que eu escreva vai voltar a fita e fazer a agulha que ela enfiou no braço cair no chão e quebrar.

Mas posso desabafar o que tenho no coração. Contar para você o que nunca me atrevi a dizer em voz alta. Algo que me torturou por todos esses anos. Espero já estar morta quando você ler estas linhas. Se não estiver, imploro para que considere esta versão como a única. Não vou conseguir responder se você me fizer mais perguntas, se quiser saber mais.

A culpa foi minha. Eu abandonei Elise quando ela mais precisava de mim. Não uma vez, mas várias. Começou quando saí daquela casa e deixei uma bebê chorando com sua avó doente e idosa. Quando parti para a França. Por causa de Allan. Elise estava chorando, mas eu simplesmente saí e fechei a porta, preocupada comigo mesma e com as minhas esperanças de felicidade futura. Você sempre me viu como alguém envolvida, solidária, prestativa. Mas não foi assim na época. Eu só conseguia pensar na minha situação, no meu futuro. E com a cabeça cheia desses pensamentos, o meu futuro se tornou mais importante que o de Elise. Toda vez que Carl, o seu avô, escrevia implorando para eu voltar, eu jogava a carta dele na cesta de lixo. Mandava presentes para ela no aniversário, mas era só isso. Um urso de pelúcia caro ou um vestido bonito, como se presentes pudessem compensar minha ausência.

As drogas nunca foram o verdadeiro problema. Foi o jeito como a vida dela começou. Eu a deixei insegura. E essa insegurança a tornou suscetível às drogas, que a ajudavam a fugir dos próprios medos. Não fosse por isso, ela teria sido uma mãe melhor.

Tentei muitas vezes falar com ela. Tentei fazer com que deixasse o passado para trás. Ver o que havia de bom em sua vida. Mas ela só balançava a cabeça. Uma vez Elise me disse que só se sentia feliz quando estava drogada.

Que as drogas a faziam flutuar acima dos seus problemas, que desapareciam abaixo dela.

Quando Carl ligou para dizer que você tinha nascido, voltei a Nova York para a minha primeira visita. Gösta tinha morrido pouco tempo antes, e eu estava sozinha. Foi amor à primeira vista. Segurei os seus pés e fiquei olhando para você. Depois voltei quando você fez um ano, e quando fez quatro, cinco, seis e todos os anos após isso, até você entrar na faculdade.

Eu perdi um filho uma vez. Uma criança que eu não queria, em quem nem sequer cheguei a pensar como sendo uma criança. Mas, ainda assim, um vazio se seguiu àquela perda. Você preencheu esse vazio, tornou-se tudo para mim, e era tão fácil amá-la. Você me deu uma chance de compensar por tudo, e prometi a mim mesma que não deixaria nada de ruim acontecer a você. Que você receberia o apoio de que precisasse para viver sua vida. Porque é difícil, Jenny. A vida é difícil.

Prometa que você não vai mais culpar a sua falecida mãe. Tenho certeza de que Elise amou você. Perdoe-a. Eu deveria ter cuidado dela da mesma forma que cuidei de você. Mas não consegui. Foi culpa minha. Perdoe-me.

Epílogo

Elas estão sentadas no chão da cozinha de Jenny, ordenando os envelopes por data postal. Abrindo os que estão fechados. Mary, a sobrinha-neta de Allan, está ao lado de Jenny. Ela ligou para avisar quando Allan morreu. Morreu menos de quarenta e oito horas depois de Doris. E Mary também encontrou algumas cartas.

Os envelopes tinham duas coisas em comum. Todos mostravam as palavras *Endereço desconhecido* carimbadas sobre o nome, e todas foram devolvidas ao remetente.

7 de novembro de 1944
Posta-restante Allan Smith, Paris

Querido Allan,

Estou morrendo de preocupação com você. Nem um dia se passa sem que eu pense em você. Procuro seu rosto nas notícias, examinando todos os soldados. Espero que tenha conseguido sair de Paris incólume e que tenha voltado para Nova York. Eu agora estou na Suécia, em Estocolmo.

Sua Doris

20 de maio de 1945
Posta-restante Doris Alm, Nova York

Doris, eu estou vivo. A guerra finalmente acabou, e penso em você todos os dias. Onde você está? Imagino como você e sua irmã estão vivendo, se as duas estão bem. Escreva. Eu vou ficar aqui em Paris. Se estiver lendo isto, volte.

Seu Allan

30 de agosto de 1945
Posta-restante Doris Alm, Nova York

Querida Doris,

Minha grande esperança é que um dia você entre na Agência de Correio Central e leia as minhas palavras. Sinto que você está viva, e está aqui em meus pensamentos. Quero me reencontrar com você. Continuo em Paris.

Seu Allan

15 de junho de 1946
Posta-restante Allan Smith, Nova York

Às vezes eu me pergunto se você só existiu nos meus sonhos. Penso em você pelo menos uma vez por dia. Por favor, querido Allan, me dê um sinal. Apenas uma linha. Continuo em Estocolmo. Amo você.

Sua Doris

E assim por diante: 1946, 1947, 1950, 1953, 1955, 1960, 1970... Breves mensagens indo e voltando, em desencontro. Se ao menos... E se...
Jenny e Mary sorriem uma para a outra.
— Incrível. Eles se amaram a vida toda.

O amor jaz sob cada lápide. Tanto amor.
Vislumbres capazes de desequilibrar toda uma vida.
Mãos entrelaçadas no banco de um parque.
O olhar dos pais a uma criança recém-nascida.
Uma amizade tão forte que não é necessária nenhuma paixão.
Dois corpos unindo-se como se fossem um, muitas e muitas vezes.
Amor.
É apenas uma palavra, mas engloba tantas coisas.
No fim, tudo que importa é o amor.

Você amou o bastante?

ESTE LIVRO, COMPOSTO NA FONTE FAIRFIELD,
FOI IMPRESSO EM PAPEL POLEN SOFT 70G/M² NA LIS GRÁFICA,
GUARULHOS, JANEIRO DE 2021.